江藤淳はいかに「戦後」と闘ったのか

風元正

中央公論新社

江藤淳はいかに「戦後」と闘ったのか■目次

装幀　仁木順平

江藤淳はいかに「戦後」と闘ったのか

私は強ひられる　この目が見る野や
雲や林間に
昔の私の恋人を歩ますることを
そして死んだ父よ　空中の何処で
噴き上げられる泉の水は
区別された一滴になるのか

伊東静雄

第一章　「廃墟」と「奴隷」という主題系

江藤淳。本名・江頭淳夫。一九九九年七月二十一日、自宅の浴室で自殺した。享年六十六。江藤について考えようとする時、この最期は避けて通れない。江藤が死を選んだのは新連載開始から二回目の「幼年時代」の原稿を昼間、編集者に渡した夜だった。ずっと書き継いできた『漱石とその時代』も未完のままで終わり、批評家としてまだ道半ばという印象もある。「若い日本の会」の幹事役を務めていた時期の意見から見れば、晩年の「保守論客」としての発言には大きなへだたりがある。不慮の交通事故で亡くなった親友・山川方夫《まさお》との訣《わか》れは、自死の八ヵ月前の慶子夫人の病死とともに不幸な巡り合わせだった。

傍らに、江藤が葬儀の司会を務めた小林秀雄の生涯を置いてみよう。戦中、従軍記者として戦地を巡った履歴を、戦後は「利巧な奴はたんと反省してみるがいいじゃないか」（座談会「コメディ・リテレール――小林秀雄を囲んで」「近代文学」一九四六・二）と一蹴し、大きな矛盾を抱えつつ「死に支度」として十一年がかりの大著『本居宣長』も完結させ、「宿命」に従う生き方を貫いた。夭逝した中原中也との三角関係も伝説となり、ぴったり「批評」を演じ切った姿はまさに「人生の教師」（大岡昇平）と呼ぶにふさわしい。

しかし、私は江藤自身の批評の言葉を通してその来し方を捉え直してみたい。たとえば、中村光夫『二葉亭四迷伝』について論じた一節は示唆に富んでいる。

……著者によると、漱石が適切に評したように、二葉亭は《政治家臭くない政治家、教師臭くない教師、更に文士臭くない文学者、一口に言えばまともな人間》で、その故にあらゆる分野で「失敗者」として終り、《明治という不思議な過渡期の孕んだ理想の悲劇的体現者》となった人物であった。ある意味では彼は文学者でさえなく、その作品は生活の「色あせた反映」にすぎない。だが、そういいながら中村氏がこの評伝でえらんだのはこの「まともな人間」をもっぱら「文学者」としてあつかうことである。

（『二葉亭四迷伝』書評　一九五九・三）

文中の「二葉亭」を「江藤淳」に置き換え、「二葉亭自身の生涯をさらに文学否定の機軸からとらえなおす」という中村への提案を適用してみる。すると、幼い頃から結核などの病に幾度も長期の療養を強いられながら、文芸批評家「江藤淳」という一枚看板だけでなく、長年教師として働き、なおかつ政界にも強い影響力を持ち、放蕩にものめり込んだひとりの孤独な行動家「江頭淳夫」の姿が浮かび上がってくる。「まともな人間」である「江頭淳夫」は、行き惑いながら歴史の舞台で戦い抜いた。

偉大な自意識家だった小林秀雄の文章は、晩年に至って時代背景すら不要となり、永遠に向けられた純粋批評として屹立する。鮮やかな精神の一回性を貫いた小林の生涯の前では、ただ溜息をつくほかない。むしろ、遺書に「形骸」という言葉を書きつけるまで、文学者として「行動」した「生活者」江藤淳の闘争の方に、批評の未来を拓く可能性がひろがっているのではないか。

＊

一九五七年の江頭淳夫は、ようやく「生活無能力者、高等遊民、半端者、怠け者などという言葉」（「著者のノート」『新編 江藤淳文学集成』）から逃れる手がかりを摑んでいた。一九五五年、山川方夫編集長の「三田文學」十一、十二月号に初めて「江藤淳」という筆名で、「夏目漱石論――漱石の位置について」を分載し、続編を合わせて一九五六年十一月、東京ライフ社から『夏目漱石――作家論シリーズ・12』として刊行。新進作家でもあった敏腕編集者、山川との親交も支えとなった。慶應義塾大学文学部三年生だった江頭が同人誌に書いた評論に目を留めて原稿を依頼し、もともと彼がその作品を読み込んでいた堀辰雄や小林秀雄でなく漱石を対象として選んだのは、山川の慧眼による。

ひと夏を費やして書かれた漱石論は、伝記作家・小宮豊隆などが祖述する「則天去私」神話を剝ぎ取り、「東洋的な諦念の世界に去った孤高の作家」ではなく、「日本の風土で、如何にして文学が書かれたかという稀有《けう》な事件」として捉え直す試みだった。まだ私小説が規範だった当時の文壇において、近代小説の祖ローレンス・スターンの系譜に漱石を位置づけることにより、自らを颯爽たる新世代として演出して、「文學界」の中村光夫、伊藤整、臼井吉見の座談会でも話題に上った。

結核が完治せず、就職の望みのなくなった江藤は、大学院進学を選択する。しかし、西脇順三郎教授が君臨する当時の慶應義塾大学大学院英文学研究科は、研究に必要となる高価な洋書を自力で購入できる財力が暗黙の前提であり、家庭教師などで稼いで学資を調達していた江頭とは肌合いが違った。何より、学生の分際で雑誌に文章を掲載する目立ち方は、昔も今も学者の世界では嫌われる。かつての日比谷高校の秀才は、大学教員への道も閉ざされつつあった。

江頭淳夫の文章の最初の編集者は、日比谷高等学校の同窓生・安藤元雄である。安藤は江頭に堀辰雄を教え、東京大学在学中に出していた同人雑誌「Perute」に誘い、掲載された「マンスフィールド覚書」を山川が読んだのが批評家になるきっかけだった。安藤は、白金台の質屋の家の生まれで、家運が傾いていた点では江藤と共通する。文学青年としてはライバル関係にあり、安藤は高校時代、江頭淳夫に教えた堀辰雄的「軽井沢」モダニズムから出発して、詩人・フランス文学者として活躍する。

『夏目漱石』に目を留めた「文學界」編集部から、江藤に舞い込んだ原稿依頼は天の助けであり、一九五七年六月号に「生きている廃墟の影」、十一月号に「奴隷の思想を排す」を発表する。初めて原稿料を得るために書いた二篇の評論は、新鮮な問題提起はあるものの、生硬な文体で世界文学の歴史をそのまま日本に当て嵌めたブッキッシュな「論文」であり、加えて、日本の「文壇」の歴史を「廃墟」や「奴隷」と切って捨てて、大御所も平気で批判しているのだから、江藤の過激さには驚嘆する。

江藤淳の実質的な文壇デビューは、同年の「文學界」の大座談会「日本の小説はどう変るか」である。荒正人が司会で、石川達三、高見順、伊藤整、中村光夫、山本健吉、大岡昇平、福田恆存、野間宏、堀田善衞、遠藤周作、石原慎太郎が出席する豪華版である。その中で江藤は、大御所の高見に対して堂々と私小説批判を展開し、「高見順が突然怒鳴り出すという一幕《ひとまく》」(「著者のノート」前掲書)があった。江藤は若い憎まれ役をひるまずに演じ切り、湘南高校同窓生で一級上の芥川賞受賞作家・石原慎太郎とともに編集者の新旧対決という狙いに応え、新世代の旗手として認知される。

*

最初の批評文のタイトルにある「廃墟」という言葉は、堀田善衞の『インドで考えたこと』にある「インドでは一切の廃墟が生きている」という文章が出典である。そして、一九三二年、東京生まれの江頭淳夫にとって、幼少時を過ごした戦前の山の手が空襲で灰燼に帰したことは思春期の決定的な出来事だった。祖父が海軍中将・江頭安太郎という職業軍人の家系だった生家は、戦後は祖母の死とともに没落する。一九四八年九月、湘南中学から都立一中に転校し(学制改革により五〇年に日比谷高校と改称)、焼け跡と国会議事堂を見下ろしなから登校する日々の中、「廃墟」はいつも手の届く距離にあった。

　もっとも、江藤のいう「生きている廃墟」は、単なる焼け跡ではない。日本の文明開化は「西欧的知性と日本的感性との奇妙な雑婚」により達成されたが、その底には「知性による限定を拒絶しようとする」不可解な剰余が常にあり、それは「生きている廃墟」として社会の底で蠢いていた。その特性は、「ことだま」という言葉に象徴される日本語の詩語に近い呪術性から生まれる。

　江藤は、「生きている廃墟」にハーバード・リード由来の「散文」という概念を対置した。「散文」の概念はさまざまな形で展開されているが、まず、江藤自身による定義を引いてみよう。


　……散文が結局、空間的な伝達（説得）か、時間的な伝達（記録）というような最も根本的な機能を持っていることを物語っている。散文はもともと日常的な口語から発生しているし、その原始的な機能はこの伝達《コミュニケーション》ということよりほかにないのである。

　この機能は、元来、呪術的な呪歌から発生した詩のそれとは根本的に異質なものである。そして、詩から物語を借り、劇から対話を借りて散文で書かれるという、およそ考え得るかぎりで最も不純な要素から成立している小説という様式――それを様式というならば――は、いかにそれが詩に近づき、劇に近づこうとしても、あの伝達という、最も人間的な、しかも日常的な機能を忘れれば、全く骨抜きになってしまわぬわけにはいかない。そして伝達というからには作家の前には他人がいる。他人がいるからには、彼は何らかの意味で倫理的にならざるを得ないのである。

（「現代小説の問題」一九五七・三）

批評家・江藤淳の生涯を貫くテーマがこの一節に現れている。日本の近代文学は、志賀直哉の『暗夜行路』を頂点に、感覚的な詩的言語によって書かれた主観的な視線に片寄った作品の歴史だった。文壇処女作で江藤は、「生きている廃墟」の前近代的な「呪術（＝アニミズム）」的な「文壇」言語の閉域から出て、「出来合いの日常語」である「散文」で作品を成り立たせて、さまざまな葛藤の中にいる「旺盛な生活人」を「行動」に誘う小説こそ書かれなければならないと主張する。そして、ローレンス・スターンの『トリストラム・シャンディ』の影響下に書かれた夏目漱石の『明暗』が日本語でのひとつの達成であり、福沢諭吉『福翁自伝』や勝海舟『氷川清話』もその系譜にある、と例示した。

＊

「生きている廃墟の影」の問題意識は、一九七一年に発表された「リアリズムの源流」において、別の観点から論じ直された（この項の引用は「リアリズムの源流――写生文と他者の問題」）。「リアリズムの源流」は、丹羽文雄が当時の新進作家たち（「内向の世代」）を「朦朧派」と名づけ、彼らが「抽象的作風から具象的な作風への転換をはかろうとする動き」をしているのに、「どう転換したらいいのか見当がつかなくなっている」という状況を背景にして書かれている。

「リアリズムの源流」において、江藤はまず、『小説神髄』により西欧のリアリズム論の導入をはかった坪内逍遥や『浮雲』の二葉亭四迷が、江戸期の文体しか持ち合わせていなかったため、彼らには「ものがはっきり見え」ない。しかし、「それでいながらものの存在は感じられた」ため、逍遥と四迷は「名づけようのない新しい現実」を捉える「活《い》」きた文章を書くことができず、小説の筆を折ったと考える。

逍遥や四迷が書けなかった「名づけようのない新しい現実」に、「我流の言文一致体」で迫っていたのは勝小吉の『夢酔独言』（一八四三）である。小吉は「肉眼をもって見、肉声をもってそれについて語る」ことにより文章を「活」かし、「今日の東京の下町方言に、そのまま重なり合う」文体を獲得し、漱石の『坊っちゃん』の文体をも先取りしていた。

日本語のリアリズムが陥った隘路を打ち破ったのは「写生文」の概念である。「写生」は、正岡子規が一八九七年頃から唱導した俳論のイデオロギーだった。余命が少ないことを知る子規は、「芭蕉が確立し蕪村が開花させた俳諧の世界が、江戸期の世界像とともに「将に尽きん」とするとき」、「俳句を、いや文学を蘇生させる」手段を「必死に反問」した末に、「古来在りふれたる俳句」を去って「写生」におもむくほかない」という認識に到達する。

しかし、子規のいう「写生」は、言葉から「歴史的連想即ち空想的趣味」を排斥し、「無限に一種透明な記号」に近づけて、「殺風景」を目指す「偶像破壊的な革新」であり、その内実は逍遥流のリアリズムに近接していた。しかし、弟子の高浜虚子の「写生」は、「言葉が言葉でありつづけるかぎり、それは人工言語（たとえば数式や論理記号）の場合のような純粋な記号にはなり得ず」、また言葉がそのような「言葉（自然言語）にとどまるかぎり、それは決して過去からの連想を完全に脱却することはできない」という言語観に立っており、子規とは根本的に立場が異なる。

　そもそも、世界最短の詩型である俳句は、季語をはじめとした「呪術的」な「詩語」、あるいは前近代的な「アニミズム」を召喚しなければ成り立たない。子規の「写生」は、「呪術性」ではなく「透明な記号」の使用を選択することで近代化を図るのだから、「生きている廃墟の影」での江藤の主張とも似ている。しかし、現実主義者の虚子は、子規の過激なイデオロギーを斥けて、「詩語」としての日本語の性格を最大限に活用しようとする。そして、詩もまた最終的に「伝達《コミュニケーション》」を目的に含んでいることはいうまでもない。

　とはいえ、「リアリズムの源流」における子規と虚子の対比は、江藤の恣意も微妙に入り込んでいる。漱石が「桜と海棠の感じに相違のあるのは何人も認めて居る。其相違を説明しろと云はれると一寸出来悪い。写生文と普通の文章の差違は認められて居るにも拘はらず明かに道破されて居らんのも此理である」（「写生文」）と評し、写生文についての俳人たちの議論を「物足らぬ心地」という通り、当時の虚子に確たる理論的な支柱や展望があったわけではない。虚子が小説を放棄した地点で考えるならば、「写生文」を「俳趣味の世界」（「高浜虚子」）と呼び、「近代文学の理念とはなんら関はるところはなかった」（同前）という山本健吉は正しい。

しかし、『吾輩は猫である』の出現を促した「写生文」への試みを、近代文学の理念を実現するに相応しい「言文一致」体を探究しようとする未完の文学運動と捉え直せば、評価は一変する。虚子は、「ホトトギス」や山会での実践により未来への種子を蒔いた人ということになるだろう。江藤は「リアリズムの源流」に至り、「生きている廃墟」の「〝空間的〟な〝共時性〟」（「著者のノート」前掲書）、日本文学の富をすべて生かすという立場をはっきりと示す。同時に、しぶとい「廃墟」に自閉しないために、「客観描写」による他者への視線の重要さをより強調することになる。

明治期の子規・虚子・漱石のトライアングルにより生まれた「写生文」のリアリズムを踏まえながら、江藤は「朦朧派」の状況を次のように捉える。

……「ぢつと我慢して」一切が「亡《ほろ》びて行く」のを「待受け」ながら生きること。ここに立ちかえって眺めれば、現代の靄のなかを手さぐりしている作家たちは、すべて『回礼雑記』に描かれている若き虚子のいた場所――下宿屋の寝床のなかで、「一刻も早く夢の世界」へのがれたいと願っていた、淋しい虚子と同じ場所にいるように思われる。おそらく彼らの多くは、「社会」に関するさまざまな概念にがんじがらめにされているが、「社会といふ感じ」がなんであるかを知らずにいる。そして靄のような観念と感覚によってきわめて個人的な「夢」を紡ぎ出し、そのなかに隠れることを文学の営みにかえている。

「淋しい虚子と同じ場所」と「生きている廃墟」は同義である。そして、虚子や漱石は「写生文」のリアリズムの発見により「夢の世界」から出て「社会といふ感じ」、すなわち「他者」の手応えを取り戻した。しかし、自他の関係が曖昧で靄がかかっているような「朦朧派」は、子規や虚子や漱石の数歩手前で停滞し、「個人的な「夢」」に留まっている。

われわれは、たとえ過去に「文学」と呼ばれるジャンルがあったとしても、新しい「活《い》」きた文章が書かれ続けない限り、その存続は保証されないことを忘れてはならない。「文学」は社会から、常にその時代に相応しい「リアリズム」を発見し、不断の更新を試みる作業を強いられている。江藤のいう「散文」には、はっきりした到達点が用意されているわけではなく、ただ現在の「試行」があるのみである。

江藤はその散文論において、日本という矛盾に充ちた「生きている廃墟」の中で、「個我」が社会とどう対峙できるかを問い続けた。そして、「現代小説の問題」で掲げた「伝達、というからには作家の前には他人がいる。他人がいるからには、彼は何らかの意味で倫理的にならざるを得ないのである」という倫理は守り続けた。それゆえ、綱渡りのような飛躍をしても、文学の評価規準の軸はぶれていない。

*

「廃墟」と違い「奴隷」の方は出典が明かされていない。「奴隷の思想を排す」には「奴隷」という言葉が後半の「五」に四度出てくる。

「もし私が自分の空腹を、飢餓という言葉で対象化し、カジメを食ってそれを支配しなければ、逆に私はカジメや馬糧、つまりはものに支配されてしまったことであろう。カジメの奴隷になるなどという屈辱が人間に許されるか？　われわれは、いつも「生きたい、生きたい」と叫んでいる。人間を死や、悲惨や、動物の方向に傾斜させるのは、すべて死の思想である。われわれは常にものや環境の奴隷ではなく支配者であるべきである。」（以下「奴隷の思想を排す」）

「作家は言葉によって現実――経験の支配者となる。それに失敗すれば、彼は逆に経験に所有される奴隷となって深い孤独の中に沈むであろう。」

「われわれに生きることよりは死を、努力よりは諦念を、支配することよりは支配されることを教える、澱んだ、飢餓と怠惰と死の、奴隷の思想の中に。」

　そして評論は次の文章で結ばれる。

「作家は自信を失うべきではない。あらゆる可能性が、あらゆる想像力の余地があなた方の前にはある。しかし、それに盲目であるものは、多分、何十年か後に精神的怠惰のそしりをうけるであろう。何故なら、彼らは人間をものの奴隷にし、生命を死に売り渡した人々であるから。」

　全編の論旨は、「坪内逍遥が輸入し、現在までの文壇を多角的に支配して来たアリストテレス的、「実体論」的方法」では、孤独な死の思想、すなわち「ことだま」というものの原型にある「無」の「奴隷」になることから逃れられない、と要約できる。しかし、「奴隷」

という生々しい言葉を用いる論拠としては薄弱である。

江藤淳ほど明晰な日本語を駆使する人はいない。批評文を読んでいて、意味がわからないという経験をしたことがない。しゃべり言葉まで統御されており、晩年の総合雑誌の原稿はすべて談話筆記だったが、起こした原稿に手直しの必要はまるでなく、必要な枚数までぴったりであった。しかし、ほぼ明快で雄弁な文章の中で、稀に何かが故意に言い落とされており、その欠落の下には語りえないものが拡がっている。

「奴隷」からすぐ思い浮かぶのは、ヘーゲルの「主人」と「奴隷」の弁証法である。当然踏まえられているはずだが、「奴隷の思想を排す」は日本文学に弁証法的な発展を見出すという意図で書かれた批評文ではない。もうひとり、当時の江藤が依拠していたユダヤ系のドイツの哲学者エルンスト・カッシーラーの唯一の英文の著作『人間』に次のような文章を見つけた。


　歴史は、生命と行動の下僕としてより外には、なんらの意味をもたないのだ。もし下僕が権力を奪い取るならば、もし彼が主人となって上に立つならば、彼は生命のエネルギーを阻まれる。歴史の過剰によって、我々の生命は不具となり変質するに至る。（略）我々の大多数は、忘却して意識しないときに限って、行為することができるからである。無制限の歴史的意識は、その論理的極限まで突進して未来を根絶する。

（『人間』）

この「下僕」が「奴隷」かも、と睨んだが、残念ながら〝servant〟であった。ただし、ナチスに追われアメリカに亡命した「最後の百科全書派」（野家啓一）カッシーラーの思想は、江藤に大きな影響を与えている。「人間文化は、人間の漸次的な自己解放の過程として記述することができる。言語、芸術、宗教、科学は、この過程におけるさまざまの側面である。それらのすべての領域において、人間は、新たな力を発見し、これを試みる——それは、彼自身の世界、「理想的」世界をきずき上げる力である」（同前）という認識は、そのまま初期江藤の思想に重なる。

では、「奴隷」はどこから来たのだろうか。探索するうちに、頭に浮かんだのはアメリカ南北戦争の争点である「黒人奴隷」であった。江藤が生涯、日本人は有色民族という意識の下に行動していたのは確実である。青春期を過ごした占領下の日本は、国家としての主権をほぼ奪われていた。大東亜戦争で敗戦したにせよ、古代ローマの「属州」よりひどい地位は戦前の自主独立国家日本を知る江藤にとって屈辱的な事態である。そして、江藤淳が「日本はアメリカの奴隷である」と口にすることを自らに禁じていたとすれば。

一九八六年に語り下ろされた『日米戦争は終わっていない』に「われわれは、〝平和〟という言葉の呪縛にかかって、〝奴隷の平和〟、あるいは〝家畜の平和〟というものがあり得るということを忘れていました。自由に支えられていない〝平和〟などというものは、どれほど繁栄の見かけを呈していても、じつは〝奴隷の平和〟、あるいは〝家畜の平和〟にすぎないのです」という文章がある。この文章は、「日本はアメリカ合衆国の五十一番目の州」とか「アメリカの属国」といったような自嘲的な比喩ではなく、「日本はアメリカの奴隷である」という直截な認識につながる。

「廃墟」が江藤の文学的認識の出発点だとするならば、「奴隷」は歴史認識の出発点である。それは、「戦後」という時代区分と切っても切れない関係にある。

＊

「奴隷」といえば、リチャード・フライシャー監督の映画『マンディンゴ』の強烈な印象が頭に浮かぶ。山田宏一によれば「呪われた「黒歴史」の名作」であり、南北戦争直前の南部をここまで生々しく描いた映画はほかにない。「奴隷牧場」での黒人虐待の実態を暴く衝撃的な場面が続いて息を呑むが、画面からのメッセージは複雑である。肥満体で不健康さが明らかな牧場主と足が不自由な心優しい息子のコンビの前に、筋骨隆々で美しい格闘士の黒人奴隷が何度も立って、身体能力だけならばひ弱な白人が何人集まっても圧倒的に黒人側が優勢という状態がこれでもかと強調される。普通の神経の持ち主ならば、いつ寝首をかかれても仕方のない緊張関係にあるとわかるわけで、白人側は常に銃を身近に置くだろうし、警察や自警団の力がなければ収まらない。『風と共に去りぬ』のような優等生映画からはとても浮かんでこない認識であり、名匠フライシャーの懐の深いリアリズムは、江藤の説く「散文」性とつながっている。

エドガー・アラン・ポーからスティーヴン・キングまで、アメリカ文学の恐怖の系譜は、奴隷制度の闇から生まれた。銃の所持に対する強い執着も、異人種に対する恐怖が潜在意識に植え付けられていると捉えれば納得がゆく。英文学徒、江頭淳夫は文学作品を読むことでその闇を実感した。そして、ハワイ島とはいえアメリカの国土に攻撃を加えた「脅威」である日本を、戦後は「占領」によりかつての「黒人」と同じように「奴隷」化しようと試みている……。江藤は後に留学して、アメリカでは南北戦争以来の対立と緊張がいまだ濃厚に残存していることを肌で感じていた。エドマンド・ウィルソン『愛国の血糊――南北戦争の記録とアメリカの精神』への傾倒は逸することはできない。

「戦後」を考えようとする時、普天間と嘉手納にある沖縄の二つの基地がまず頭に浮かぶ。市街地に近接した普天間飛行場に行けば、狭くて危ないというのが第一印象であり、配備されている兵器の素朴さを見るにつけ、もう「ノルマンディー上陸作戦」の時代ではない、という海兵隊の限界に思い至る。あの狭い空港では、二十一世紀の戦争には対応できないだろう。本国でも不要論がくすぶっており、鳩山由紀夫元首相の「最低でも県外」発言は不用意ではあったが、根拠がないわけでもない。

しかし、嘉手納基地はまったく違う。広大な滑走路に、常時最新鋭の航空機が発着しており、北京、平壌、台湾、東京へ即時に打撃を与えうる能力を誇示している。驚くのは、近接している「道の駅かでな」から基地が丸見えであることで、私が訪れた頃は常に中国人観光客がF－15などの戦闘機に嬉々としてカメラを向けていた。基地は有事に対応するためのものだが、「示威」という役目もある。ミーハー気分で東アジア最強・最大の基地を眺める時、基地問題は重々知りつつ、いったいこの基地がなくなる日は来るのだろうか、という想いに襲われる。

韓国にも基地はあるものの、三八度線があり現在も北朝鮮と休戦中という建前だから、米軍の助けは必須である。アメリカ本国が常に軍の撤退をちらつかせていることもあり、表向きは基地問題がないことになっている。民族自決の権利、交戦権を持つことが独立国家の条件であるならば、日本を「奴隷」と見做すのは不当ではない。

江藤は『日米戦争は終わっていない』で、基地問題には触れていない。むしろ「……海上自衛隊は、今日でも依然としてアメリカの太平洋艦隊が使用している作戦暗号《コード》を知らされていません。リムパックのときには、演習用の暗号《コード》だけを知らされますが、これはもちろん使い捨ての、その場限りの暗号《コード》にすぎない」というインサイダー的指摘をしている。

米軍と自衛隊の不平等な関係は今もほとんど変わらない。自衛隊は自らの観測機器で得たすべてのデータを米軍に提供しなければならないが、米軍からの見返りは一切ない。しかし、米軍と現場で交流する機会が多い海上自衛隊には合体を望む意見が多い。災害時の活動に憧れて入った隊員が多い陸上自衛隊とは傾向が違うそうだ。自衛隊に蹶起を促した三島由紀夫が現状を知ったらどう考えるだろうか。

現在は全世界における米軍の撤退は基本方針であり、嘉手納基地も永遠ではない。江藤が『日米戦争は終わっていない』で示した世界状況への認識は、当時のソ連がロシア＋中国になってより強力になり、大きな期待をかけていた「ハイテク日本」が惨めな敗北を喫したこと以外は、ほとんど変更する必要がない。日本の地政学的布置から導かれる必然だとしても、江藤の先見性には驚かされる。

江藤の「奴隷」観は単純ではない。「犬馬鹿」というエッセイの中で、自分がコッカー・スパニエルの小犬ダーキイの「僕《しもべ》」になっている現状を明かしながら、岸信介首相に「犬を一匹飼ってごらんなさい」と勧める。最高権力者だからこそ「奉仕したい欲望」があり、天皇が「象徴」になった戦後日本はアメリカの「僕」になって満足しているようだが、その対象を犬にすべきだというのだ。

日本国民の大半は「公僕」の僕になることにすでに腹を立てている。その「公僕」が実は米国の僕で、自分たちは結局僕の僕でしかない状態に釘づけにされてしまうことになったら、いかに腹を立てるか。しかし、実はあなたが犬の僕であって、自分たちは犬の僕の僕だということを発見したら、いかにくすぐったそうな顔をするであろうか。（「犬馬鹿」）

権力者のマゾヒズムについて、谷崎潤一郎流の解釈が冗談めかして展開されているエッセイであり、江藤の内面は「鬼畜米英」一色ではない。

＊

一九五〇年六月、北朝鮮軍が三八度線を越えて韓国に侵攻し、朝鮮戦争が勃発した。同時に米ソの対立が深まり、アメリカでは「マッカーシズム」と呼ばれる共産主義者の摘発が激化して、第二次世界大戦終戦直後の鷹揚な「民主主義」は過去のものとなり、「逆コース」が本格化する。一方、占領下にあった日本はサンフランシスコ平和条約が発効された五二年四月二十八日から、相対的な自由を獲得し、「占領」という「亡国」（＝「奴隷」）から脱しつつあった。江藤自身の歴史認識によれば、平和条約発効後一、二年の間は、占領軍の検閲も「いちおう廃止され」、A級戦犯として起訴された元外相・重光葵の『昭和の動乱』、東郷茂徳の遺著『時代の一面』などの回顧録や、外務省編『終戦史録』などの貴重な文献が刊行され、「戦後日本のジャーナリズムが相対的にいちばん自由な時期だった」（『日米戦争は終っていない』）。

前述の通り、江頭淳夫が江藤淳を名乗ったのは一九五五年、「五五年体制」が成立した年である。「三田文學」に掲載された時期は、ちょうど社会党再統一と保守合同による自由民主党の結党と重なり、しかも「六全協」により日本共産党が「極左冒険主義」に訣別して、宮本顕治体制が成立した年だった。今日から見れば、張作霖爆殺事件の翌年の一九二九年八月、「改造」懸賞評論の第一席が宮本顕治「「敗北」の文学」、第二席が小林秀雄「様々なる意匠」だったという、後の歴史の分岐点となった時期と同じくらい象徴的な意味を持つ登場だった。

「頭」を同音の「藤」に換え「夫」をとるだけで読み方は大きく変わるものの、架空の名という印象も受けない。大学院の内規に触れないための筆名、という必要があるわけでもない。

『江藤淳は甦える』で平山周吉氏が重視する自筆年譜と実年齢の一歳のちがいを併せて考えると、「江藤淳」と「江頭淳夫」の間には、本人にしかわからない屈折が窺える。批評の書き手は大学教員などの職業を兼ねることが多く、先行業績がある場合も多いゆえ本名を使うことがほとんどであり、批評家・大学教員への道が「江藤淳」と名乗ることから拓かれた江頭淳夫の経歴はあまり見かけない。

『夏目漱石』の刊行は、議論の新鮮さとその説得力により「彼（漱石）の名声にはコットウ品特有の事大主義や回顧的な匂いがつきまとっている」（『夏目漱石』）という評価を動かし、江藤の批評の戦闘力を担保した。と同時に、親米保守政権の樹立とともにひとまずの安定した形態を見出した日本では、朝鮮特需による好景気とともに小市民階級が擡頭し始め、文壇を支配していた「私小説」の伝統が揺らぐ動きも先取りしていた。盟友・山川方夫は漱石が先鞭をつけた都市無産階級小説に新たな息吹を吹き込み、庄司薫、村上春樹が続くという系譜は見逃せない。

歴史にもしもはない。しかし、江頭淳夫が漱石ではなく、別に候補に挙がっていた堀辰雄や小林秀雄を処女作の素材に選んでいたならば、その内容は文学の問題に留まり、「著者のノート」でも自嘲気味に振り返っている通り、「廃墟」や「奴隷」のような物々しい言葉がタイトルに躍る展開にはならなかったかもしれない。漱石を日本の近代が抱える難題すべてと直面した文学者に仕立て直したのは、江藤淳の大手柄だった。

もうひとつ、東京大学ではなく慶應義塾大学に進学し、井筒俊彦の「言語学概論」を受講したことも大きかった。私の手元に山川嘉巳《よしみ》（方夫）と江頭淳夫の講義ノートがあり、前者ではランボー、マラルメ、ボードレールを中心に詩の象徴主義と言語学の関係に深く分け入り、後者ではソシュール、メルロ＝ポンティ、ベンジャミン・ウォーフなどが矢継ぎ早に語られ、言語学の最先端が紹介されているのがわかる。江頭のレポートでは、プラグマティズムの創始者であるチャールズ・サンダース・パースと、一般意味論で知られるアルフレッド・コージブスキーの名が特筆されていた。両者の言語学における主著は本邦で翻訳は出ていないが、初期江藤の散文論、とりわけ「模倣は人間の本然であり、模倣されたものに悦びを感ずるのも人間の本然であることは経験的に証明される」（「奴隷の思想を排す」）と要約されるアリストテレス的「実体論《リアリスム》」が「私小説」の伝統とつながるものとして批判する論拠として、講義で得た知見が存分に生かされていた。

産みの母と四歳半で死に別れ、登校拒否や結核で学校に通えぬ間、暗い納戸で古今東西の文学作品を読み耽り、谷崎潤一郎に小学校三年生で没頭するという早熟さを発揮し、英語も義祖父から学ぶという家庭環境は、「批評家」を育成するには最適だった。生意気で病弱で幼くして母を亡くした子に、周囲が腫れ物に触るように接し、多少の問題は不問に付されたであろうことは想像に難くない。

晩年、江藤は「僕は、慶応の英文を出たら、英語の教師にでもなって、一生にせめて一冊ぐらい本を出せたらいいだろうとしか思っていませんでした」（インタビュー「僕を批評家にさせたもの」「波」一九八七・七）と語っている。しかし、時代のうねりと個人の生の「偶然」

は複雑に絡み合い、「宿命」となってゆく。批評家「江藤淳」の誕生はある必然に導かれていた。しかし、それは生活者「江頭淳夫」にとっての幸福だったのだろうか。

第二章　埴谷雄高と丸山眞男との遭遇

若き批評家として世に出た江藤淳は『海賊の唄』（一九五九）という本をまとめ、「序」で自らを「海賊」になぞらえた。文学者にしては物騒だが、武張ったイメージには由来がある。江頭淳夫の祖父である海軍中将・江頭安太郎がその源だった。祖母の米子の父も、海軍少佐をへて、海軍兵学校の予備校の海城学園を創設する古賀喜三郎である。海軍一家に生まれた淳夫は、「鉄骨木皮の練習艦××」（「台風」）に乗っていた海軍士官の祖父が台湾沖で、暴風雨の中、灰色の幽霊船に遭遇して危うく命拾いした逸話などを子守歌にして育った。

安太郎は海軍学校を首席で卒業した秀才で、一九一三年、四十八歳で早逝しなければ海軍大将も有望視されていた逸材だった。しかし、息子の隆は銀行員となり、米子の期待は孫の淳夫に向かう。しかし、四歳半の時母・廣子を結核で亡くし、自らも感染した淳夫も病弱であり、「あらゆる点で船乗りに不適格な子供」（同前）だった。

江頭淳夫の読書遍歴は、七歳の頃の『ロビンソン・クルーソー』に始まる。「……極度の病身で、学校にすらろくろく顔を出さなかった、というより、それをよいことにし、両親の心配を利用して、世の中で最も不愉快極まる学校という場所を徹底的に拒否していたのであった。このようなぼくにとって、学校のない、絶海の孤島で、山羊を飼い、フライデーを家来とし、人喰人種と戦うロビンソン・クルーソーほど魅力的な男はいなかった」(「『ロビンソン・クルーソー』をめぐって」)という子供が、祖母が江頭家の「家業」とみなす海軍軍人になれるはずもない。

しかし、「船乗り」のイメージは江藤を魅了し続ける。『夏目漱石』を書いた時の江藤は、「マジェランのように、平たい大地が丸いことを証拠立てて、地球をひとまわりすることができる」(『海賊の唄』序)と思っていたが、三年でその目論見は崩れ、「「さまよえるオランダ人」の船長のように、上陸のあてのない航海をつづける」身の上となったという。しかし、批評という行為が「私の視た陸地のいくつかをここに書きつけ」、檣《ほばしら》にのぼって「海賊の唄」を歌うことだという姿勢は生涯、変わらない。

*

「海賊」として出発した江藤には二つの「敵」があった。前述した通り、最初の大きな敵は「散文の欠如」である。初期の論文で高らかに掲げた理想主義的な近代化への狼煙《のろし》は先達の心を動かす。伊藤整、中村光夫、平野謙などの錚々たる書き手が一連の評論について言及し、何より当時の造反学生たちの「神」であった埴谷雄高の熱っぽい批評が強く江藤の背中を押した。

一九五七年十月の「図書新聞」の埴谷の文芸時評は、「さながら数学の証明のような文章を系統的に提出しているこの若い筆者は、吾国で珍らしい体系的な文学論の建築をなし得る批評家となるかもしれない」という将来像とともに、「もしさまざまな文学作品が、現実の奴隷でなく主人になることを要求する江藤淳の評論など必要にせぬほど続出してくれば、まことに喜ばしいが、現実の総体はまだそこへ向っていないのである」という分析で結ばれていて、その鋭利さと予言性に舌を巻く。

一九五七年四月、江藤は慶應義塾大学文学部英文学科を卒業して大学院に進学し、五月に大学の同期生だった三浦慶子と結婚。新居は埴谷の住む吉祥寺のアパートであり、慶子は山川方夫とともに「江藤淳」のプロデュースに力を発揮する。そして、江藤は吉祥寺の主で『死霊』の著者である「永久革命者」埴谷雄高の家に通うようになり、妻とともに埴谷邸で催されるダンスパーティにも出席した。

埴谷は、荒正人、平野謙、本多秋五、佐々木基一、花田清輝、大西巨人、野間宏、福永武彦、加藤周一、中村真一郎などがメンバーだった「近代文学」同人であり、丸山眞男や竹内好とも親交がある「戦後派」の代表格である。戦前、収監されて共産党を脱党する過程を徹底的に考え抜いた体験が、反スターリニズムを先取りする履歴となり、戦後は筋金入りの反権力アナキストとして畏敬されていた。そして、埴谷に認められた初期の江藤も、戦後派系の新人とみなされる。

五八年に書かれた「神話の克服」は、埴谷を筆頭にした戦後派の影響が濃厚である。前年の五七年は原田康子『挽歌』、三島由紀夫『美徳のよろめき』、井上靖『氷壁』などのベストセラーが出た「文運隆盛」期であったが、江藤はその三作に共通する傾向を批判した。主な標的となった『美徳のよろめき』は、有閑階級の貞淑な夫人の「不倫」をテーマにして「風俗小説」であるはずだが、いつ起こった出来事なのか痕跡がほぼ消されている。時代相を描写した唯一のシーンを引用してみよう。

ある晩、二人は待ち合はせて映画を見、九時前にそれがすんで、映画館を出たときに、めづらしい大停電があつた。町のあらゆる灯《ひ》は消え、ネオンはまたたきながら消えて行つた。数秒のちに又ともり、ネオンといふネオンはわなわなとふるへながらともり、新聞社の窓々も一せいにともつた。しかしともつたと思ふと、又消えた。残つてゐるのは自家発電のビルのあかりだけである。(略)

二人はとある新聞社の発送部の前をとほりかかつた。発送部の内部は真暗な洞窟のやうで、トラックが数台黒々と止つてゐる。大ぜいの男が闇の中に動いてゐる気配がする。その中の一人が叫んだ。

「猪苗代の発電所に爆薬が仕掛けられたんだぞ。爆発だ。発電所が爆発だ!」

このとき忽ち、明るい光が目を射たのは、朝刊の第一版発送のトラックが、ものものしくヘッドライトを点じて発車したのである。

(『美徳のよろめき』)

そして翌朝、停電の原因は、猪苗代発電所の送電線への落雷と新聞報道で知る。主人公が望む「革命や暴動」は起きる気配すらなく、「騒擾」の前兆は結局「官能を促す」だけに終わる。江藤は『美徳のよろめき』という小説は、大停電の間、主人公が感じた「不安の感じ」を増幅しただけの小説である、と断じる。

『美徳のよろめき』の主人公について、北原武夫は「姦通という悪徳を犯しても穢れることを知らない優雅な人間の持つ、真の意味で贅沢な魂」と形容している。ただし、小説は全編、主人公のモノローグで構成されており、彼女の内面は決して他者と共有されることはない。読者はもっぱらその心理ドラマを鑑賞するわけだが、作中で起こる出来事は、有夫の婦人が姦通して妊娠し、誰にも相談せずに自らの手で関係を整理した、というだけにすぎない。

江藤は、「作中の人物における生活不在であり、現実逃避的傾向であり、ある種の稀薄さ、リアリティの不在」を危険な兆候として指摘する。単なる平凡な恋愛事件にすぎない物語が、「ひとつのムードとしてとらえられた強烈な危機感」に支えられ、一九五七年の「文運隆盛」期の主潮となる。「散文の欠如」ゆえに作品が読まれるという状況をどう捉えればいいのか。

＊

丸山眞男は一九四六年、政治学の今後について、次のように高らかな宣言をした。

日本の国家構造は八・一五を契機として見られる如き歴史的な転換を遂げつつある。神秘のとばりにとざされていた国家の中核はいまはじめて合理的批判の対象となりうるに至つた。アンシャン・レジームのもろもろの政治力は解体し、暗黒のなかで行われた錯雑した国家意思の形成過程は、いまや国会が「国権の最高機関」とされ、議院内閣制が採用される事によつて著しく透明となつた。また天皇が実体的な価値の源泉たる地位を去つて「象徴」となつた事によつて国家権力の中性的、形式的性格がはじめて公然と表明され、その実質的な掌握をめざして国民の眼前で行われる本来の政治闘争がここに漸く出現した。政治的現実はいまこそ科学的批判の前に自らを残るくまなく曝け出したわけである。

（「科学としての政治学」）

丸山は戦前の日本ファシズム支配を「無責任の体系」と批判した上で、戦後に「科学」を基礎とした諸学の変革がなされることを期待していた。日本文学に根強く残る「呪術性」を徹底的に批判した江藤の散文論は、丸山の呼びかけに文学の側から応じた論旨を含んでいる。埴谷が江藤の未来を嘱望するのも、丸山の議論との類似から考えれば自然な文脈であった。「現代小説の問題」では、創作活動を職業にできなかった十八世紀の英国において、教区の牧師だったローレンス・スターンが成り立たせた「伝 達《コミュニケーション》」の可能性が失われてゆく経緯を明らかにしている。小説というジャンルは十八世紀から二十世紀にかけて、「最初は社会を背景とし、その中で他人との積極的な交渉を持ちながら行動していた主人公を、いつの間にか閉鎖的な「個人」に極限して、その内的世界にのみ関心を持つようにして行く過程である。この推移は、散文の機能の衰退の過程と密接な関係を持っているので、別の言葉でいえば、一つの倫理的な行為の伝達《コミュニケーション》の媒体であった小説が、それ自体の自己完結的な美や芸術的完成のために、そもそもの発生当初に持っていたこのジャンルの最も基本的な機能を無視するにいたる過程であるといってもよい」という変化を経ていた。

日本の現代小説も、一種の詩語によって書かれることにより「呪歌的性格」を帯び、日常生活とかけ離れた修道院めいた「文壇」のみで棲息するという事態を招いていた。詩語による批評文を書く代表的存在として小林秀雄も批判されていて、「近代文学」派の戦争責任の追及と問題の領域が重なっている。初期江藤の主張は同時代においては、日本を代表する近代主義者・丸山眞男と響き合っていた。

＊

もっとも、五七年時点の丸山と江藤の主張に大きなズレもある。焦点は、丸山の担当編集者であり、処女評論「日本浪曼派批判序説」を同人雑誌「同時代」で公にし始めていた橋川文三からもたらされた。橋川は江藤の十歳上の二二年生まれで、満洲事変の時十一歳であり、一高時代に保田與重郎の文章を耽読して、勤労動員中に敗戦を迎えた戦中派である。

橋川は丸山の日本ファシズム論を前提としつつ、「特異なウルトラ・ナショナリストの文学グループ」日本浪曼派を、「あの戦争とファシズムの時代の奇怪な悪夢として、あるいはその悪夢の中に生れたおぞましい神がかりの現象として、いまさら思い出すのも胸くその悪いような錯乱の記憶」として忘れ去るのではなく、内在的に批評することにより、「日本帝国主義イデオロギーの構造的秘密」を見出そうとした。

橋川が「保田＝日本ロマン派の精神史・精神構造」を示すという文章は、一九四〇年十二月の「コギト」に掲載された「満洲国皇帝旗に捧げる曲」である。

我々の世界観を、本当の地上表現を伴うものとして教えたのは、やはりマルクス主義だった。この「マルクス主義」は、ある日にはすでに純粋にソヴェートと関係なく、マルクスとさえ関係ない正義を闘おうとする心持になっていた。日本の状態を世界の規模から改革するという考え方から、しかしそういう心情の合言葉になったころにマルクス主義は本質的に変化したのである。

さて「満洲国」という思想が、新思想として、また革命的世界観として、いくらか理解された頃に、我々の日本浪曼派は萌芽状態を表現していたのである。しかも、そういう理解が生れたころは、一等若い青年のあるデスパレートな心情であったということは、すべての人々に幾度も要求する事実である。……現在の満洲国の理想や現実といったものを思想としての満洲国というのではない。私のいうのはもっとさきの日本の浪曼主義である。

（「日本浪曼派批判序説」より再引用／傍点橋川）

保田はもともとマルクス主義者であり、「唯物史観」が唯一の「地上的な表現」だった一九二〇年代に青春を過ごした。しかし、ロシア革命の如く、天皇に累が及ぶことを怖れた政府は共産主義運動を徹底的に弾圧して、一九三三年、「日本共産党万歳！」と最後の小説に書いた小林多喜二が虐殺された直後、獄中の日本共産党幹部が集団転向する。江藤の史観によれば、明治以来、文学者によって発展継承されてきた「実体論《リアリズム》」は、最終的にインターナショナルな理論である「科学的社会主義」を根拠にした「マルクス主義文学運動」の形態をとったが、党の合法的な活動が禁じられた地点で日本文学の「近代主義」は終わった。

日本浪曼派の活動は、日中事変のさ中の「文芸復興期」とよばれる時期がピークである。日中事変は続いていたものの、社会は小春日和的に安定していた。マルクス主義者をのぞいた文学者は旺盛に執筆しており、いつ徴兵されるかも知れぬ若者たちの「デスパレートな心情」の受け皿になっていた。その状況下で保田は、集団転向ののちマルクス主義を「純粋にソヴェートと関係なく、マルクスとさえ関係ない正義を闘おうとする心持」として認識し、ついに「唯物史観」の「心情の合言葉」だった「科学」はどこかへ消えてしまう。

『万葉集の精神』における保田の「どのように言っても古代をいう我々の方が、今のところでは最も尖鋭な近代と、又すでに頽廃する以外に更生法のない現代の皮層の尖端にあきらかに暁通しているのである」(「日本浪曼派批判序説」より再引用)というロマン主義的イロニイは、とりわけ病める若者の心情を戦地へと向けることになった。保田のポレミークにより、戦争について「科学」(＝「散文」)的な判断を免除された知識人たちは、自らすすんで『万葉集』を携えて戦地へ赴く。

橋川は保田與重郎に「いかれた」戦中の心情を否定せず、「自然」と「古典」回帰しようとする日本浪曼派の主張に共感を隠さない。江藤は日本浪曼派のメタフィジックによりもたらされる「原始的エネルギーの解放、非合理的思惟のはんらんなどといった状況」を「神話」的状況として危険視し、保田の反「政治」主義、反「知性」主義への警戒を強調する。

しかし、橋川と江藤は、日本の近代文学に残る古い「神話」の呪縛と、「危機の到来とともにたちまち蠢動を開始する生きたイドラ」(「神話の克服」)を重視する点では同じである。

その上で江藤は三島由紀夫を筆頭に、日本浪曼派が影響力を発揮した「集団転向」後の「文芸復興期」と一九五七年は、「極度のロマンティシズム過剰」という特徴を備えて文学作品が「神話的な象徴」として機能する事態が共通しており、「個性」と「近代」が圧殺されている状況ととらえた。

江藤にとって五七年は、日本浪曼派の登場がもたらした病弊が再演された年となる。かつては「満洲国の思想」により「五族協和」という理想が実現されていると信じ、そして戦争に負ければ、保田に「騙された」と「一億総懺悔」して「戦後民主主義」という新たな「神話的象徴」に向かう。その繰り返しが、「生きている廃墟」に棲む「奴隷」の変わらぬ行動パターンと捉える。

一方、丸山は「美」と「政治」を一体化した日本浪曼派の存在を軽視している。六四年、「私自身の選択についていうならば、大日本帝国の「実在」よりも戦後民主主義の「虚妄」

の方に賭ける」（『増補版　現代政治の思想と行動』「後記」）という有名な言葉を書き付けた政治学者は、民主主義を「特定の体制をこえた「永遠」な運動」として捉える一貫した近代主義者として振る舞った。

それゆえ、「神話の克服」の結末が丸山眞男の問題意識と似通っていることは興趣深い。

> ……われわれがファシズムや破壊や残酷さから自らをすくい、われわれのなかに現にひそむそのような行動への憧れをならし、「神話」を手なずけるということ以上のリアリスティックな行為は、現在ほかにない。それは正確に、われわれの極く些末な日常生活にまでつながっている。こうして神話的状況を対象化することは、われわれが人間になり、歴史を人間化することに連続するであろう。そしてその時、民族のエネルギーもまた、ムードとなって拡散することなく、定着されて、その方向に働きだすであろう。その責任を回避するとき、文学者は、人間になることを回避したということになるにちがいない。

江藤は、丸山と共有した「われわれが人間になり、歴史を人間化する」という目標は決して手放していない。

＊

これまで述べた通り、初期江藤の言語論は、日本語は「詩」の要素を濃厚に残した言語であり、その呪術性を克服した「散文」を鍛えてゆかなければ、わが国に真の近代はおとずれない、という論旨だった。もっとも、日本語の悪しき「呪術性」の例は多数挙げられているものの、肯定的な散文の例としては、フィールディング、リチャードソン、スモレット、スターンという十八世紀の英国作家や、二葉亭四迷、夏目漱石、有島武郎の名ぐらいしか挙がっていない。ここで江藤の「散文」観を検討してみよう。

江藤の世界観はプラトニズム側、天上に「観念《イデア》」が存在し地上の現実はその似姿にすぎない、という立場である。プラトニズムは時代が進むにつれて穏健化してゆくものの、アリストテレス的な「実体論《リアリズム》」により現実を描写するだけでは「観念《イデア》」に到達できない、という基本は動かない。そして、プラトニズム的世界の様相には、たとえば学生時代の恩師の井筒俊彦は、次のような鮮烈な表現を与えている。

「万物流転」の壮麗な光景。人はこの光景を眺めながら、感覚の虚妄に欺かれて有無転換の深相に気づかず、冷然として物が在ると言い、現象界の多様多彩を見てその夢幻のような実体を徹見せず、不変恒常の事物が存在するものと思い、物に名を付け、物を固定化する。相対的な事物を指してこれを絶対視する。いわんや彼は自分自らの存在の相対性についてはかつて顧みたこともない。しかしながら、あらゆる事物の、そして特に自分自身の存在性の本質を意識する能力を人は生れながらに与えられている。それはひとり人間のみが有する特権ですらある。

（『神秘哲学』）

『神秘哲学』は、井筒が学者になったばかりの頃、慶應大学で行ったギリシア哲学をめぐる講義をまとめたものである。井筒はその後イスラムやアジアに研究対象を広げてゆくわけだが、井筒の関心は一貫して、人類が宗教や言語を持った段階の、はじまりの神秘体験に向かっていた。そして、江藤の関心も井筒と同じく、「詩」と「散文」のような区分が生じる前の、プラトンが「観念《イデア》」と呼んだ真なるものにあった。

一九七八年、井筒の『ロシア的人間』が、江藤の推挽により北洋社から再刊されている。本書は四八年に慶應大学の通信教育部の教科書として印刷されており、五三年には弘文堂から出版されているので、江藤も早い段階で存在を知っていたはずだ。井筒は「一切のものに軽々と、「まるで精霊のように」同化してゆく」抒情詩人であるプーシキンを、はじめてロシアに登場した第一級の近代文学者と評価している。ここで、井筒が部分訳した「冬の朝」（一八二九）を紹介しておこう。

霜気と太陽、素晴らしい日だ！
おまえはまだ睡っている。嫋《たお》やかな伴侶《とも》よ。
美しい女《ひと》、さあ、目をさましてもよい頃だ。
ものうげに閉じたその眸《ひとみ》をあけて
北ぐにの曙の女神を迎えに

北ぐにの星のように出ておいで！
ゆうべは、ほら、あんなに吹雪が狂いたけって、
曇った空に濛々と霧が流れ
月は色褪せた染《しみ》のように
暗い密雲のかげに黄色く濁っていた。
そしてお前は悲しそうに坐っていたっけね。
だが今はもう――まあ窓の外を見てごらん、

華やかな敷物をひろげたような
淡い青色の空のもとに
雪がきらきら陽の光に燦き、
透き通しの冬木立だけが黯《くろ》ずんで、
凍氷《つらら》のあいだには樅の緑も見え
氷の下に小川が光る。

（『ロシア的人間』）

ロマン主義者・井筒俊彦は、吹雪の翌日のきらきら輝く朝を描いた二連に鮮やかに表れているプーシキンの詩的精神を、次のように分析している。

このような自然詩に、我々はプーシキン独特の象徴的リアリズムの実に美しい結晶を見る。詩人は外的自然の無邪気な歓びを淡々と描いているかに見える。だが、実はそれが同時に内的自然の描写でもあるのだ。自然描写はここでは何か別の、心的な状態のシンボルとして使われているわけではなく、それ自体で完全に充足したまぎれもない自然描写なのだが、しかもそれが直ちに内面的世界の風景として展開していくのである。外的世界の歓びと内的世界の歓びは一体であって、二つを区別することはできない。これがプーシキンのリアリズムであり、真に普遍的な精神をもって一切のものに同化し得る「全人」の至芸である。　（同前）

ここで井筒のいう「プーシキンのリアリズム」の「天才をもって生れた「全人《フセチェラヴェーク》」（vsechelovyék）」の至芸こそ、江藤が虚子の「写生文」に見出そうとしていた日本語における新しいリアリズムであろう。虚子の提唱する「客観描写」に徹した近代の名句は、プーシキン的リアリズムの詩境と近接する。実は虚子に写生句は少ないが、たとえば「遠山に日の当りたる枯野かな」「流れ行く大根の葉の早さかな」など。そう、プーシキンや「写生俳句」が為し得た自然描写の象徴性を散文の形にまで発展し、物語をも包含することができれば！

＊

一方、江藤は日々の生計に追われる「散文的」現実を重視する人間でもあった。

いつだったか、なにかの会合のときに、安岡章太郎氏が、なんの気なしにといった調子で、ちょっと間の抜けた声で、

「小島、まだ大学にいるのかア」

といったことがあった。そうすると、小島氏は憤然として、

「ああ、いるともさ。ぼくは停年まで絶対に辞めないよ」

と嚙みつきそうないきおいでやりかえした。ああ怒ったな、小島さんは、と私は思い、その怒りの性質がよくわかったような気がした。いわば小島さんは、常識の枠のなかで、指導力をもって生きて行こうと決意し、またそういう生きかたを強制されている人間として、この努力を軽く見るような人間や思想が赦せないのである。

（「私の知っている小島さん」）

＊

「文学の話しかしない人」と揶揄されがちな作家・小島信夫が、実は「筆一本」的なロマン主義者とは一線を画する人であることを、鮮やかに捉えた一文である。ラスコーの壁画と埃まみれの憂き世の両側から考えるのが江藤の「散文論」だった。

もうひとつの「敵」は「戦後」である。「戦後」否定は、江頭淳夫が終生、抱きつづけた信念である。しかし、社会的なペルソナである江藤淳は、一九五七年の時点ではまだ公言できなかった。江藤が若くして世に出たのは、戦争責任から自由な「戦後」世代だから、という背景が大きかった。日本の近代文学の歴史全体を否定し、高邁な理想を掲げて論を張った新進批評家は、サルトル的知識人としての「政治参加《アンガージュマン》」が当然のごとく要請される。占領から脱したばかりの日本はまだ可塑的に見えたし、各ジャンルに新世代が擡頭して改革の機運が漲っていた。

なにより、六〇年の日米安保条約の改定が目前だった。五五年に結党された自由民主党の政綱には「平和主義、民主主義及び基本的人権尊重の原則を堅持しつつ、現行憲法の自主的改正をはかり、また占領諸法制を再検討し、国情に即してこれが改廃を行う。／世界の平和と国家の独立及び国民の自由を保護するため、集団安全保障体制の下、国力と国情に相応した自衛軍備を整え、駐留外国軍隊の撤退に備える」とある通り、「改憲」は占領から脱した後の当然の前提であった。

盟友の山川方夫は当時の江藤について、こう書いている。

現在、彼はすぐれた文芸批評家であると同時に、若い世代の代表者の一人として、そのスポークスマンの役をはたしているが、これは彼にしたらただの結果、一つの必然であるにすぎず、すぐ古くなる「新しさ」や「若さ」などは、彼の意欲とは関係があるまい。彼の人間についての信条が、ただの目新しさや流行とは関係のない一つの人間についての考え方として正当に評価される日を一日もはやくつくり出すことこそ、むしろ現在の彼の望みだろう。

タフ・ガイ扱いされるのにいくらか照れてもいるが、でも、そのためにも彼はまだまだ精力的な仕事をつづけねばならぬのを覚悟しているようだ。

（「江藤淳について」）

しかし、江頭淳夫は「戦後」を肯定できる人間ではない。読書遍歴を通して語る自伝『なつかしい本の話』では、「この新時代に心を閉して、古本屋に足を向けた」旧制中学三年生の姿が印象的に描かれている。新刊書店の店頭に賑やかに並ぶ新刊本に背を向け、十条銀座の古本屋で手に入れた伊東静雄の『反響』に心を震わす少年。感受性はどうしても両義的になってしまう。

＊

「戦前派」の宿願である「改憲」＝「自主憲法の制定」が実現する機運が盛り上がっていた一九五七年の時点でも、「戦後」のルールの基本となる日本国憲法は、憲法学者・宮沢俊義の「八月革命説」という守護神がすでに備えられていた。この説が、丸山眞男の示唆によって成立したことは、江藤にとっての因果話である。ここで「世界文化」一九四六年五月号に掲載された宮沢の「八月革命と国民主権主義」の一部を引く。

昨年の八月、日本は刀折れ矢尽きて敵陣に降伏し、ポツダム宣言を受諾した。その宣言の中に「日本の最終的な政治形態は自由に表明せられた人民の意思にもとづいて決せられる」といふ趣旨の言葉がある。ここに注目する必要がある。（略）

国民主権主義は、さきにのべられたやうに、それまでの日本の政治の根本建前である神権主義とは全くその本質的性格を異にする。日本は敗戦によつてそれまでの神権主義を棄てて国民主権主義を採ることに改めたのである。

かやうな改革はもとより日本政府が合法的に為し得るかぎりではない。天皇の意思を以つてしても合法的には為し得ぬ筈である。従つて、この変革は、憲法上からいへば、ひとつの革命だといはなくてはならぬ。勿論、まづまづ平穏裡に行はれた変革である。しかし、憲法の予想する範囲内においてその定める改正手続きによつて為されることのできぬ改革であるといふ意味で、それは憲法的には、革命を以て目《もく》すべきものであるとおもふ。

終戦によつて、つまり、ひとつの革命が行はれたのである。

この論文、最初に読んだ時は心底びっくりした。煎じ詰めればあの一九四五年八月十五日に革命が起こった、という話なのだから、いったいどこの国で、と普通は思う。しかし、現在の憲法学会では、さほどの議論もないまま、江藤流の呼び方をすれば「一九四六年憲法」の正統性を保証する論拠となっている。しかも、憲法学者たちは宮沢の説を引用して日本国憲法の成立を論ずることをしないため、広く知られることもない。

「八月革命説」がなぜ必要とされたのか。そもそも、「神権主義」から「国民主義」への転換は美濃部達吉の「天皇機関説」に内包されていたし、昭和天皇自身も美濃部説を支持していた。それゆえ、政府はあくまで大日本帝国憲法の範囲内で改憲しようとした。しかし、GHQにすれば、それでは敗戦したことにならない。一方で、敗戦後日本は自らの手で「民主主義国家」に生まれ変わった、という前提が守られなければ国際法上の問題が生じる。

いかにして、GHQの指導による「押し付け」の憲法ではなく、自発的に改正したという形を整えるか。相矛盾する論理を成り立たせるために、降伏してポツダム宣言を受諾し、その条項にある「日本国国民の自由に表明せる意思」により、「神権主義」から「国民主権主義」という転換が起こり、それを「ひとつの革命だといはなくてはならぬ」と強弁するというレトリックがひねり出される。

GHQと東大法学部代表である宮沢の関係は、正確な経緯は「私自身の記憶が頗る怪しい」という証言でお茶を濁されている。丸山も談話で「八月革命説」への関与を示唆しているが、こちらも曖昧なままである。しかし、日本国憲法を瑕疵なく成立させるためには、憲法学の見地からの詳細な検討が必須であり、宮沢/丸山の悪魔的な頭脳の冴えが大きく反映したのではないか、という疑いは拭えない。

まず、「国体護持」という日本側の至上命令については、皇位を動かさないことで解決する。天皇についての「国ノ元首ニシテ統治権ヲ総攬《そうらん》シ」という規定を、「日本国の象徴であり日本国民統合の象徴」として「統帥権」をなくすという大変更は、八月十五日に「国民主権主義」への「革命」が起こったという概念を導入することにより不問に付す。「革命」の根拠はポツダム宣言の受諾なのだから、日本はきちんと敗戦している。

昭和天皇の国際法的な戦争責任を問わないことと「天皇大権」の剝奪というセットは、潜在的に、「太平洋戦争は軍部の独走」という戦後の歴史観を前提としている。そして、皇位に退位のような影響が及ぶことは「押し付け」の証拠として後々の火種となるため、絶対に避けなければならないことだった。憲法学者や知識人が「八月革命説」を前提とし共有することにより、世界に類のない「平和憲法」が、帝国議会の採決により公布されたという間に合わせの法理論が実体となり、日本の「奴隷」化の隠された根拠となってゆく。

＊

丸山眞男は一九五七年当時、次のような証言をしている。

……昨年（一九五五年）の衆議院選挙と今年の参議院選挙の結果が如実に示したように、「新憲法」は今日相当広い国民層において一種の保守感覚に転化しつつあり、この微妙な変化を見誤ってもっぱら「押しつけ憲法」というスローガンに依拠していたことに保守政党の致命的な錯誤があった。（略）「既成事実」の積重ねはこれまで主として支配層の政治的手段であり、革新派はその名のごとく多かれ少かれ抽象的なシンボルに訴えていたのが、次第に事態は変って、憲法擁護の旗印が（広汎な婦人層や組織労働者はもとより「太陽族」に至るまでの）日常的な生活感覚ないしは受益感の上に根を下すようになった。

（『増補版　現代政治の思想と行動』「第一部　追記および補註」）

この分析は今から見ても、半分は当たっている。丸山は、起源はさておき「八月革命」が起こったことにより「戦後民主主義」が根づけば日本は近代化しうると、プラグマティックに捉えていた。この姿勢は、江藤の「戦後」批判である「国は敗亡し、一切の所有を奪われ（dispossessed）、そのかわりに奇怪な観念に憑かれた（possessed）連中が、浮き足立って右往左往しているような時代」（「場所と私」）という認識と鋭く対立する。

江藤は宮沢の死後、占領期の一次資料『占領史録』第三巻「憲法制定経過」の解説の一部を「〝八・一五革命説〟成立の事情――宮沢俊義教授の転向」というタイトルで「諸君！」一九八二年五月号に発表し、宮沢説のいかがわしさを世に問うた。江藤は、もともとは宮沢が大日本帝国憲法の延長線上で新憲法を定めようという、師・美濃部達吉の説に従いながら、政府案がGHQの逆鱗に触れた後、「〝コペルニクス的〟転向」した経緯を当時の論文に即して検証しているが、出し遅れの証文という感が強い。

日本国憲法の成立過程については、新資料の公開により詳細な経緯が明かされているものの、今後も「始まり」は正確な形で公にされることは決してないだろう。そして、「改憲」は自民党にとって常に潜在的な課題であり続け、選挙に勝てば具体性を帯びる。しかし、丸山のいう「日常的な生活感覚ないしは受益感」に基づく「護憲」勢力を納得させるのは困難だろう。小手先で文言を変えて「改憲」と称しても、これまで重ねてきた「解釈改憲」と大同小異である。

江藤淳は、「戦後」の起源を文学の問題として問い続ける。それは、起源の隠蔽が原因になって生まれる病が社会を蔽うことに対する異議だった。一方、丸山の「戦後民主主義の「虚妄」の方に賭ける」という揚言が「八月革命」による歴史の改竄を念頭に置いているとするならば「思想戦」に発展する。十八歳離れた丸山と江藤は節度ある交際を保ち、論戦などを交わしたわけではない。しかし、二人の論点の呼応関係からしばらく目が離せない。

内面に分裂を秘めたまま、「海賊」は「アンガージュマン」に向かう。江藤の掲げた「理想」の旗が、現実社会で試される時がやってきた。

第三章　「作家は行動する」季節

一九五七年の時点で、江頭淳夫は三度の国際秩序における大きなルール変更に遭遇していた。「大東亜戦争」、「敗戦と占領」、「主権の回復と「逆コース」」に始まる五五年体制の成立」。社会制度の基本原則が揺らいでから、ひとりの人間の生活に影響が出るまでに時間がかかる。現実には、市民社会の中での無数の新たな小ルールの出現という形をとるわけだが、昭和天皇以下、日本人は等し並みに直面した運命だから逃れるわけにゆかない。全国民の心に深い傷跡を残す大規模な社会実験のような渾沌が、若き江頭の前で展開されていた。

六一年生まれの私が経験した大きなルール変更は、たぶん三度である。「変動相場制の導入」、「冷戦構造の崩壊」、そして二〇二二年の「ロシアのウクライナ侵攻」。しかし、この三度とも「逆コース」、すなわち自由主義陣営の「反共」を主要なモチーフと考えれば、一貫した流れの中にあると捉えることもできる。同じ敗戦国であるドイツやイタリアとも違い、安全保障を「日米同盟」に委ね続けているわが国は、諸外国と比べてとりわけ変化が少なかった。

七五年生の赤木智弘の「「丸山眞男」をひっぱたきたい――31歳、フリーター。希望は、戦争。」は、長らく「平和」だった日本の内実を告発した一文として記憶に残る。「我々が低賃金労働者として社会に放り出されてから、もう10年以上たった。それなのに社会は我々に何も救いの手を差し出さないどころか、GDPを押し下げるだの、やる気がないだのと、罵倒を続けている。平和が続けばこのような不平等が一生続くのだ。そうした閉塞状態を打破し、流動性を生み出してくれるかもしれない何か――。その可能性のひとつが、戦争である。」(「論座」二〇〇七・一)

赤木は、階層逆転の実例として、東大卒「エリート」である丸山眞男が陸軍二等兵として平壌に送られ、学歴のない一等兵に「イジメ抜かれた」エピソードを挙げる。ここで興味深いのは、二十一世紀になっても「知識人」の代表が丸山であり、その名は更新される気配もないことだ。「丸山批判」はある時代の定番であったが、晩年に論じ続けた福沢諭吉を継承する「脱亜入欧」モデルは、日本の実情とまったく遊離している故に有効というアイロニカルな事態となっている。

選挙があるたびに、取って付けたように「投票に行こう」というキャンペーンが行われる。しかし、各党の主張を検討して候補者の優劣を判定し、納税の義務を果たしながら一定の社会的な貢献を果たし、支持政党が違っている人間とも冷静に「ディベート」できて、よりよい国家を目指してゆく「民主主義」を体現したような丸山的な市民が、全人口の一割でも存在する日が来るのであろうか。書いていて自分でも薄気味が悪くなるけれども、永遠にありえないだろう。だからこそ、丸山眞男は丸山眞男であり続ける。

明治維新から敗戦まで七十七年。二〇二二年は、「戦前」と「戦後」が同じ長さになる節目である。四度の戦争と関東大震災があった「戦前」と比較して「戦後」はともあれ平和だったが、安定した日々も多事多難な日々も変化する度合いはさほど変わらない。一年経てば一歳年をとり、固定化された階層をベースにして制度設計されれば社会は変わる。政治家や経営者は二世、三世ばかりで、江戸幕府が限界を迎えた幕末と似た状況を迎えているけれども、当時のような変革のエネルギーは一切感じられない老人大国である。

「戦後」がなぜ、このような閉塞状態を迎えたのか。五八年の江藤淳は、文学の力により「生きている廃墟」の「奴隷」が生きる日本ではない、新しい国家を建設しようという希望に燃えていた。そして、それは江藤ひとりの願望ではなかった。

*

「戦後民主主義」とは何か？　さまざまな定義が成り立ちうる曖昧な概念だが、幼い頃は「主権在民」ならばなぜ「象徴天皇」と並立するのか、どうしても意味が呑み込めなかった。しかし、明治維新以降、「国民」に制度選択の「権利」は与えられたことがなく、戦後は「八月革命」というロジックにより「国体」の維持が保証される。しかし、占領をやっと脱した一九五七年における日本の「言語空間」は百花繚乱の賑やかさで、さまざまな選択肢が目の前にあるかのようだった。

東京裁判では、昭和天皇は国際法の裁きを受けなかった。しかし、「天皇の赤子」として徴兵された記憶は生々しく、潜在する怒りは戦中に獄中で「非転向」を貫いた党員などを擁する共産党や社会党への支持へ向かう。「六〇年安保」の前は、「反戦」という旗頭の下に、「共和制」や「武力革命」まで期待するムードが醸成されており、文学においては「近代文学」派を中心に「戦争責任」が厳しく追及されていた。支持母体である労組や左派知識人もまだ強固だった。

しかし、「左派」はいったいどこまで「本気」だったのか。今から振り返れば力が抜ける。短命だった片山哲社会党内閣は、二十一世紀初頭の民主党政権と同じく与党となる準備が整っていないことを露呈しただけに終わった。ただし、これは日本の「近代化」の遅れというより、対立する政党を支持する健全な「中間集団」が育たなかったことを問題にすべきかもしれない。

占領初期はアメリカ発の「民主主義」の定着が最大の目標であり、労働組合もまたその重要な担い手だった。「国鉄一家」のような言葉に象徴される通り、長らく「家」制度によって保持されてきた「中間集団」的な人間関係は、しばらく「企業」が担い手となる時期が続く。ただし、街頭デモの主な勢力だった労組は政党の指導下にあったものの、個々の労働者が「戦術」を理解する段階にはなく、理論的な背景となる「マルクス主義」などほとんど判じ物にすぎない。共産党中央などの理論的な不毛さと後進性に耐え切れなかった尖端的な全学連の学生たちが共産主義者同盟（ブント）などの結成に向かう。ブントの闘争には吉本隆明も併走し、学生の中には、初期江藤の影響を受けた柄谷行人や西部邁などもいた。

しかし、労組＝左派勢力の伸長は当然、「逆コース（＝反共産主義）」と矛盾する。独立の回復から一気に自主憲法の制定を目指す、保守合同を果たした自由民主党を中心とし、「左傾化」を警戒する国家側の危機感と秩序安定への実力行使も強力であった。また、GHQの指令による、一九五〇年の警察予備隊・海上警備隊にはじまる再軍備も、「平和憲法」との矛盾が大きな論点となった。

「右翼」の方も健在で、一九六〇年には、岸信介への襲撃、浅沼稲次郎の刺殺という右翼少年の犯行が続き、そして天皇・皇后の首のない死体などが登場する深沢七郎の小説「風流夢譚」が「中央公論」一九六〇年十二月号に掲載され、大日本愛国党に所属していた少年が中央公論社社長・嶋中鵬二宅に侵入し、家政婦を殺害する事件が起きた。皇室についての議論だけでなく、ジャーナリズム全体が萎縮に向かう大きな転機となった。

この時点の小林秀雄的な「国民」の意識はどこにあったのか。敗戦の打撃はようやく癒え、朝鮮特需により一息ついたものの、まず目の前にある現実的な難題は「貧困」だった。とりわけ若者の就職難は深刻であり、たとえば、「神話の克服」で江藤が言及した橋川文三は東大卒であるが、戦後しばらくは職もない上結核に罹患し、喰うや喰わずの状態が長く続いて、一家離散の辛酸も嘗めた。小出版社を転々とし、五六年にダイヤモンド社の嘱託になり、五七年に「同時代」に江藤が引用した論文を書く余裕を得たものの、生活苦は変わらなかった。

戦中・戦後の人々の境遇は千差万別であり、各国からの引揚者やシベリア抑留からの帰国者の嘗めた辛酸は想像を絶する。焼け跡の闇市で大金を摑んで意気盛んな者もあれば、財閥解体・農地解放で財を失った層もある。私は、文学報国会の先頭に立って活動し、戦後は公職追放された「処世の天才」菊池寛が一九四八年に迎えた淋しい死が忘れられない。ともあれ、ようやく相対的な安定を得た日本はまだまだ混乱は大きいとはいえ、江藤のいう「われわれの旺盛な民族的エネルギー」は沸騰していた。

一九五八年十一月、江藤がまとめ役を務める「若い日本の会」は警職法反対の声明を出し、新しい世代の登場を広く印象づける。そして、五九年一月『作家は行動する』という颯爽たるタイトルの書き下ろしを世に問い、用意周到な立ち回りにより江藤は一気に「若きオピニオンリーダー」の座に就く。同年、大学院を自主退学し、学者への道は断った。

＊

一九五八年夏に書かれた『作家は行動する』の論旨は、これまで江藤が文学を通して展開してきた「文明論」を集約したものである。短期間で変化する方がおかしいわけだが、注目すべきは当時の状況を一貫して「停滞」と捉えていることだった。

だが、もし一切の変革の可能性が絶望的だと思われるような状況のもとでは、作家はどのような態度をえらぶか。あるいは、一瞬のうちに世界を破壊させることのできるような危機をはらんだ歴史の停滞期の重みが、われわれを身動きできないように圧迫するとき、文学者はどうして現実に迫ったらよいか。このような状況のなかで、一切のことば、理論、行動に対する不信が生れるのはむしろ当然のことである。このような時代には、作家は好んで直観的な態度をよりどころにしようとし、できるかぎりことばや行動を排除しながら自分の周囲の具体的な状況のなかに埋没しようとする。それは敗者の選択であるが、しかし現在の世界にはそのような敗者の姿勢が充満しているのである。

（『作家は行動する』）

初期江藤の立論の集大成のような一節である。しかし、「絶望」と「敗者の姿勢」という表現をここまではっきり突き付けることはなかった。

この停滞、それは戦後の日本において再軍備の問題がいかにあつかわれてきたかを考えればきわめてあきらかになる。現在、一九五九年の日本は決定的に軍備をもつ国だ。それは憲法の規定などを歯牙にもかけない強力な軍隊によってみずからを汚辱にまみれさせている国だ。

そして日本の進歩的陣営は、この軍隊にたいして決して本気で戦いをいどんだことはなかったのである。かれらは平和憲法をまもるための叫びをたえずがなりたてたが、そのあいだにも育ちつづける軍隊に実際的なほんの小さな妨害行為さえあえてしはしなかったのだ。

（大江健三郎「現実の停滞と文学」）

「戦後民主主義者」大江が、「若い日本の会」のシンポジウムに寄せた論文の一節である。「停滞」という言葉は共通するし、大江の警戒する「ファシズムのムード」もまた、江藤と同じく、現在が一九三〇年代と似た状況である、という状況認識を踏まえている。しかし、両者のベクトルはまったく食い違う。大江は、この「停滞」は「進歩的」陣営が政治的なヘゲモニーを握り、自衛隊を解体しつつ、「軍事的に真空の状態となった日本」に東アジアでの「外交問題」を乗り切る手段があれば解決へ向かう、というプログラムを示していた。つまりは「憲法第九条」原理主義とも単純化できる。自衛隊を「汚辱」と呼んだことは、「右派」が大江批判のために常に参照する生涯の汚点となった。

江藤は一貫して、福沢諭吉や勝海舟や夏目漱石のような「散文家」が現代に登場することにより、「停滞」は打開されうる、というヴィジョンを掲げ続ける。しかし、その「散文家」が果たすべき役割はあまりに壮大であった。

わが国の多くの作家たちは、まるで赤ん坊を抱きしめて夫に打たれている貧しい母親のように、あるいは三反の田をしがみつくようにして守っている貧農のように、自分の身のまわりの状況にしがみつき、それを手ばなすまいとする。このような態度の底には、もちろん西欧の審美家たちの悪魔的な意識などはない。そこには、あまりに苛酷な状況のもとにおかれていたために、自由に対する欲求を失った人々の態度が定着されており、ことばや行動のもたらすものに対する不信の姿勢がある。それはたとえば、一年さきの百両より、眼の前の一杯の米のめしの方がいいという精神構造と無関係ではない。私小説に切りとられた現実のせまさ、私小説家たちのフィクションに対するほとんど偏執的な疑惑などは、おそらくここに起因している。

（『作家は行動する』）

引用しながらつい感動してしまう。丸山眞男を過激にしたような議論でもある。日本の文学風土に対して、ここまで怒りに充ちた徹底した批判を展開した批評家は後にも先にもいない。そして、「英国では「怒りっぽい若者たち」と呼ばれ、米国では「ビート・ジェネレイション」と呼ばれている」（「序」『シンポジウム／発言』）世代が登場した当時の世界文学の状況に応じた模範的な振る舞いにも見える。しかし、江藤の「怒り」は、年月を経るとエスタブリッシュメントに収まっていった若い反抗者たちとも、何かが微妙にズレている。

江藤の視線は、「貧しい母親」や「貧農」に向かっている。五九年には盛岡の友人から聞いたという、ひとりの精神病の女が畑の片隅の掘立小屋に遺棄されて暮らし、集落の男が「僅かな野菜や芋の切れっぱしと引きかえ」にもてあそび、生まれた赤ん坊が「野獣のように小屋をはいまわっている」という話に「血が奇妙に騒ぐのを感じ」て現地へ検証に向かい、「生きている廃墟」というルポルタージュを書いている。柳田國男が田山花袋に教えた西美濃の炭焼きの話を思わせるエピソードであり、江藤は東北を取材して、ハンセン病の制圧と地道に立ち向かう一人の「実際家」の岩手県衛生課技官の存在を発見した。

大江と江藤の違いはどこから生まれるのか。大江は職業作家であり、小説を書き続けることが第一の優先事項だった。たとえ、江藤のいう「生きている廃墟」が目の前にあったとしても、その「呪術性」と「貧困」を武器にして作品が生まれれば、それでいい。「美しい日本の私」と自らのモチーフを集約した川端康成の姿勢を「戦後民主主義」的に展開した優等生が、「あいまいな日本の私」大江健三郎の立ち位置となる。

江藤にとって「批評」は、「私立の活計」を貫く仕事であったが、同時に社会を変革する手段でもあった。時評家として同時代の小説を大量に読み、日本の「貧困」のひどさを文学により変革してゆこうという意欲に燃えていた。そして、日本近代文学が「生きている廃墟」の栄光と悲惨を手品の種にして命脈を保ってきたことも、誰よりもよく知っていた。『作家は行動する』は、江藤が丸山眞男流、あるいはサルトル流に日本の現実に立ち向かおうとしたマニフェストのような評論であった。大岡昇平、堀田善衞、武田泰淳のような頼りになる「散文家」の先輩はいたし、同世代には大江健三郎や石原慎太郎のような、来るべき「行動」を託しうる「新しい文体」の開拓者もいた。埴谷雄高の影響下に書かれた評論ではあったが、『死霊』の文体が「非小説的」であるという鋭い指摘もしていた。『作家は行動する』という一篇の評論により、「海賊」江藤淳は日本の「停滞」に対して、「文体論」を武器にして、高らかに戦いの旗を上げた。

＊

私はここまで、江藤淳の思考をクロニックの形で追ってきた。しかし、いわゆる「評伝」

を目指してはいない。このスタイルを選んだのは、批評家という存在は具体的な作品や社会状況について思考するものであり、そのエッセンスを「思想」のような形で抽出することなどできはしないからである。そして、活ける人間として同時代と相渉り続ける批評家は、もっとも鋭敏な「歴史」を映す鏡となる。

これから、「六〇年安保」の江藤淳、について論じる。いささか憂鬱でもあり、その前に、一篇の詩を引いておきたい。

新鮮で苦しみおおい日々

時代は感受性に運命をもたらす。
むきだしの純粋さがふたつに裂けてゆくとき
腕のながさよりもとおくから運命は
芯を一撃して決意をうながす。けれども
自分をつかいはたせるとき何がのこるだろう?

恐怖と愛はひとつのもの
だれがまいにちまいにちそれにむきあえるだろう。
精神と情事ははなればなれになる。

タブロオのなかに青空はひろがり
ガス・レンジにおかれた小鍋はぬれてつめたい。

時の締切まぎわでさえ
自分にであえるのはしあわせなやつだ
さけべ。沈黙せよ。幽霊、おれの幽霊
してきたことの総和がおそいかかるとき
おまえもすこしぐらいは出血するか？

ちからをふるいおこしてエゴをささえ
おとろえてゆくことにあらがい
生きものの感受性をふかめてゆき
ぬれしぶく残酷と悲哀をみたすしかない。
だがどんな海へむかっているのか。

きりくちはかがやく、猥褻という言葉のすべすべの斜面で。
円熟する、自分の歳月をガラスのようにくだいて
わずかずつ円熟のへりを噛み切ってゆく。

死と冒険がまじりあって噴きこぼれるとき
かたくなな出発と帰還のちいさな天秤はしずまる。

一九五〇年から六二年までの詩を集成した『太平洋』という詩集に収められた、堀川正美の絶唱である。私は、この一篇ほど「六〇年安保」の精神を鮮やかに表現した作品はないと思う。堀川は一九三一年生まれで江藤とほぼ同世代であり、経歴ははっきりしないが左派の活動の同伴者であることは評論などで示唆されている。戦中派である「荒地」派の次世代として、あくまで抒情詩の主体という限界を引き受け、社会のなかの「個」をうたいつづけた詩人である。

そして、一九七〇年に詩集『枯れる瑠璃玉』をまとめたあとは作品を発表せず、しかも決して詩を止めたと表明しない点で特異な存在であり続けた。平出隆は八三年、堀川を「X氏」と呼ぶエッセイで、その消息を次のように記している。

X氏との一夜に戻ろう。会が流れ、辿りついた酒席で、この怖るべき感受性の漂流者をとり囲むようなことになった。ひとりが、みなの気持ちを代表するように「なぜ書いてくれないか」を熱く問いただしつづけた。最初にこやかに冗談でかわしていたX氏は、いつまでも矛先が引かれそうにないと見るや、眼鏡の奥の光りを急に鋭くして、「戦線というものを信じられなくなった」

といった。そのひとことで、少なくとも私は納得した。（「たたかいとしての詩形式」）

この「戦線」という言葉は、時を経るごとに重くなってゆく。そして、私は一九九一年、堀川氏に詩作品の依頼をした。電話口に出た氏は次のように語った。

「君ねえ、僕の作品は知っているだろう。最初は「太平洋」だからとても大きなものついて書いているけれど、最後は「こおろぎ」だろう。「こおろぎ」より小さいものってないじゃない。だから、詩を止めているわけではないけど、もう書くことがないんだよ」

「伝説の詩人」とのフレンドリィな会話に昂奮して、しばらく質問を続けた。堀川氏は現代詩の状況をしっかり把握しており、現役として「戦線」に連なっていた。一九九一年の私は、六〇年の「太平洋」の広がりを想像はできず、ただ堀川氏の詩への憧憬があった。そして、私は晩年の江藤淳の絶望を読んではいたものの、通り一遍にしか受け取っていなかった。

それから三十年経って、当時の堀川の年齢をとうに超した私は、その失望を共有している。そして、『作家は行動する』の江藤は、ひとりの現実主義者として「ある人々にとっては、自分の抒情詩を現実の上に大書する好機」という厭味も記している。しかし、大岡信が「感受性の祝祭」と楽観し得た言語空間は、たしかに拡がっていた。

＊

江藤淳の自筆年譜の一九五九年の記述には、谷川俊太郎命名の「若い日本の会」という名は記されていない。「夏、「三田文學」のシンポジウム「発言」に出席、石原慎太郎、谷川俊太郎、浅利慶太、武満徹、大江健三郎、羽仁進ら、同世代の文学者・芸術家の討論を司会す。議論の内容に違和感を覚える」という書き方になっている。もともと「若い日本の会」は五八年十一月、岸信介内閣の下、警察官の法執行の権限を「公共の安全と秩序」の維持まで拡大しようとした警察官職務執行法改正に反対した若い表現者の集まりである。すでに世に出ていた華やかな「若手文化人」たちの会は世間の耳目を集めたものの、広範な大衆運動のうねりの前に岸信介内閣は法案の成立を早々に諦め、当初は会の活動は空振りに終わりそうだった。しかし、五一年に吉田茂内閣下で結ばれた旧日米安保条約の改定交渉が岸内閣の下、アメリカとのあいだで進むにつれ、江藤は政治的な行動に移ることを改めて決意する。

ここで江藤が活動の着火点にしようとした三田文學のシンポジウム「発言」の内容を振り返ってみよう。討議の前に提出されたエッセイは、各篇、未来を知って読むと興趣深い。

浅利慶太（27歳／当時・以下同）「現代演劇の不毛」は、「ぼくら劇団四季がなぜこの六年間翻訳劇ばかりをやり続けてきたのか、現在創作劇の貧困ということが叫ばれ続けながらなぜそれが生まれないのか、つまり、現代のドラマはどうして生まれないのかという、本質的な問題に触れてみたい」と問いかけ、コミュニストとして参加した「政治活動の挫折」を告白している。もともとアヌイやジロドゥを上演していた前衛学生劇団が、後に日本を代表する翻訳商業演劇集団となり、浅利自身も日生劇場の取締役として辣腕を振るうに至る動機が、「キャピタリズムへの参加」という形で説明されている。

石原慎太郎（27歳）は、「『若い日本の会』のデモ参加不参加を決める会議で、私が今作家に作家として必要なものはデモではなく、むしろ『書く』という行為、書くことよりかかる法案をしいようとする為政者に対し一人の読者をテロリストとして駆るという事実のほうが貴重ではないか、と言って叱られた」と「インテリ」に対して舌を出している。「もはや改修ではない。壊して殺して息がつづけばその後、創るのだ」という物騒な宣言で結ばれる文章の書き手が、大衆的な人気を背景にしてファシズムと親和性の高い政治家となる将来は、さほど想像に難くない。

大江健三郎（25歳）についてはさきほど検討した通りだが、結びの如き「われわれはファシズムにたいしても人間の尊厳という旗のもとにおいてのみ真に有効な戦いを開始しうるのである」という論法を生涯貫き通して、ノーベル賞作家にまでなったことは、ひとりの文学者の「実践」として敬意を表すべきである。

城山三郎（33歳）「『回帰』を拒否する」では、すでに直木賞を受賞した年長の作家の貫録が滲みでている。「この商品生産の社会に開き直って自己を商品化し、より高く自己を売りつけようとする意欲もなければ、おもしろおかしくしゃれのめし、ふざけ散らして生きてゆくこともできない。『墓場的平安』を色濃く感じ、退屈を退屈として受けとめながら、トリビアルな俗事の中に日々誠実を切り売りして生きているのである」という認識を私たちは否定することはできない。いや、城山の「誠実」は、もはや贅沢品とさえ言えるだろう。

武満徹（30歳）「ぼくの方法」では、「……現代の人間は、もはや魔術《マジック》的な呪文を口にすることができなくなってしまっている」という閉塞を打ち破るための、「テープの上に、さまざまの音響を録音してみる。そして、それらの音にぼくはとりかこまれ、それから触発された感動を、偶然的にテープの上に定着させる。ぼくは、ぼくの精いっぱいの仕方で外界との通信をおわる。ぼくは、音と一致することができるだろう。音の一つ一つは、ぼくの心の動きの用語となり、説明をこえた容貌のひとつを写し出すものだ」という手法が明晰な文章で紹介されている。「呪術性」が生きているという江藤の見解の相違が興味深い。勅使河原宏とコンビを組んだ映画『砂の女』は「六〇年安保」の精神を具現した最良の映像作品である。

谷川俊太郎（29歳）「自己破壊の試み」では、自己紹介に「この春に三幕の芝居を生まれてはじめて書くつもり。それ以外は、家族と自分の仕事を守ることで精いっぱい」とあり、これぞ谷川節！　といいたい。自らの実存的不安を分析しながら、「私は今、私の妻を愛している」という「オブセッション」に立ち止まる芸は、九十歳になっても変わらない。決して「破壊」は起きない。

羽仁進（32歳）「技術の任務」は、「機械の発達」がむしろ「個性」を見出す助けになるというドキュメンタリー映画監督らしい現場知から出発するものの、「ある年齢までは勇敢なことをいい冒険し、それが過ぎると徐々におちつくという、そんな考え方そのものがいつの時代にでもあてはまるはずがない」というようなあやふやな通念とその反駁に終始し、羽仁五郎二世、大丈夫か、という議論。

山川方夫（30歳）「灰皿になれないということ」は、文学者として生きることに対する真摯な思考が展開されており、「討議」の資料としては場違いかもしれないが、今も心を打つ。「とにかく、「文学」は、根本的に一人ずつでやる仕事なのだ、「ぼくら」とか、「わたしたち」がやる仕事ではない。そういう仕事はまたべつのものだ」という原点がたしかめられている。この五年後の死がいかにも惜しい。

吉田直哉（29歳）「不完全燃焼を忌む」は、東大文学部出のNHKディレクターとして参加するという立場が不利で、討論で集中砲火を浴びた。日本文化に「不完全燃焼」を見出しさまざまな実例を挙げて分析するわけだが、その主体が「組織」と「個人」のどちらかを問われてしまった。文化勲章を受章した医師・吉田富三の長男。のちに「ジョナリアの噂」で芥川賞候補になったのは、ずっと屈託を抱え続けた証拠ではないか。

参加した九名の論文を読み直し、各人はみな、すでに揺るぎない生涯のモチーフを摑んでいて、自分の行く末を予見していたのではないか、という感想を持つ。ジャンルも政治的主張もまったくバラバラな人間たちが、とりあえずひとつの場に集まって行動を共にすること。堀川のいう「戦線」のかたちは、この『発言』においては一応、具現されてはいる。同時に、「若い日本の会」の活動は政治行動としてはまったく無力であり、参加者の個々の作品という形でしか可能性は開花しなかった。大宅壮一は彼らを、「強いエリート意識」をもった「新しいマス・コミがつくり出した〝文壇芸能人〟のグループ」と呼んだが、その揶揄は当たっていた。

＊

一九五九年八月三十、三十一日に行われた本番の「討論」は、出席者のジャンルごとに違う困難と抽象的な時代の「閉塞」がごった煮になった発言が続き、話は拡散するばかりだった。司会役の江藤が「疲労」するのも無理はない。江藤が九編のエッセイについて記した「参加者の関心がもっぱら自己にあり、外部の客観的な現実にはないかのように見える」という感想をより拡大した時間となった。

今日の日本は戦前の日本ではない。若い作家たちはかつて歴史にはなかったような状況に立たされているだろう。だが、どうしてそれだからいいいい彼らが「新しい」人間だといえるだろうか。急激に変ったのは外部の現実だけで、おそらくわれわれの内にあるものはさほど変りはしなかったのである。そうでなければ、どうして「最新の世代」を自負する作家たちの背後から、樗牛や透谷や白樺派の亡霊がうかびあがって来るであろうか。

（「今はむかし・革新と伝統」）

江藤は、同世代の才人への失望をこのように記している。一九四二年に「文學界」グループが主催した「近代の超克」を十二分に意識し、「なだ万」で行われたこの座談会は、果たして失敗だったのだろうか。皮肉な見方をしておけば、会に参加した者たちは「自己」の売り込みには成功し、文化的エスタブリッシュメントとしての地位を確保した。「文學界」五九年十月号に掲載された橋川文三、村上兵衛、石原慎太郎、大江健三郎、浅利慶太、江藤淳の座談会「怒れる若者たち」と合わせて話題を呼び、「戦前派」「戦中派」「戦後派」という区分の「世代論」が一種の流行となった。

大人・佐々木基一は「しかし、わたしはその『発言』九つを読んで、実を言うと大へん面白かった。話が通じないのは、口でしゃべり合うときの感情の奔出に妨害されたためであって、各自の考えていることはかなり明瞭だし、互いに共通したムードに包まれているように思われる。また正反対の意見があるとしても、それは文章の上では互いにきっちりとかみ合っているように思われる」(「「怒れる世代」をめぐって」)と評価している。たしかに、安保改定を前にして、たとえゆるやかであっても、現実政治への拠点になるような連帯は生まれなかった。しかし、これだけ立場や経験が違う個性の強い芸術家が集まり、行動を共にすることなどそもそも無理というものではなかったか。

最終的に江藤は、「もし今日、本気で人間の結びつきを回復しようと願うのなら、私にはそれはさしあたりすぐれた文学作品を通してしか実現されえないと考える。文学は現実に対して無力である故にもっとも有力である。文学者は現実をよりよくとらえるために行動を断念する。彼の現実参与や行動は本来書斎のなかにしかない」(「生活の主人公になること」)という認識を記す。紆余曲折はあったものの、「戦線」として一定の成果はあって、江藤らしいポジションを再確認するに至ったと捉えていい。

二十九年後の「新潮」一〇〇〇号記念号（一九八八年五月）において、「文学の不易流行」と題して、大江健三郎、江藤淳、開高健、石原慎太郎という「若い日本の会」に参加した文学者が一堂に会する座談会が行われた。「世代」のトップランナーとして「戦後」をリードし続けてきた証のような「同窓会」だった。白状しておくと、学生時代、私にとって「若い日本の会」組は「体制派」の象徴のように見えて、ほとんど関心を持てなかった。色川武大や野坂昭如のようなグレた存在がぴったり来たし、当時はマイナーポエットに見えた吉行淳之介や安岡章太郎などの「第三の世代」の方に親近感を持っていた。早稲田は中退組が一番、のようなアウトロー趣味は、「六〇年安保」の「戦線」の残照だろう。

*

二〇二一年、最終回になった「群像」新人賞評論賞で優秀作となった小峰ひずみの『平成転向論——鷲田清一をめぐって』は、一五年、安全保障関連法案の採決をめぐる、いわゆる「一五年安保闘争」の担い手となった「SEALDs（自由と民主主義のための学生緊急運動）」のメンバーたちが「彼／女らを解散へ追いやり日常生活へと回帰させた要因は何だったのか」と問いかけて、その「転向」を正面から論じた点で刺激的な論考だった。

鷲田清一の「哲学の場所で自分の言葉で語る」試みをSEALDsのスタイルに重ねて、「このような政治を語る言葉の変化は、生活の重視につながる。「個人の言葉」を新たに深め広げていくには、エッセイが概念を駆使するように、生活のなかでその言葉を使っていかなくてはならない。しかし、その変化は、翻訳された政治用語を放棄してしまう。翻訳語は日常では使われないからだ」(『平成転向論』) という限界を探り当てる。

もっとも、「敗北した社会運動」に必要なのは「総括」というのなら、挫折した活動家である「山村工作隊」を組織した詩人・谷川雁を肯定的に援用しているのでは物足りない。すでにロマン主義的言語を操る詩人が大衆に支持され、実践に移行しうる環境などどこにもない。また、「安全保障関連法案反対」が果たして正しかったかという、目標設定についての問いかけがなかった。「一五年安保闘争」が、「六〇年安保」の時に岸信介の退陣で自然収束したのと似たような結末を迎えたのはなぜか。そして、「SEALDs で活動したのが企業にバレると就職できない」という学生の悩みが置き去りにされているのも気になった。「六〇年安保」の時代、デモの先頭に立っていたとある詩人が、「デモ隊の五割以上が組合の動員だったよ」と教えてくれた。実際、尖鋭な学生の数は実はそう多いわけでもなく、マスコミや広告などの隙間産業が飛躍的に拡大する過程だったので、元「闘士」の受け皿が広かった。しかし、二〇一五年の時点だと、新卒で正社員になれない若者の将来は「富裕層」の出でなければかなり危うい。「一五年安保闘争」の元中心メンバーが、立憲民主党が出資した組織の中で、自民党側の「Dappi」と似たネット上の情報宣伝活動に従事していたという報道に接して暗然とした。「運動」をめぐる行動と言説も、止むを得ざる停滞を繰り返している。

全共闘世代の内田樹や高橋源一郎は「民主主義」を連呼していたものの、論理や戦術ではなく情緒の回路でSEALDsを扇動しているように見えた。運動を俯瞰し、具体的な成果を勝ち取ろうという存在はいなかった。そして、デモに参加し就職活動に影響があった学生たちも存在するはずだ。人生は「ロマン主義的実践」に酔って生きるには長い。内田や高橋と同世代の過激派学生だった糸井重里が時の政権支持のツイート（現ポスト）を繰り返している今日を見るにつけ、若き日の武勇伝に留まらない「運動」を持続するのは難しいと痛感する。また、小峰も指摘する通り、一五年のデモは見栄えがいい若者の姿ばかりが取り上げられていたが、現実は定年退職後の元全共闘闘士が中心だった。「国葬反対」もしかり。

一九六〇年の江藤は、たとえば「若い日本の会」の演説の最中、「ひとりの若い母親がでてきて、せっかく赤ん坊が眠ったところなのだから、あまり喧しい音を立てないで下さい」といいに来たことに着目する。「政治を律する機軸には、「善悪」の道徳的機軸のほかに、「利害得失」の功利的機軸がある。この後者を無視した反権力運動は息切れせずにはいない」という立場を基本にして、「叱咤激励する運動にはおのずから限界がある。労働組合というような組織に属していて、労働歌を歌いデモに参加するというかたちで強い要求を主張できる人々に対しては、それは有効であろう。しかし、労働歌もデモも肌に馴染まない人たち、赤ん坊の眼を覚させる物音には抗議するが、軍歌調の「安保反対の歌」には反撥を感じる一般の市民たちに対しては、それは有効ではない。それなのに、このような人々に対して労働運動の型にはまった働きかけがなされ、無効におわると「大衆の意識が低い」という判断が下されがちなところに第一の問題がある。そして市民たちが労働歌とデモで象徴されるような運動の方法に反撥するほど――あるいはそれを傍観するにとどまるほど――運動の主旨に反撥しているわけではないところに第二の問題がある。更に、このような、現状に満足していないわけではないが、現状に満足していないという自主的な表現を行おうとしない一般市民が、実は今日の日本人のかなりの部分を占めているというところに第三の問題がある。」（「〝声なきもの〟も起ちあがる」「中央公論」一九六〇・七）

このような「市民の一人」として江藤は、石原慎太郎、羽仁進と、石田雄《たけし》らの学者グループとともに、三木武夫、松村謙三、石橋湛山らの自民党反主流派の領袖と会見し、岸内閣の新安保条約強行採決を「拒否した責任をとりつづける用意があるか」を問うた。それは江藤の主体的な「行動」であった。もとより、激化するデモを大衆運動にとどめず、政局への影響力につなげる戦略を持たぬ浅沼稲次郎党首以下の社会党の無力には呆れ果てている。しかし、「会見」は単なる意見交換に終わり、江藤たち若き知識人の動きも現実政治の局面では無意味であった。

江頭淳夫は、政府が難局に陥った際、「特命大臣」のような形で赴任することを厭わない人格である。「組織と人間」という問題系があるが、「生活と運動」という選択の方がより切実であり、ほとんどの人は「生活」を選択するだろう。そもそも江藤は、新安保条約が日米の防衛に対し、両国が共同してあたる義務が生じる点で旧条約より平等で、相対的に有利な条件であると評価していた。問題はあくまで、岸内閣の強引な手続きにあり、日米交渉の不透明さが疑念に拍車をかけていた。街頭に出たいという「若い日本の会」のムードに抗して、江藤は生活を「保守」しながら、あくまで議会を通した民主的な手続きに固執する。しかし、事態は江藤式に単純化できるものではない。

＊

四時――先ほどの米海兵隊ヘリコプターが飛来して、着地点をさがしはじめた。砂煙がまいあがり、小旗が宙におどる。しかしかたまりは散らない。四時五分、私は朝日新聞の写真部のワゴンの屋根の上にいる。警官がようやく隊伍を整えて走って来る。次第にこの巨大なアメーバに対する絶望が私の胸にこみあげて来た。六月六日の社会党大会で、私は、「気持ちだけでは政治はできない。大衆への迎合は、大衆無視同様の退廃を生む。私は社会党の忠実な支持者ではないが、今度ぐらい政治家の指導力の必要な時はないと思うので、あえていうのだ」という意味の話をして来たばかりであった。時局は結局は国会の内で、政治家の手によって収拾されるべきである。この群衆は、ハガティ氏の車を物理的に阻止して、政治的にもアイゼンハワー大統領の訪日を阻止したつもりなのであろうか。物理的に阻止した時、政治的には通ってはならぬものが、彼らの頭上を通りぬけたということが、なぜわからないのか。大衆を甘やかし、スローガンでかり立てた指導者はどこにいて何をしているのか。

（「ハガティ氏を迎えた羽田デモ」）

「朝日ジャーナル」一九六〇年六月十九日号に掲載された江藤のルポルタージュの一節である。六月十日、アイゼンハワー米大統領新聞係秘書ジェイムズ・C・ハガティの来日に際して、羽田空港で起こった「闘争」を最前線で取材した赤裸々な感想だ。江藤は「完全な無秩序、異常に興奮した群衆――これはすでに「労働者」でも、「学生」でもない。無定形な、物理的な運動の法則以外に規制するものを持たぬかたまり」を前に、「絶望」というより、自失していた。そして、吉本隆明がともに座り込んだ「大衆」を前に江頭淳夫は恐怖していた。

私は、後年にとても似た感触の発言があるのを思い出す。浅田彰の「文學界」一九八九年二月号での柄谷行人との対談「昭和精神史を検証する」における、「連日ニュースで皇居前で土下座する連中を見せられて、自分はなんという「土人」の国にいるんだろうと思ってゾッとするばかりです」という発言である。「土人」（北一輝）とはひどい表現であるが、つまりは江藤のいう「生きている廃墟」に棲む「奴隷」と似た意味だろう。そして、その情念が爆発したら、「革命家」ではない知識人はお手上げというのが、変わらぬ日本の現実である。

ちなみに江藤は後に、浅田と同じ群衆を見て、「天皇を何よりも必要としている自分自身の運命を、刻一刻に経験しつつあるれっきとした人間の顔」（「国、亡し給うことなかれ」「文藝春秋」一九八九・三）と記しており、四十年近い歳月の経過の重みを感じる。

いささか後出し気味になるが、一九八七年の江藤淳の、自分自身の行動は省かれた安保闘争の「総括」を引いておく。

しかしこのとき、アメリカにとっても少なからずショックだったのは、いわゆる〝六〇年安保〟の政治的大混乱が勃発したということでした。

アメリカ側から見れば、共産党の影響下を脱していた全学連主流派、代々木の指導下にあった全学連反主流派、社会党議員の登院拒否と傘下の労組を動員した大規模な請願デモ、そのすべてが、未曽有の反米運動と見えました。これらの勢力が三つどもえになって、人の波が国会周辺を毎日埋ずめたからです。岸内閣はどういうわけか、五・一九強行採決のまえに、解散・総選挙によって民意を問うという手続きをとっていなかった。そのために、手続き上の誤算もあるにはあったけれども、この混乱は決して手続き論の範囲にとどまるものではなく、日本人の反米感情が、実質的に反安保運動に結実したと、アメリカ人は見てとりました。

岸内閣にしてみれば、日本の交渉力は限定されているので、この程度の部分的改正によって、日本の地位の相対的向上と、とりわけ経済的進出への突破口を開こうと意図したのでしたが、国民感情は部分的な条件つきの改正には満足していなかった。アメリカの軍事的プレゼンスを即時いっさい排除することを求めるというひそかな民心の動向を、全学連主流派の活動家たちとデモに参加した人びとが、期せずして表現していました。

〝六〇年安保〟が、七〇年代の学園紛争と根本的に違うのは、このようなナショナリズム……といわないまでも、ナショナル・センティメントを背景にした騒動であった点だろうと思われます。安保騒動は、まさにそのことにおいてアメリカの非常な危機感を惹起しました。そのために、アイゼンハウアー訪日も断念せざるを得なくなって、世界の前で、アメリカは、威信の失墜を経験せざるを得なくなりました。

このときアメリカはあらためて、日本の潜在的「脅威」、日本のナショナリズムないしはナショナル・センティメントが、反米に結集した場合の迫力を痛感したに違いないと思われます。

（『日米戦争は終わっていない』）

六〇年安保を「未曽有の反米運動」と見るならば、樺美智子がデモ中に亡くなり、そして安保法案の自然承認と引き換えに岸信介首相が退陣して、「大衆運動」が嘘のように収まったのも説明がつく。堀川正美が無意識に「時の締切まぎわ」という詩句を書きつけた通り、日米関係が「奴隷」でなく真の独立に向かって一歩進む「戦線」が成り立ち得たのは、広範な「民意」が大衆運動を支持した「六〇年安保」の段階までであった。

もちろん、日米の国力の差や岸信介が何らかの理由で許された元戦犯であったことなど、背景を考えれば困難は多い。しかし、江藤の説く通り、安保条約改定の是非を問うて解散総選挙を行って民意を問えば、社会党が政権を獲ることは夢ではなかった。その恐怖ゆえ、政権側は組合の弱体化に腐心し、一九八七年の国鉄解体に至って事実上の解体に成功する。その間、自民党と相補いながら「反対」することにより労働者の待遇を改善する役割を担っていた社会党は、ただ手を拱《こまね》いたまま支持基盤の弱体化を見守る時を過ごした。

たった十五年前まで「鬼畜米英」と口を揃えていた情念は簡単に消えるはずもない。しかし、「六〇年安保」で爆発した後は、池田勇人内閣の提唱する「所得倍増計画」により、「軽武装・経済外交」の吉田ドクトリンが路線として完全に定着し、西欧諸国への敵愾心を胸に秘めた「エコノミック・アニマル」は世界中で活躍し経済成長に邁進する。その担い手は、江藤より年長の、戦争で具体的な屈辱を受けた世代だった。岸信介は記者会見で、デモ隊と一般大衆の関係について「私は〝声なき声〟にも耳を傾けなければならぬと思う。いまのは〝声ある声〟だけだ」（「朝日新聞」一九六〇・五・二十八夕刊）と応じている。

六〇年は「左翼過激派」だった西部邁は後年、「安保闘争のさなか、後楽園で長嶋茂雄に熱狂する生者としての「声なき声の民」には関心を寄せた。（略）この島国の全体が巨大な後楽園と化してきたのがその後の経緯である。しかし、後楽園に参集する大衆が次第に「声多き声の民」に変貌していったという事実を岸氏はどう受け止めていたのであろうか」（「声なき声の人」）と、自らの「大衆」批判のルーツを明かしている。

戦後日本の短い「青春」はここに終わった。そして、だれひとり気づかぬ間に、「五五年体制」という名の重い枷が取り付けられた。江藤が漠然と予感していた「停滞」は、戦後七十九年経った二〇二四年にもびくともしない。「戦線」からの遁走を選択した江藤淳にとって、戦前に親に買ってもらった不動産が手品の種だった「扇動家」埴谷雄高や、「象牙の塔」に籠る選択肢を持つ丸山眞男の許から離れて赴くところは、この日本にはひとつしか残っていなかった。

第四章 「批評の批評」という活路

「生きている廃墟」に棲む「奴隷」たちの解放闘争を「若い日本の会」の精鋭たちとともに展開し、その軍師となる。現代の諸葛孔明を目指す壮図は、客観的に見れば第一歩を踏み出したくらいの地点で頓挫した。しかし、批評家「江藤淳」の躓きがどこまで深刻だったかはともかく、「六〇年安保」の列に加わった江頭淳夫はいくつかの貴重な「学び」を得た。

その痕跡は、とりわけ、当時の注文原稿を集めた『日附のある文章』（一九六〇）の中に定着されている。「若手」として世に出ようともがく只中、素材になりそうなエピソードはどんどん公にしてしまったのだろうか。文壇で確乎たる地位を占めた後には明かすことの稀な、精神の深部にある「生地」が無防備に書かれていた。

ひとつ特徴的なのは、「恐しい」という表現が印象的に用いられていることだ。「巨大になりすぎた軍備をかかえた軍人ほど恐しいものはいない」（「〝声なきもの〟も起ちあがる」）はまだ普通の警句風の使い方であるが、「自己の内部の独立を守ることは恐しいことである。だが、それをすてて「国民」や「大衆」や「天皇」についた知識人は、すでに自らの思想によって生きる人々ではない」(「虚像の復活について」)の「恐しい」になると、かなり恐怖の範囲が拡張されている。

「世界の若者と日本の若者」というエッセイでは、高校時代、「フランス語の初級教科書」に「子供が手をつないで、輪になって踊れば、世界中が踊りの輪でとりまかれる」というポール・フォールの詩が載っていて、世界中で「数かぎりもない子供たちがまわって踊っているような幻覚」にとりつかれて「恐しい」と戦慄するエピソードも出て来る。イメージを考えだした詩人を「いまいましい」と難癖までつけていて、江頭淳夫は豊かな想像力を駆使する「恐がり」であることが判明する。こんな過敏な性格では、革命家として街頭デモを繰り返す蛮行はまず無理だろう。

「恐しい」の感覚が全開されているのが、一九五九年七月に東京新聞に寄稿された「スリラー時代」というエッセイである。当時問題になっていた「山岸会」について、講習会に出たまま帰って来ない人間のニュースに接し、「日本国中から、くしの歯をひくように農民たちが姿を消して行き、自発的に、喜々として、ある集団のなかにとけこんで行く。彼らは人間のかたちをしているが、実は鶏であって、この疫病のような徴候はやがて都会に及び、知識人の間にも蔓延し、銀座にも新宿にも人っ子一人いなくなる。(略)/もしこのとき、私がなお人間であろうとし、帰って来ない人々の後姿をいたずらに見送って踏み止っているとしたら、どれほど恐しいであろうか」というホラー映画のような幻想を抱いてしまう。

放恣な想像力を働かせた記述のすぐ後に、幼少時の精神的外傷が生々しく登場する。「あるとき、私は、突然なんの理由もなく、勤めに出ていった父が帰って来ないのではないかという強迫観念にとりつかれたことがあった。（略）彼の後姿は、一切の人間関係を拒むものの峻厳な悪意にみたされてはいなかったか。その彼が、何の名においてふたたび帰って来るというのか。私は私の不安を共有しようとはしない家族たちに対して、心の中で憤激し、ひとりで焦立っていた」。家族の不意の崩壊に慄く少年。柔らかい肌を剝き出しにしたような「強迫観念」の中に、江頭淳夫という「存在」の根底にある「怯え」が鮮やかに描写されている。

江藤の盟友と呼ぶべき吉本隆明は、江頭淳夫をつき動かすような実存的不安について、独自の考え方を示している。一九九六年の西伊豆の海岸での水難事故の後に刊行された『僕ならこう考える――こころを癒す五つのヒント』という人生相談本では、「これは僕の考え方ですけど、**一歳未満まで母親あるいは母親の代理の人がおっぱいをくれるその期間に第一次的な性格はきまると思ってます。**そこがうまくいってたら絶対にグレないというか、おかしくなるようなことはない」という談話筆記ならではのシンプルさで大胆な持論を披露している。

不幸な実例として、生後一週間で乳母に預けられた太宰治や、生まれて一週間で祖母に抱え込まれた三島由紀夫のような「無意識が荒れている」作家を挙げて、「絶対生きていけない」と分析している。この理論は吉本自身の「どうもほかの兄弟とは違う」という自覚から出発していて、**「乳胎児期のルーツが荒れていると了解できたときには、自分では諦めるこ**

とになるでしょう」という結論を出す。原因がわかれば「もうそれで直ったと同じ」というのは、吉本の実体験に基づく解決策ではないか。

吉本の理論を読みながら、嫁姑が強い緊張関係にある旧家に生まれ、四歳半で母と死に別れ、祖母に溺愛された江頭淳夫の生育歴をも思い起こしてしまう。江頭淳夫もまた、吉本と同じく「無意識が荒れている」タイプではないか。最後に書いた「幼年時代」は、幼少時の強い精神的外傷を振り返る文章であった。

江藤淳は最強の論争家であるゆえ、しばしば好戦的な性格と捉えられがちである。しかしその心理が、外界の「他者」によって触発される「恐ろしさ」からの自己防衛だったとするならば、読み手の受け取りようもずいぶん変わる。江頭淳夫にとって、「六〇年安保」は理論的な限界を試すプロセスだっただけでなく、デモの群衆という「無定形な、物理的な運動の法則以外に規制するものを持たぬかたまり」に対する無力を思い知る時間でもあった。江頭淳夫はもう二度と、ペルソナである江藤淳を街頭に赴かせることはない。

＊

もうひとつ、奇妙な熱をこめて書かれたエッセイ「日本は女性の論理が支配する」から推測できる性癖がある。この文章では、夏目漱石を引用しながら男女の関係の困難さを嘆いており、漱石の描写もリアルであるが、ここは江藤本人の文章を引いておこう。

……男と女はもともとわかりあえないようにできているからである。そしてわかりあえないことを苦にやむのはつねに男の側であり、わかりあえなくてもいっこう平然として落着きはらっているのは女の側である。漱石はここのところのかねあいを「恐れる男」と「恐れない女」といった。(略)自分を理解させたさの一心で、千万語をついやしてカンカンガクガクの論陣をはったあげくのはてに、気がついてみると相手は話をはじめたときとすこしもかわらぬ姿勢でニヤニヤしている。要するに、相撲をとっていたつもりのところがひとりでトンボ返りに大汗をかいていたようなものである。この敗北感。この徒労感。この不条理! なんといってもいいが、その苦々しさはすべての男性が身にしみて痛感している。そしてそれはおそらくすべての女性に多少とも無縁の感覚である。

この辺の心理は、男性既婚者ならば頷く者も多かろう。そして、「不条理」に耐えるための小道具として「新聞」という「仮構」の「文明の利器」を持ち出し、「食卓をはさんでむかいあった新聞に読みふける夫とそれをさも口惜しげに見守る妻、という構図」を展開する。そして江藤によれば、「凄惨な夫婦のせめぎあいを書いた」漱石は、「新聞という抽象のかくれみの」を使わない「自分の論理が相手方に通用しないということをどうしてもみとめようとしない男」だという。

しかし、「『愛』という神話の実在を信じていた」漱石の論理は当然のごとく日々挫折を重ね、「孤独」でしかないことを発見すると「かんしゃく、または肉体的暴力という非常手段にうったえる以外に、なすすべを知らないという羽目においやられてしまう」。『行人』の主人公の「封建的な暴君」ぶりを引用しつつ、江藤は「「規範崇拝」と「現実密着」（＝「論理の拒否」）という女性の論理の特徴は、そのまゝつとに丸山眞男教授が指摘している「理論信仰」と「実感信仰」という日本人の精神構造の定式に対応する」と考え、日本は男性も「女性的論理」によって行動していると結ばれる。

このエッセイから、後年『成熟と喪失』がフェミニスト上野千鶴子によって発見される可能性を見出すことができる。と同時に、漱石の読みの迫真力からしても、実は江頭淳夫自身がすでに「新聞」という緩衝材だけでは足りず、「かんしゃく、または肉体的暴力という非常手段」に訴えていた疑いが濃くなる。江藤によれば、漱石は決して論理で女性を説得することを諦めず、教養を身につけることによりいつかは解決する「女権の伸張の精神」を備えた作家だという。しかし、その評価が年月を経ても動かないものかどうか、かなり怪しい。「スリラー時代」において現代は、「有機的な人間関係が崩れ、自他の間に何のルールもないといった今日のごとき乱世になると、お化けはむしろ無葛藤の幻影をあたえることによって人間たちに復讐しようとしている」と捉えられている。そして、山岸会の唱える「零位」が「「妣《はは》の国」という無葛藤の「原点」を夢見ている谷川雁氏やその賛美者橋川文三氏」とは似ていると指摘し「葛藤」の価値を称揚している。しかし、江頭淳夫の思考の出発点は、「悪妻」に悩まされた漱石と同じく、若い夫婦が日々に繰り返す諍いである。

平野謙のような気分になってきたのでこの辺りで止めておく。しかし、「奴隷の思想を排す」から展開してきた、文体論を起点にして日本社会の近代化を目指す啓蒙活動の限界ははっきりした。金銭面でも負担が重いし、六〇年の夏には結核も再発した。折れそうになる江藤の心を支えたのは、大岡昇平の勧めによる「小林秀雄」論の執筆であった。

＊

大岡は一九五九年二月、『夏目漱石』と『作家は行動する』を読んで江藤に感想の手紙を書き原稿依頼をした。その時点での江藤は次のような小林秀雄についての考えを公にしていた。

「奴隷の思想を排す」では「中村光夫氏が指摘するように、日本に十九世紀後半に於けるアリストテレス的文学観を紹介したのは坪内逍遥であった。そしてこの文学観は以後半世紀の間、いささかの疑惑もさしはさまれることなく、といってよいほど圧倒的に、日本の文学思想を支配して来たのである。それが最大の危機にさらされたのは、昭和初期のプロレタリア文学運動のおこった時であろう。しかし、この時にも新しく輸入された芸術至上主義観によって、わが国の文学者は文学の自律性に対する確信をゆるがせずに済んだ。当時の功労者はいうまでもなく小林秀雄氏である」。この批評文では「アリストテレス的文学観」の尖鋭な批判を展開し、小林を否定する論理に向かうわけだが、この部分を読む限りでは、むしろ高く評価しているようにも読める。

『作家は行動する』では、「私は小林秀雄氏の『Xへの手紙』をひいて、それが非行動派ニヒリストの論理であり、そこにあるのが不可知論者の姿勢だといった。2+2=4以外のいっさいの思想は文体の問題にすぎない。なぜ「すぎない」のか。おそらくそれは彼をとりかこんでいるもろもろの「ことば」のうちのひとつに「すぎない」からであろう。そして「ことば」に「すぎない」ことになれば、それは真偽の検証にたえず、まったく恣意的、かつ主観的な「実体」であり、美的な対象に「すぎない」ということになる。こういったときのもろもろの思想と小林氏との関係は凹型の、すりばち型の関係である。小林氏は「ありじごく」のようにすりばちの底にいて、沈黙がちに思想を喰い殺している。逆にいえば、この場合、彼は彼が「すぎない」と喝破した思想の過程――文体に参加することを峻烈に拒否している。彼と思想――すべての思想とはいわない――との関係はスタティックであり、彼は自分のまわりの停滞した現実以外のものを信じない。」

「行動しない」小林秀雄の「負の文体」の構造を解き明かした部分である。『作家は行動する』は、作家は書くことによって行動し、それを支える「散文」性を鍛え上げなければならない、という主張ゆえに小林は断罪されるのだが、ベースとなる江藤の小林理解の正確さには舌を巻く。精妙なレトリックと逆説によって構成される難解な小林秀雄の批評を簡潔に整理した上での批判だから、単純な否定論ではない。

もともと、山川方夫が漱石論を勧めなければ、処女作は小林秀雄論となる可能性が高かった。そして、敗戦を機に知識人や民衆が新しい日本を求めた「六〇年安保」に同伴し、この国の「停滞」を骨の髄まで知った江藤にとって、モチーフとして再浮上した小林秀雄はかつてより以上に手強くて頼もしい存在に見えただろう。

文学傾向の類似から、江藤が五七年の状況と三三年の「集団転向」後の「文芸復興期」との相似を指摘したのは前述の通りである。全集の解説で中村光夫は、「明治三年の日本はまだ封建制度の行われている国であり、太陰暦を採用し、蒸気といえば船のことでした。それが五年になると、中央集権の、太陽暦を使い、汽車を実用化した国に、形の上では生れかわります」という近代日本の変転の激しさを前提にした上で、小林が登場した一九二九年を「特別な年」と規定した。

「様々なる意匠」の分類に従えば、当時全盛だった「マルクス主義文学」、「芸術派」（象徴主義）、「写実主義」（自然主義文学）、「新感覚派」、「大衆文藝」などの諸派が鼎立して覇を競っていた。明治維新の勝ち組から負け組まで、作家たちの階級、世代も多岐にわたり、出身地ごとに言葉や文化、生活習慣がまるで違っていて、女性作家も多かった。小林秀雄は今でもよく読まれているが、翻訳については、江藤の弟子のポール・アンドラの英訳のほかは刊行されていないのは、多様性の坩堝《るつぼ》だった当時の日本の状況を熟知しない限り、文章の意味を理解するのは至難の業だからではないか。

その中で、中村のいうように小林は「文壇の一流派のための「意匠」ではなく、それらの根底にある文学の存在形態の探究」を目指したわけだが、これだけ種々雑多な文芸思潮がデパートの陳列棚のように展開される状況は世界史的にも稀だった。新聞・雑誌・出版の発展とともに市場も拡大している上に、古典文学・国学・和歌・俳句・漢文・歌舞伎・能などの伝統文化の層も分厚く、まさに「様々なる意匠」が生きた人間の姿をして街を闊歩していたのである。都市には「故郷を失った」無産階級の群衆が溢れていた。

後世から歴史を振り返る議論として、小林秀雄が文壇のヘゲモニーを確立した時期と同時並行して成立した国家総動員体制がそのまま戦後システムに移行している、という近年の有力な史観は、「停滞」という江藤の文学的直感による帰結の広がりを示している。岡崎哲二・岡野正寛の研究グループによれば、経済においては「限られた資源を戦争のために総動員しようとする「総力戦体制」のために、企画院が作った「物資動員計画」などによる計画的な資源配分を、企業を実行機関として統制的に実現するために人為的に作られたシステムこそが、現代日本の経済システムの原型である」（岡崎哲二・奥野［藤原］正寛「まえがき」『現代日本経済システムの源流』）だという。また、元大蔵官僚の野口悠紀雄は、官僚だった経験から各省庁が戦時中と同じ人事構成のまま存続してきたことを明かし、「戦時経済システム」からの脱却を訴え続けている。

山之内靖は、「総力戦体制は、社会的紛争や社会的排除（＝近代身分制）の諸モーメントを除去し、社会総体を戦争遂行のための機能性という一点に向けて合理化するものであった。社会に内在する紛争や葛藤を強く意識しつつ、こうした対立・排除の諸モーメントを社会制度内に積極的に組み入れること、そうした改革によってこれらのモーメントを社会的統合に貢献する機能の担い手へと位置づけなおすこと、このことを総力戦体制は必須要件としたのである。（略）第二次大戦後の諸国民社会は、総力戦体制が促した社会の機能主義的再編成という新たな軌道についてはそれを採択し続けたのであり、この軌道の上に生活世界を復元したのである」(山之内靖「方法的序論」『総力戦と現代化』)と指摘している。

江藤が、満洲国国務院で辣腕をふるった岸信介や戦中の主税局長・池田勇人などが推進する日本政治の体制に、戦前からの連続を察知するのは自然の流れである。当時はさかんにファシズムの到来を危惧していたが、「総力戦体制」は常にカール・シュミット的「例外状況」に転じる可能性を孕んでいると考えれば、正鵠を射ていた。ただし、この時点ではまだ、国家は正しい方向に変革し得るという希望を捨ててはいない。

一九六九年前半におこなわれ、『批評家の気儘な散歩』という題で単行本化された連続講演で、翻訳されたばかりだったハンナ・アーレントの『革命について』や永井陽之助との対談「戦争と戦後」(「季刊藝術」一九六九・一)を援用しながら、「古典的な価値、理性やことばを信用することができた時代が崩壊しはじめて、ものの動きと現実の力関係しか信用しない時代」(以下『批評家の気儘な散歩』より)、つまり「ホッブスのいうような自然状態」が出現しているといいつつ、それを「味気ない」と評する余裕はあった。後の痛ましい絶望を知る当時の子供としては、つい、七〇年代ならばまだ何とかなったかもしれない、という嘆き節が口をついてしまう。

実際、日本では九五年の地下鉄サリン事件から、世界は二〇〇一年九月十一日の同時多発テロから、完全に「例外状況」に入り、抜け出す道はどこにも見当たらない。

＊

江藤の「小林秀雄論」の第一部は一九六〇年から、大岡昇平・三島由紀夫・中村光夫・福田恆存・吉田健一らが編輯同人の「聲」に連載され、第二部は翌年「文學界」に連載され、六一年十一月、講談社から刊行された。大岡昇平が小林秀雄から預かっていた初期の未発表断片が唯一引用されている点でも重要な作品であり、「人は詩人や小説家になることができる。だが、いったい、批評家になるということはなにを意味するであろうか」（以下断りのない引用は『小林秀雄』）という冒頭の一行はよく知られている。「あとがき」の「小林氏に不公正な態度をとっているのではないかという疑いに、突然とりつかれた」という言葉は左派からの「転向」宣言として悪名高い。

そもそも小林秀雄は、プロレタリア文学全盛期に登場した批評家である。プロレタリア文学運動は、一九三〇年代初頭、国家の徹底的な弾圧により作家たちが「転向」を迫られることによって瓦解した。しかし、敗戦により、戦争へ向かう国家に対して叛旗を翻した唯一の良心的勢力として、プロレタリア文学の亡霊が蘇る。その中心が埴谷雄高、本多秋五、平野謙らが中心の「近代文学」派だった。

「近代文学」派は、天皇の戦争責任追及とともに、戦争協力をしたとみなされる文学者を片っ端からやり玉に挙げた。その最大の標的は、従軍記者として活動したにもかかわらず、戦後の公的立場が無事だった小林秀雄である。そして、江藤にとって最も厄介な問題は、自分自身が埴谷の「指導」を受けて「近代文学派」と近い地点から出発し、「六〇年安保」の渦中も大きく分類すれば「左翼」陣営の一分派として活動した経歴だった。

しかし、「六〇年安保」の過程で文学に政治を持ち込む「左翼」の活動原理の限界を悟った江藤は、「文学の自律性」に立ち返ることを痛切に希求していた。心中の逡巡を意地悪く見抜いて、原稿依頼したのが大岡昇平である。もっとも、大岡は埴谷雄高と友人関係にあるし、家庭教師として知り合った小林秀雄には複雑な感情を抱いている。大岡が江藤を認めたのは、その小林批判が鋭利だったからであり、煙ったい兄貴分を礼賛する文章など依頼するはずもない。

結核の療養中にも書き継がれた『小林秀雄』の目覚ましい論点のひとつは、青年期の修羅から読み抜いた小林の「主調音」である「自殺の論理」の発見である。富永太郎との交流と、中原中也・長谷川泰子との「奇怪な三角関係」は、かつての文学青年ならば必ず胸をときめかせた物語だ。江藤探偵の推理は鋭利であり、いったんは恋の勝利者となった小林が、泰子の「神経衰弱」に手を焼いて転居を繰り返す心理を分析してゆく。

江藤は、対話の成立しない泰子と暮らすうちに、小林の「愛」は実生活を保とうとする「意志」に変質して、他者が消え失せたという。そして、小林は「人間は陶酔を、如何なる形式の陶酔をも、一転して自殺の理論と変ずる事が出来るのだ。人の為に働くか、或は自殺するか」（小林秀雄「初期手稿」）という地点にまで追い込まれてしまう。「人の為に働く」のは「白樺派」であり、「小林が裏返された「白樺派」であることは明らか」という読みに至る。

そして、小林は奈良に転居し、一九二七年夏、小笠原諸島で自殺を試みる。

僕はあさつて南崎の絶壁から海にとび込むことに決つてゐる。決つてゐるのだ。僕にはあさつてまでの事件が一つ一つ明瞭に目に浮ぶ。太平洋の紺碧の海水が脳髄に滲透していつたら如何なに気持がいいだらう。

僕はまだ死なないでゐる。何故かといふと死ぬと決つた日には、曇つてゐたのだ。僕は晴れた美しい空を目に浮べてゐた。処が目をさますと曇つてゐたのだ。それで何もかもめちやめちやになつた。又僕はやり直す事にする。

ではさよなら。永久にさよならだ。

（小林秀雄「初期手稿」、『小林秀雄』から再引用）

「聲」七号の「同人雑記」によれば、一九四七年、長谷川泰子の許にあった小林秀雄の初期手稿が大岡昇平に渡され、大岡はそのまま保管していた。その手稿を、江藤は小林の許可を得た上で『小林秀雄』で初公開した。小笠原で書かれた遺書の断片群を読むたび、ジャン＝リュック・ゴダールの『気狂いピエロ』の、アルチュール・ランボオの詩を引用したラストシーンを思い出す。

Elle est retrouvée!
Quoi?　l'éternité.
C'est la mer mêlée
Au soleil.

みつかった
何が？
永遠が
海が
太陽にとけこむ
（柴田駿訳）

「永遠」の一節である。陽光で輝く紺碧の地中海にランボオの詩がスクリーンに映し出される。海に飛び込むジャン＝ポール・ベルモンドは、「孛星《はいせい》」ランボオの『地獄の一季節』を翻訳し、中原との三角関係に苦しみ抜いた若き小林秀雄。小林に「自殺の論理」を見出す江藤はゴダールに擬えたら、四方八方からお叱りが飛んでくるだろうか。ちなみにゴダールは江藤の二つ上、ほぼ同世代である。

ランボオは詩を捨てて二十年間漂泊の旅をつづけ、アフリカで一商人として三十七歳で死んだ。小林は自殺することなく「生」の方へ帰還し、胸中に「死んだ中原」を抱えながら

「批評家」として立つことになる。微に入り細を穿つような『小林秀雄』の分析を読むにつけ、『江藤淳は甦える』で平山周吉が高校時代の恩師・藤井昇から聞いたという、江藤が高校時代に自殺未遂を企てた経験の「告白」に見えてくる。

そして、「小林秀雄の個性」が自己検証の果てに「神」ではなく「自然」のイメージを発見したということは、「おそらく彼一個の問題を超えて、日本の近代全体に関係している」という江藤の読解は、深い洞察を含んでいる。さきほど私は、江藤と吉本隆明を「無意識が荒れている」という点で共通していると述べた。この類別法に従えば、小林秀雄は「無意識が荒れていない」資質なのである。

小林は、象徴主義的「自意識」の不快、シェストフ的不安、ニーチェからシュペングラー『西欧の没落』に至る反近代主義、ドストエフスキイの「神」と懐疑、マルクス主義、心理主義などなど、十九世紀末から二十世紀初頭の「病」を、ワクチンを打つようにして罹患してみて、なおかつ「自殺」寸前まで追い込まれたとしても、「自然」（＝「母」）」へ還ることができる「健康」な精神を備えていた。それゆえ、「様々なる意匠」をすべて文章の上で再演することができた。「自殺の論理」がその再演を可能にしたのは江藤の指摘する通りだが、小林自身は自殺衝動に駆られているわけではない。

吉本隆明が清岡卓行との対談で、小林の批評について「入り口があってずうっと歩んでて、ある里程を歩み切って、さてここで出てきたと、そういう感じってのは、ぼくはしないわけです。つまり、四十枚書いたって五十枚書いたって、千枚書いたってこのスタイルおんなじだよ」（「小林秀雄の現在」）と評した。だが、「このスタイル」で押し通せるエゴイズムこそが小林の個性である。「無意識が荒れている」江藤と吉本は、歪んだ生育環境による「病」から否応なく「自殺の論理」を所有し、そこから他者の「病」を読み解くスタイルをとることしかできず、感受性の触覚はいつも繊細に震えている。

ただし、「無意識が荒れている」側から気づくことは、「健康」側からは見えない場合が多い。青春時代、前者側の代表である富永太郎や中原中也と深い関係を結んだのは、心健やかな小林にとっては不可解な詩人たちの「病者の光学」がどういう仕組みから生じるのかとことん突き詰めてみよう、という好奇心も働いていたはずだ。身体を悪くしていた富永はともかく、小林はなぜ中原がわざわざ自壊しようとするのか、その衝動の意味が容易に呑み込めなかったはずだ。そして、長谷川泰子と同居し、その狂気と正対した後に遁走するプロセスを経て、ようやく小林の「自殺の論理」は完成する。

＊

小林の「自殺の論理」を自分自身の過去と重ね合わせてから、江藤は「批評家」小林秀雄の徹底的な擁護に向かう。一九六〇年頃の小林は未完に終わった「感想」を書き継いでおり、文壇とは距離を置いていた。「近代文学」派からの執拗な批判に対して、江藤は楯の役割を買って出て、小林がいかに「政治と文学」という問題系から自由だったかを次々と反証してゆく。とりわけ、プロレタリア作家の中で、もっとも優れた存在である中野重治と小林の関係が重要な論点だった。

江藤は「マルクスは理論と実践とが弁証法的統一のもとにあるなどと説きはしない。その統一を生きたのだ。マルクスのもつた理論は真実な大人のもつた理論である」という、小林が「マルクスの悟達」で示した認識を出発点とする。そして、「様々なる意匠」における小林の主張を、「人ははたして己れのため以外の戦いで真に苦しみうるのか？ 君たちは「プロレタリア実現のための目的意識を持て」といい、「時代意識を持て」という。しかし実践とは、つねに「宿命」にむかっての実践、換言すれば「死への情熱」にかりたてられての実践以外ありえないではないか」と嚙み砕く。

「真実な大人」として中野重治は、いかなる理論と実践によって生きていたか。江藤はプロレタリア詩として書かれた「夜明け前のさよなら」という詩に原点を見出す。「夜明けは間もない」という中野は、「四畳半」「コードに吊るされたおしめ」「煤けた裸の電球」「セルロイドのおもちゃ」「貸布団」「蚤」という「日常的なものたち」に対して、「僕は君らにさよならをいふ／花を咲かせるために」という。

江藤はその訣別の辞に「異常な感情の慄えを覚え」て、その理由を「かくされたロマンティシズムの旋律」と明かす。「名も知らぬ夫婦の提供したアジトで、深夜議をこらす革命的な青年たち」の一人として、未来の「花（＝プロレタリアート解放）」のために「現世のささやかな秩序を代表するものたち」へ「さよなら」という「訣別の辞」を投げかける中野は、「死への情熱」によって実践に向かっていると読解する。

「死への情熱」がその実践を支えているというほかならぬその点において、小林秀雄は中野重治氏と共通している。しかし、そのことを自覚していないという点で、中野氏は小林と根本的に異質である。中野氏が実践におもむくのは氏の「宿命」のためではない。障害となるものは「自意識」という個人的なものであるよりも、むしろ「掟」という集団なものである。

「掟」と「自意識」。中野の「掟」は「生きている廃墟」の不文律と等しい。「村の家」において、東京で活動して治安維持法で逮捕された左翼作家・高畑勉次（＝息子）に、「転向」を倫理に反する恥と考える〝村の家〟の農家・孫蔵（＝父）は「お父つぁんは、そういう文筆なんぞは捨てるべきじゃと思うんじゃ」と説諭し、勉次は「よくわかりますが、やはり書いて行きたいと思います」と返答する。この父子の対話に小林秀雄流の近代的「自意識」が入り込む隙間はない。江藤は、中野の「自らの「死」を所有しない「人格」と死を所有する「自意識」」が「小林の体験した「近代」の深さ」ゆえに、決して交わることがないことを解き明かす。「政治と文学」に引き裂かれ続けるプロレタリア作家たちは、マルクス主義も「様々なる意匠」の一つであり、「政治が「良心」（conscience）の問題であってそれ以外なにものでもない」と断ずる小林の「文学の自律性」を前にすると、論拠が失われてしまう。

小林は「転向」後の中野を「文學界」に勧誘した。しかし、中野はその手をふりほどき、激しい小林批判を展開する。

横光利一や小林秀雄は小説と批評との世界で論理的なものをこきおろそうと努力している。横光や小林は、たまたま非論理に落ちこんだというのではなく、反論理的なのであり、反論理的であることを仕事の根本として主張している。彼らは身振り入りで聞き馴れぬ言葉をばらまいているが、それは論理を失つたものの最後のもがきとしか受け取れぬ。

（「閏二月二十九日」）

二・二六事件の三日後に書かれたこの文章は、「心の柔い部分に鍬を打ちこまれた都会人の哀しみ」を誘う。「僕が反対して来たのは、論理を装つたセンチメンタリズム、或は進歩啓蒙の仮面を被つたロマンチストだけである」（「中野重治君へ」）という小林は、中野との対立を「科学主義」と「文学主義」との超えがたい不一致」と嘆息する。小林の「自意識」を共有できないプロレタリア作家陣営、あるいは「近代文学」派との対立は、すべて中野との角逐のヴァリエーションにすぎない。

小林の「私小説論」における「社会化された私」という概念が、中村光夫のプロレタリア文学史論と「強力な相互浸透」の関係にあるという平野謙の推測や、本多秋五の林房雄や中野重治への接近を「人民戦線」結成への動きと見る「近代文学派」の「希望的観測」を、「文壇の勢力交替といったような政治的見地から眺められすぎている」と斥ける。徳永直のような良心的な転向文学者もまた、結局は「プロレタリアート解放」という「よりよい未来」を待ち望むだけの「破戒僧」とみなし、すべては「様々なる意匠」の中の「自意識」の問題だと確定する。

小林秀雄の『ドストエフスキイの生活』とE・H・カアの『ドストエフスキイ』の類似を指摘する評者に対しては、「二つの評伝の対照的な性格は看過されていた」と反証する。たしかに小林は大部分の資料をカアに仰いでいるものの、評伝には「カアが一貫して保持している見事な平衡感覚――子供じみた生活無能力者でありながら同時に天才であったドストエフスキイを、原寸大に描き出してアイロニカルな共感をにじませている手腕に比すべきものは薬にしたくもない」という通り、「天才の劇」しか書かなかった。

「カアの発見にかかる西欧のロマン主義とドストエフスキイとの関係といった文学史上の大問題を惜しげもなく切り捨て」て、小林はドストエフスキイと同じ「蜥蜴の眼」で見て「資料や日記の間から」、「「秘密」を直観する」。江藤は「小林秀雄はドストエフスキイを私小説風に読み過ぎているなどという非難は、些末なことになるであろう」といい、両者に「ほとんど宿命的な「構図」にあわせて世界を切りとりつつある作家たちの姿」を見て、「流通貨幣のような一般的な概念によって、世界を解釈」している「不幸な群小作家たち」の批判を一蹴する。

戦時中の小林については、江藤は、中国戦線への旅で「光る眼」で「物」を見た後、「「戦争という現実」を絶対化しさえしなかった」という。つまり、戦争すら「様々なる意匠」の一つなのである。

彼（＝小林）にはただ、「歴史」が奇怪な「物の動き」であり、眼前におおいかぶさって「精神の網の目」を破る巨浪であることが見えていた。「拙劣な技術」によって遂行される厳重な「統制」はこの巨浪の飛沫である。「現在」に立ったとき、「戦争」はこのようなものでしかあり得なかった。「未来」は――彼の肩越しに感じられる「未来」は闇であって、すでに「歴史の隠密な緩慢な不断の変化から、努めてその糧を得」る余裕などはのこされていなかった。だが、果して小林の眼だけに「歴史」はこう見えるのだろうか。われわれの眼も、もしそれが「光つて」いさえすれば、あらゆる「現在」においてこのような光景を見るのではないか。

疑いのないことは、このように「未来」を感じ、このような「現在」に立った人間が生きるのは、信念によって以外にはないということである。

この一節によって、江藤は「僕は政治的には無智な一国民として事変に処した。黙って処した。それについては今は何の後悔もしていない」という「コメディ・リテレール」でのあまりに有名なタンカが、「自殺の論理」から一貫している思考であることを示した。弁護人・江藤淳は、小林秀雄が文学的に無罪だと論証したわけである。ここで小林のいう「国民」は、丸山眞男流の「啓蒙」と無縁に生きる人々であり、柳田國男の美しいヴィジョンである「常民」と重ねてみてもいい。小林秀雄と三十歳ちがいの息子の世代である江藤は、父の世代唯一の「自覚的な批評家」の秘密を解き明かすことにより、自分自身の「文学の自律性に対する確信」を取り戻すことができた。

江藤は一九六〇年前後に「戦争責任論」を声高に叫ぶ「戦後派」に対して、「「内面」を持たぬ人間に、「内面」を――「良心」を対立させることはできない。しかし、そのことはやはり私に「責任」がないということを意味しはしない。なぜなら自らの内面の持続のなかにしか思想というものはなく、このことは当然自分の内面への誠実さを要求するから。このようなとき、そのことを自覚してしまった者に、だまってその辛さに耐えるほかのなにができるだろう」（「「体験」と「責任」について」）というラディカルな批判を浴びせた。同じ論考の中で橋川文三の「戦中体験」だけを普遍化しようとする姿勢に呆れて、かつての高い評価を手のひら返ししている。ここで「「責任」を自覚するという辛さに耐える少数の者」（同前）という時に思い浮かべている人間は、小林秀雄しかあり得ない。

＊

戦中・戦後の行動において、小林秀雄がもっとも歴史の審判に耐えうる態度だったのか、つい他の文学者と比較してしまう。『細雪』をひそかに書き継いだ谷崎潤一郎や『断腸亭日乗』という作品を支えにした永井荷風の乗り切り方は見逃せないとして、正宗白鳥の自然体には心服した。白鳥は昭和初期から「二七会《にななかい》」という吉野作造を中心にした、中央公論社社長の嶋中雄作が世話人を務める政治経済の評論家の会に出席している（白鳥がメンバーになったのは吉野死後）。

「また空論を戦わすか」と、せめてもの空論の妙味を味わうつもりで、その会に出ていたことを私は人生の一事実として回顧するのである。清沢洌《きよし》がそのころ私に向かっていったことがあった。「あなたなど小説を書く人は、不断通りに書いていられるんでしょう」と、それをうらやましそうにいった。彼ら政治評論家は言論の拘束を受けているのであった。

「そうです」と、私は答えた。私は多年書いて来た自分の作品で、風俗壊乱の意味ででも、危険思想の意味ででも発売禁止されたことはなかった。特別に注意して筆をとっていたのではないが、私の筆には読者を惑わし世を乱すほどの力はなかったのであろう。それでも、戦争の末期には私の作品でさえ、検閲係に気に入らないらしいと聞いたので、私は直ちに筆を止めた。止めたことを遺憾とは思っていない。

（『文壇五十年』）

白鳥は清沢について、「「けさ開戦の知らせを聞いた時に、僕は自分達の責任を感じた。こういう事にならぬように僕達が努力しなかったのが悪かった」と、感慨をもらした。しかし、清沢の手のひらで、時代の激流を止める事は出来ないだろうと、私は滑稽味を感じたことを記憶している」（同前）というのだから、筋金入りの自由主義者もカタなしとなる。

一九四二年、文学報国会が組織されて、徳田秋声の死後は「年齢順」で小説部長になり、「文学者が戦争に協力しないことはつまりは許されなかったにちがいない」と振り返る白鳥は四四年、爆撃を避けて軽井沢に疎開する。戦中に考えていたのは、宗教の問題であった。

宗教家というと、私は内村鑑三先生を思い出す癖があるのである。先生がもし生きていたら、いかなる態度をとられたか。日清戦争当時はそれを正義の戦いとして盛んに提灯持した先生も後日それを悔悟し、日露戦争のころから、徹底的に戦争排斥、軍備廃止を主張したのだが、太平洋戦争においても敢然とそれを主張したであろうか。私はそれを疑っている。知識人は甘んじて殉教者になり得られるか。（同前）

このリアリズムには頭を垂れるしかない。白鳥のいう「殉教者」は、小林にとってのプロレタリア文学者であり、江藤にとっての「六〇年安保」の活動家にあたる。弾圧による犠牲者は出るとしても、自ら進んで「殉教者」になる人間は、現実にはいるはずもない。白鳥先生は、小林も江藤も終生関心を持ち続けた怖い存在だった。もちろん、小林は自分より動じぬエゴイストがいることは熟知しており、白鳥だけでなく、敗戦直後、いきなり「フランス語国語論」を唱えるなど、「空気」を読む素振りもない志賀直哉にも畏敬の念を抱いている。一方、小林が食指を動かさなかった漱石について生涯書き続けた江藤は、志賀については「生きている廃墟」の首領《ドン》と見做すだけで、冷淡な態度をとりつづけた。

小林にない江藤の美質といえば、たとえば二十年以上、玉石混淆の同時代文学を厳しく読み込む「文芸時評」を続けるだけの執拗さを備えていたことである。小林は初期に「アシルと亀の子」と題した文芸時評を書いたものの、次第に同時代の作品への言及は減り、「歴史の魂に推参」（「無常といふ事」）して「天才」と向き合う仕事に移行する。一方、江藤と「情況からの発言」や『マス・イメージ論』などの時評を書き続けた盟友・吉本隆明の両者は、「病者」が自分の健康状態を点検するように同時代との対話を続けた。

私たちは、江藤や吉本の時評を読んで、時代の息吹の一端に触れることができる。小林の不敗の構えに対して、坂口安吾の痛烈な批判を引いておこう。

死人の行跡が退ッ引きならぬギリギリなら、生きた人間のしでかすことも退ッ引きならぬギリギリなのだ。もし又生きた人間のしでかすことが退ッ引きならぬギリギリでなければ、死人の足跡も退ッ引きならぬギリギリではなかったまでのこと、生死二者変りのあろう筈はない。

つまり教祖は独創家、創作家ではないのである。教祖は本質的に鑑定人だ。

（「教祖の文学」）

坂口の言葉は、「鑑定人」から一歩踏み出そうする江藤と吉本の営みへの擁護でもある。

私は、糖尿病なのに家人に隠れてついついカロリーの高い食事をしてしまう吉本の姿に共感する。そして、「からみ」伝説があるにせよ、君子危うきに近寄らずと決め込み、隙のない小林には近づきたくない、「無意識が荒れている」タイプである。

小林と江藤の関係について考える時、どうしても頭から離れないエピソードがある。一九八二年、江藤は西御門《にしみかど》に転居した。現地を歩いてみると小林邸の近くで、先生と近い場所にという願望を感じてしまう。江藤は結核療養のために稲村ヶ崎に転地し、「余り体は大きくないけれど、非常に足の速い人が、和服姿で八幡様から鎌倉駅の方へ向かって、サッサッと歩いていくのを時々見かけました。一種精悍な風貌のこの人が、実は小林秀雄さん」（インタビュー「僕を批評家にさせたもの」）という目撃体験があった。ところが、転居した時はもう小林の病気が進んでおり、鎌倉では一度も会えぬまま逝去してしまう。江藤の生涯には不運としかいいようのないすれ違いがつきまとう。母に始まり、山川方夫、慶子夫人との死別も「喪失」の一言だけでは片づけられず、どうにもいたたまれない心地になる。

＊

柄谷行人はかつて、自身を批判する評論を公にした上で、その回答を求める若手批評家たちに対して、ウェブ上で次のように応じた。「この連中には文学的能力がない。もともと「批評の批評」しかやったことがないから、小説が読めない」（「子犬たちへの応答」）。かつて小林秀雄は「批評とは竟《つひ》に己れの夢を懐疑的に語る事ではないのか！」（「様々なる意匠」）と断じたが、この箴言は「夢」という言葉が肝であり、そもそも「批評」は書く対象に何らかの価値を付け加えない限り、書く意味はない。だから「夢」と形容した。となると、メタテキストのテキスト、三次的な作品となる「批評の批評」を書く意味はあるのか、という疑いが生じるのは必然だろう。

もちろん、江藤にとって「批評の批評」の限界は自明であり、小林の文章に屋上屋を重ねる愚は犯さない。『小林秀雄』は、ひとりの批評家の半生を物語化し、その実存を裸にするところまで追いつめる画期的な評論だった。ただ、『夏目漱石』は、まさに漱石はこういう人間、と納得できる評論であるが、『小林秀雄』の読後感は微妙に違う。柄谷が福田和也との対談で「あれは、小林秀雄のことを書いてないという気がします」（「江藤淳と死の欲動」「文學界」一九九九・十一）と評する通り、『小林秀雄』の隠されたテーマは、江藤自身の「批評」の原点なのではないか。とはいえ、資質の大きな違いがあるゆえに、作品として見事に成立している。

批評家同士、論争的な言及はあって当然である。しかし、批評家を正面から論じることを活路として選んだのは江藤淳が嚆矢だった。結果として目覚ましい「文壇」的な成功を果たしたことにより、先輩批評家の言説との関係を自ら位置づけることが通過儀礼のような選択肢になる。ただし、江藤の試みは、まず自分自身の陥った隘路から抜け出すことが第一であり、その「行動」が結果として「戦争責任」の追及により苦境にあった小林秀雄に対する有効な援護射撃ともなった。自他を両方救うという形で、「批評の批評」という奇計を正道と成し得たのは江藤淳だけである。

ちなみに、「批評の批評」という言葉の主である柄谷行人は、「戦後で小説を読める批評家は、平野と江藤と俺」といい、「小説を読むのに右も左もない。良し悪しの基準は同じで当たり前」と断言する。実際に、文芸時評も器用にこなし、選考委員として数々の新人を発掘しつつ、「六〇年安保」の時代からマルクスのテキストを読み込み「可能性の中心」を追求する理論的な仕事も一貫して続けてきた。柄谷も「批評の批評」などやらない。『力と交換様式』で注目しているマルクスのいう「貨幣や資本という「幽霊」」は、小林が『本居宣長』で論じた「迦微《カミ》」と存外、似ている。

一九五八年から連載をはじめ、小林が生前公刊を禁じた「感想」は、終戦の翌年の母の死後、「門を出ると、おっかさんという蛍が飛んでいた」という文章や、飯田橋の駅のホームから酔って転落して死にかかった時、「母親が助けてくれた事がはっきりした」と書く異様さで知られている。しかし、この「蛍」はオカルトではない。小林が真に「責任」を感じたのは、文学者風情などなすすべのなかった大東亜戦争の敗戦と、横光利一、島木健作、菊池寛をはじめとするおびただしい死者たちの霊だけである。小林は、江藤淳という俊敏な後進が出現して安心したのだろうか、自ら信じる「責任」だけに向き合う態勢に入ってゆく。

ところで、『小林秀雄』は、大岡の期待に沿っていたのだろうか。「聲」から「文學界」という連載媒体の移行は「聲」廃刊ゆえやむを得ないとしても、小林への牽制を狙ったと思しい大岡の目論見は大きく外れたのではないか。すでに一家を成しつつあった若き批評家が簡単に先輩の意向を呑むものではないとしても、意地悪な大岡が強情な江藤についてどう考えたか、想像するのはちょっと愉快である。

江藤は敬愛を込めて、先輩・河盛好蔵の「知的無産階級」という言葉をエッセイで引用している。「知的無産階級」の本格的な擡頭は、正宗白鳥から志賀直哉の世代が出た後の、都市化の加速につれての現象であり、そのチャンピオンは小林秀雄だった。自筆年譜の記述や自選集の「著者のノート」を読むと、小林秀雄評価の「転向」により矛盾を抱えた「江藤淳」は「六〇年安保」の前後、人間関係でも右往左往していたことが窺える。しかし、同世代とともに闘う役目から自ら降りると決めた江藤は、「知的無産階級」のチャンピオンの麾《き》下《か》に従うことに、もう迷いはなかった。

第五章　国家と私

「六〇年安保」における江藤淳の態度変更を「転向」と呼ぶべきなのか。論点は多岐にわたり、下手すると近年の国会論議のごとくスコラ学的な「定義」からはじめなければならなくなる。はっきりしているのは、〝戦後民主主義のゴーストライター〟たる丸山眞男と〝反スターリニズムを先取りした永久革命家〟埴谷雄高の勢力圏から離れたことだ。吉祥寺の「反体制戦後派」から、「文壇」のヘゲモニーを握る「文學界」グループの川端康成／小林秀雄の傘下への鮮やかな移行は、よほどの頭脳の持ち主でなければ成し得ない。しかし、文壇政治的にみれば、反体制側から体制側への足抜けという意味で最大級の裏切りである。

見逃せないのは、江藤の文学作品への評価の軸がまったくぶれていないという事実である。大きな変化は、小林秀雄を「正」とみるか「負」とみるかであるとしても、初期から戦中に「生きている廃墟」と対峙する最強の論理を構築した批評家という判断は下していた。もうひとつ、呪術的な言葉による文学がこの国においては質が高いという現実も、いつか克服すべき課題だと捉え直せば矛盾はない。「散文」的主体の確立による日本人の近代化、という丸山的な目標は『夏目漱石』から一貫していて揺らがない。

小林秀雄は嫌味なことに、「生きてゐる人間などといふものは、どうも仕方のない代物だな。何を考へてゐるのやら、何を言ひ出すのやら、仕出来《しでか》すのやら、自分の事にせよ他人事にせよ、解つた例しがあつたのか。鑑賞にも観察にも堪へない。其処に行くと死んでしまつた人間といふものは大したものだ。何故、あゝはつきりとしつかりとして来るんだらう。まさに人間の形をしてゐるよ。してみると、生きてゐる人間とは、人間になりつゝある一種の動物かな」(「無常といふ事」)と川端康成に語りかけたりする。小林と比較すると、現実は文学によって変革しうるという理念を抱き続ける江藤は、「右」か「左」か、というようなレッテル貼りを超え、積極的な姿勢を貫いている。

丸山は埴谷との対談で、「勝目のないたたかいを、専門化の傾向にたいして不断にいどんで行く必要がある」という発言からの流れで、「これでいいのかという、いってみれば形而上学的な悩みを持って日常的な仕事をしている。つまり、そういう人々(=官僚組織、自治体、企業などの世界)の仕事のなかに滲みとおるような形で、埴谷哲学というものが広まってもらいたい。ところが、そういう専門家や実務家でもたまには読んでる人いるけど……」(「文学と学問」「ユリイカ」一九七八・三)と発言していて、埴谷は「いや、読まれる筈ない」と言下に応じている。丸山は、「毎日の仕事に追われてやりきれないんで、それからの逃避で埴谷文学も読む」という正確な認識を示し、埴谷は丸山の願望を夢物語だと暗示する。ギリギリ「知識人」幻想が生きていた七〇年代末における丸山のぼやきは、戦後日本が西欧的な

「近代化」とはまったく違う道を通ったことを、端的に表している。
江藤は一九六〇年、武田泰淳の『政治家の文章』についての批評で、近衛文麿について「もともと私はこの貴族政治家が好きである」と打ち明けた後、次のように論じている。

政治家の内面に「純粋」なもの、「深く精神的なもの」が存在することは悪いことではない。それが彼の政治的行動にプラスするかマイナスするかは知らない。が、とにかく彼も一個の人間であって、その内面の深みにどんな宝石がかくされていようと不思議はないのである。しかし、政治に「深く精神的なもの」などのありようはずはない。むしろあってはならない。政治は詩ではない。自己表現ですらない。それは単なる手つづき、技術、無味乾燥な義務にすぎない。あるいは、政治から完全に「精神的なもの」の影をぬぐい去ったとき、政治家は自己の内面の「精神的なもの」を回復するというべきかも知れない。つまり、このために、彼は最も厳格なストア主義者にならねばならないのである。民衆が理想を要求すれば、彼は民衆に「理想」をあたえるだろう。それが蜃気楼にすぎぬことを百も承知の上で。彼は自らは砂漠の中を行きながら、恒に蜃気楼の実在を説きつづける隊商の長である。しばしば彼は自らオアシスの中にいるという錯覚を信じるようになる。が、危険は実にこのようなときにおこる。

（「政治と純粋」）

この一節は元祖「風見鶏」政治家についての論評であると同時に、江藤自身の一九六〇年の「転向」の論理の告白としても読めるのが不思議である。すでに堀川正美の「抒情詩」からは遠い場所にいる。

＊

江藤淳の六十七年間の生涯を見渡して、ずっと吉祥寺グループ的なリベラル知識人であり続ければ、悲劇的な晩年を回避できたのではないか、という漠然とした仮定を抱いていた。しかし、当時の状況をつぶさに見れば、それがありえない想像だったとわかった。まず、丸山／埴谷のヘゲモニーは一九六〇年がピークであり、「伝説」的な存在ではあり続けたものの、現実社会への影響力は低下する一方だった。

丸山は一九七〇年に東京大学を早期退職し、自称「面会業」（中野雄）に転じた。主な理由は体調不振であるが、信じようとした「戦後民主主義の虚妄」があまりに愚かな形に堕落した反省と、権威側代表の「東大教授」として矢面に立ち続ける虚しさがあっただろう。江藤は丸山について「只の個人主義を心がけてる人だと思う。ところがこの日本では漱鷗二家の昔から只の個人主義者になることは並大ていのことじゃないんだ。ぼくのみるところでは、こいつに成功したのは明治以来正宗白鳥只一人、あとはみんなミイラとりがミイラになりかけた。／現在の丸山眞男といえどもその例外じゃない」（「人物歴訪」）と評した。江藤は敬意を込めながら、丸山と道を違えたと見るのが妥当であろう。

アカデミシャンとしての節度を守り、大学は去っても福沢諭吉を論じることを通じて一貫して「啓蒙」を続けた丸山の生き方は見事である。埴谷の方は、あくまで「革命」は未来に「幻視」され続けるものなのだから、現実はどうなろうと知ったことではない、という態度を貫くことができる。若くて生活欲が旺盛な江藤淳が、両者の浮世離れした生き方に従い、ダンスパーティや囲碁に興じ続けることなどありえない。

江藤の個性はむしろ、日本の知識人と比較するより、世界に目を転じる方が浮かび上がる。一九三三年生まれでほぼ同年齢のスーザン・ソンタグのデビュー評論集『反解釈』を久々に読み返してみて、初期江藤の問題意識とのあまりの類似に驚いた。

> 芸術とは呪文であり魔術である――これが芸術の体験のいちばん始めの形であったにちがいない（たとえばラスコー、アルタミラ、ニオー、ラ・パシエガの洞窟絵画）。芸術とは模倣《ミメーシス》であり現実の模写である――これが芸術の理論のいちばん始めの形、ギリシアの哲学者たちの理論だった。
>
> この時、たちまち、芸術の価値という問題が生じてきた。なぜなら、模倣説という用語自体がすでに、芸術の存在理由はどこにあるか、という問いをつきつけているからだ。
>
> （「反解釈」高橋康也訳）

エッセイの冒頭であるが、この「問い」は江藤の「生きている廃墟の影」のモチーフとほとんど近接している。少なくとも、両者はラスコーの壁画を芸術の原点として参照し、ギリシア哲学以前に立ち帰ろうとしていることは共通している。ソンタグは「解釈とは世界に対する知性の復讐である。解釈するとは対象を貧困化させること、世界を萎縮させることである。そしてその目的は、さまざまな「意味」によって成り立つ影の世界を打ち立てることだ」としてあらゆる「解釈」を批判し、「解釈学の代わりに、われわれは芸術の官能美学《エロティックス》を必要としている」（同前）と宣言する。このような「ラディカルな意志のスタイル」こそ、まさに江藤淳の批評精神の隣人である。

もちろん、リベラルを貫いたソンタグと江藤とでは政治なポジションは一八〇度違うし、『反解釈』以後の仕事は領域がまったく重ならない。しかし、初発のモチーフの類似は偶然ではない。江藤とソンタグは「批評の時代」の産物とも呼ぶべき英米文学の「ニュー・クリティシズム」を学んだ上で、「反スターリニズム」が前提となった時代に世に出た。「マッカーシズム」による「赤狩り」の暴風は芸術の領域では決定的な影響を与えたが、ケネス・バークの指導を受けたソンタグは「マルクス・レーニン主義」実践の可能性がほぼ閉じられた空白に登場したスター批評家だった。それは、「六全協」以後の批評家である江藤淳の新しさと共通する。

実人生において江藤とソンタグが交わることはないし、お互いの仕事を参照し合うこともない。しかし、両者を育んだ時代背景と、栄誉ある「孤立」を保った精神性はとても近い。何より、ソンタグの「反解釈」、すなわち徹底的なイデオロギー批判を、江藤は批評の原理として共有している。

＊

アメリカにはもうひとり、参照項として重要な人物がいる。「ネオコン」の元祖として知られ、「ネトウヨ」から常に「トロツキスト」とののしられるノーマン・ポドーレッツである。ポドーレッツは一九三〇年生まれ。その半生を書いた〝Making It〟は、「世界でもっとも長い旅路の一つは、ブルックリンからマンハッタンにいたる旅――少なくとも、ブルックリンのさる地区から、マンハッタンのさる地域にいたる旅である」という一行から始まる。この本は、一九七三年に北山克彦訳で、『文学対アメリカ――ユダヤ人作家の記録』というタイトルで晶文社から出ているのだが、文学で『成り上がり』のような「アメリカン・ドリーム」を実現した批評家の自伝という捉え方が、現在から見ればピントがズレている。もちろん、刊行当時は「ネオコン」など影も形もないのだから当然のことだ。

「ブルックリンのさる地区」というのはユダヤ移民のゲットーであり、下層階級を意味する。ポドーレッツは、コロンビア大学とユダヤ神学校を卒業した後、ケレット奨学金、フルブライト奨学金を得てケンブリッジ大学に留学し、F・R・リーヴィスの指導のもと、文学修士を取得した。ブルックリンから来た「野蛮人」はよほど頭脳明晰だったのだろう。英文学批評の重鎮リーヴィスから、編集していた評論誌「スクルーティニィ」に、二十一歳で書くように勧められ、批評家としてのデビューを果たす。ここまでのキャリアで重要なのは、年齢的に徴兵されない、第二次世界大戦中に学生だったアメリカの「高尚」なエリートたちは、戦争の直接的な影響をほとんど受けていない、ということである。

二十三歳でアメリカに帰国し、アメリカのマルクス主義批評の牙城「パーティザン・レビュー」やユダヤ人委員会が支援する月刊誌「コメンタリー」への寄稿をはじめる。両誌はデルモア・シュワーツ、クレメント・グリーンバーグ、ハンナ・アーレントなどのニューヨークのユダヤ系知識人の拠点であり、ポドーレッツはソンタグと同じく、反スターリニズムとモダニズムの結合が自明の前提となった世代であることは「戦後」を生き抜く上で幸運であった。

「コメンタリー」誌上で、ユダヤ系作家の大先輩であるソール・ベロウを『オーギー・マーチの冒険』の書評でこきおろして話題になり、知的洗練を追求する「ニューヨーカー」から原稿を依頼されるなど、若くしてハイブロウな体制派と反体制派の雑誌の、両方の寄稿者となり、至難の業である「ブルックリンからマンハッタンにいたる旅」に「成功」する。ポドーレッツの足跡は、本人が自覚しているかどうかは別として、「反ナチズム」を根拠として、ユダヤ人が戦後の知識人社会のヘゲモニーを握ってゆくプロセスに重なっている。

ポドーレッツは一九五三年から五五年まで兵役に服して、グリーンバーグらとの軋轢を経て「コメンタリー」誌の編集長となり、依頼していた黒人公民権運動をテーマとしたジェイムズ・ボールドウィンの話題作『次は火だ』を「ニューヨーカー」のウィリアム・ショーンに高値で横取りされると、同じテーマでブルックリンでの自分自身の体験に根差した評論「わたしのニグロ問題――そしてわれわれのニグロ問題」を「コメンタリー」誌に発表する。

アメリカにおける白人のニグロにたいする関係には、理性的な分析をはばむことではユダヤ人についてのキリスト教のヨーロッパの感情にも似ている、ほとんど精神病的なものがあるのだ。人種統合は答えにならないのであって、その理由も、リベラルたちが、白人のアメリカがそれに同意すると信じて自らを欺いているからだけではなく、それが効果があるのは、ニグロたちが、黒人であることとの条件を逃れたいとの秘かな夢を自ら断念するときにかぎられるからなのだ。おそらく、いつの日か、ニグロたちは白人集団への大規模な種族混交によって消えてしまうのであろう。それはこの悲しい物語の全体にとって最良の結論なのだろう。

（『文学対アメリカ』）

ボールドウィンと意気投合したというこの見解は、子供時代を過ごしたブルックリンでは黒人は強者で、自分自身はその身体の優美さや屈強な体力に憧れを抱いていたという正直な告白と合わせて、黒人問題についての「WASP」的な見解としてセンセイションを巻き起こす。ポドーレッツはユダヤ系知識人の代表として、アーヴィング・クリストルとともにホワイトハウスに呼ばれていたが、ケネディ大統領を支持していた頃は「ベトナム反戦」というサブカルチャーの動向に追随していた。しかし、前述の黒人公民権運動についての論文が賛否両論でもみくちゃにされたポドーレッツは言論の第一線から身を引いた後、リベラルからニクソン大統領支持に転じる。その後、「コメンタリー」誌の編集長の座を拠点としてホワイトハウスのブレーンを現在に至るまで続け、二〇〇四年に大統領自由勲章を授与されるという名誉に浴し、保守派知識人として功なり名を遂げた。

「ネオコン」なるものが世界にどのような影響を与えているか、私には手に余る。しばしば「陰謀論」の主役として取り沙汰され、イスラエルやユダヤ系国際資本家の存在が問題を複雑化している。しかし、「アメリカ」的な価値を至上のものとする主張に報道等で触れるたび、ヘミングウェイのような文学的マッチョイズムを感じるし、実は何を目指している集団なのか、本当のところがよくわからない。「ネオコン」のせいで、アメリカが弱体化しているのではないか、という疑いもある。

「江藤淳の共和制プラス・ワン」(「子午線」vol.6)において、天皇の存在こそ「一九四六年憲法の無残な「破れ目」であり、「戦後」の最大の矛盾」という最晩年の「怖れ」の対象を見定めた中島一夫は、「江藤淳と新右翼」というエッセイで江藤とドイツの新右翼との類似を指摘している。フォルカー・ヴァイス『ドイツの新右翼』の訳者・長谷川晴生の巻末解説から発展した議論であり、その慧眼には敬服する。しかし、私はナチズム忘却の反動から生まれた運動より、やはり「転向」を経たアメリカの「ネオコン」と似通った活動のかたちだと考えている。

江藤淳とノーマン・ポドーレッツは、「保守」派と目されるようになった紆余曲折が似通っている。どことなく倫理的な疚しさを抱えている点でも。同じように「左」から「右」に転じたと目される西部邁の回想録を読んでみても、活動家時代の思想がどこまで突き詰めたものだったかが見えず、どんな「転向」だったのか要領を得ないのも疚しさゆえか。その点、初期の批評から明白に「ブント」の思考が刻まれていて、その問題意識を今日まで持続している柄谷行人の一貫性には驚かされる。

＊

柄谷行人は産業革命以降の国家について、次のような見解を示している。

……産業資本の発展が国家と切り離しえないということである。たとえば、商人資本は、特に海外交易において、軍事力、すなわち国家の支えを必要とする。一方、産業資本も国家の支えを必要とするのだが、その役割が異なる。くりかえすが、産業資本の利潤は、たんに労働者を安い賃金で働かせることによって得られるのではない。それは、労働者が生産したものを、彼ら自身が消費者として買い戻すことによってのみ、実現されるのだ。

つまり、資本はたんに労働者から搾取するだけでは、剰余価値を得られない。労働者自身にその生産物を買ってもらわなければならないのだ。むろん、個々の資本は、目先の利益だけを目指すだろうが、「総資本」にとっては、それは自滅的なものとなる。産業資本が存続するためには、労働者の育成・保護が必要である。具体的にいえば、国家による教育政策や福祉政策などが必要なのだ。

（『力と交換様式』）

一九八九年十一月、「ベルリンの壁」が崩壊し、九三年にEUが成立して、私は第二次世界大戦の反省から生まれた「国際連合」的な理性が、より前進する日が訪れたと信じた。まだ若かったので、生まれてから当然のように続いていた東西冷戦によるイデオロギー対立が諸悪の根源という先入観から逃れられなかったのだ。しかし、九〇年の湾岸戦争が暗い翳を落とし、やがて、民主主義vs.共産主義の如きイデオロギー対立は、実質的に無意味であることを徐々に知ってゆく。この論考で、私が「右」「左」という記号しか使わないのは、柄谷のいうような「国家」のインフラが「人類」にとって逃れられないのならば、「保守」「リベラル」のような分類も、単なる記号的な差異にすぎない、という認識を前提にしているからである。

最近、ようやく「若者の保守化」あるいは「右傾化」のような表現を目にしなくなった。常にスマートフォンを手にしていて、隅々まで情報化された社会しか与えられていない世代にとって、PCと携帯電話の出現以前の不便な生活環境など想像すらできない。養老孟司流にいえば、石油がなくなったら終わり、であるが、いずれにせよスティーブン・ピンカー的な相対的豊かさを享受し続けてきた人々にとって、現状維持は至上命令である。

まだイデオロギー対立が騒々しく、インフラも隙間だらけだった一九六〇年から、江藤は「国家」の権能の増大を見通しており、「人間（＝文学）」を対抗させることによって、その専横に対抗しようとした。江藤の「六〇年安保」の時の行動をこのように解釈するならば、「転向」は現代人がみな強いられている「国家」との関係を予見したもの、と考えることもできる。

話は少し脇道に逸れるが、柄谷の『マルクスその可能性の中心』をアメリカで最初に評価したのは、一九一九年ベルギー生まれのポール・ド・マンだったことはよく知られている。ジャック・デリダにも深い影響を与えた「脱構築」派の創始者で、こちらもユダヤ系のアメリカ移民。七一年に刊行された『盲目と洞察』の「まえがき」には、このような一節がある。

数人の現代の批評家の検討から浮上してくる読解の構図は、単純なものではない。彼らのすべてにおいて、文学の本性について彼らが述べる一般的言明（彼らの批評方法の基盤となる言明）と、彼らの解釈から生ずる実際の結果とのあいだで逆説的な齟齬が現れる。テクスト構造についての彼らの発見は、彼らがみずからのモデルとして用いている一般的な考え方と矛盾してしまう。彼らはこの齟齬に無自覚なままであるばかりか、この齟齬を糧にして生きながらえており、彼らの最良の洞察自体、当の洞察が論駁する諸前提に負っているように思われるのである。

私は、こうした奇妙なパターンを多くの例で文献上に跡づけようとした。ここで取り上げた批評家の文学的鋭敏さに議論の余地はないが、他のさまざまな書き手のなかでも批評家を選ぶことによって私が示唆しているのは、こうした齟齬のパターンが、個人的もしくは集団的な逸脱による誤りの帰結ではけっしてなく、むしろ文学言語一般に不可欠な構成的特徴なのだということである。

（『盲目と洞察』宮﨑裕助・木内久美子訳）

「脱構築」の論理を端的に表している箇所であるが、どこかで聴いたことのあるメロディではないだろうか。いうまでもなく、小林秀雄が「様々なる意匠」で採用した等距離迂回戦術である。小林は一九〇二年生まれ。江藤の分析通り、小林がマルクス主義と帝国主義の狭間で芸術の自律性を確立したとしても、戦争協力の問題が付きまとうとするならば、死後、反ユダヤ主義的発言が発見されたド・マンの「脱構築」批評もまた同種の構成で成り立っている。

たとえば、どのように糊塗しようとも、一八八九年生まれのマルティン・ハイデガーが「ドイツ精神の再興」のためにナチズムに本心から加担したことは歴史的事実である。弟子の愛人ハンナ・アーレントは戦後、ハイデガーの罪の軽減に奔走したものの、彼自身は結局、一切反省していない。次世代の小林とド・マンは帝国主義戦争との関係とマルクス主義の席捲が必然となった世代の芸術家として、「様々なる意匠」的な事態から逃れられない。そして、江藤や柄谷の戦後世代になると、「国家」や「資本主義」などにより「人間」抜きで形成される「環境（＝システム）」とでも呼ぶほかないものへの違和との対峙を強いられる。人は生まれる時代を選ぶことはできない。人間への「信」を貫く『本居宣長』を完結することができた小林秀雄は幸運な世代だった。

*

先回り し過ぎたので、『小林秀雄』を完結した時期の江藤淳に戻ろう。繰り返しになるが、死後二十年以上の歴史の推移を見つつ後知恵によって私が徐々に気づいた文明論的問題系について、当時の江藤が視野に入れて活動していたことはたしかである。と同時に、当時の日本は一ドル＝三六〇円の固定ルートに甘んじた、まだ占領の記憶も新しい、行く末も不確かな敗戦国だった。

江藤は一九六〇年から毎日新聞で論壇時評を二ヵ月書いた後に「文芸時評」を連載し、年末、つまり新年号分から舞台が朝日新聞に移る。文壇的な地位は、ほぼ確定したと見ていい。六一年七月には西独政府の招待によりヨーロッパ六ヵ国を旅し、年末には連載完結した『小林秀雄』が講談社より刊行される。そして、六二年八月、ロックフェラー財団研究員となり、米国プリンストン大学に留学する。

「日本文壇」を代表する若手批評家として、世界に雄飛したということになるのだろうか。実はこの時期から、正確に区分するならば『小林秀雄』が選考委員である当の小林秀雄の強力な推挽を受けて第九回新潮社文学賞を受賞してから、私がこれまでに引用してきたような、さり気ない形で江藤淳がみずからの行動の真意を解き明かすことはほとんどなくなる。ガードが固い小林秀雄譲りなのか、あるいは「成功」後のポドーレッツと似た動機なのか。

『アメリカと私』から続く「と私」シリーズで江頭淳夫は、ペルソナとしての「江藤淳」の中に「江頭淳夫（＝私）」の場所を用意した。とはいえ、江藤淳が江頭淳夫の一部分であることは変わらない。しかし、啓蒙「活動家」の面を捨て「批評家」という自己限定をしたことにより生まれたペルソナと実存の亀裂を埋めるためには、「私」という人称の導入がどうしても必要だった。

それにしても、生前に単行本化を許可しなかった未完の「日本と私」はグチの集積のようになってしまったのが著者として不満なのは当然としても、この時期の文章は「日本が嫌」という深い絶望に覆われている。江藤は愛国者であり、否定の対象はあくまで「戦後」であるものの、時が経つごとに深まる嫌悪感は止めようがない。

渡米中のエッセイの中で、私が最も好きなのは「ローガンの親爺の店」である。アメリカでは生活必需品の自動車を貧乏留学生だから中古で購うのだが、その車がすごい。

「古フォード？　ああ、あれはいいオートモビルだ。こっちへ来な。いいか、俺は自分で車を継ぎ合わせてつくる。あっちに一杯スクラップがあるだろう。あそこから部品をとって来てな、自分で組立て直して新しいのにするんだ。このフォードには三台分ぐらいかかっている。エンジンはオーバーホールしたばかりだしな、タイヤはこの間アクシデントにあってこわれた新車のをはめたしな。こんないいオートモビルはないぜ。俺は趣味で商売をしてる男だ。値段？　三《スリー》・つ半《フィフティ》よ」

件《くだん》の車は、水ったまりに片足かけたかっこうで、空地の隅にころがっていた。ツウ・ドアのハードトップで、白とブルーのツートーンだといえばきこえがいいが、果して動くのかどうかよくわからない。

（「ローガンの親爺の店」）

とまあ、こんな調子である。イマドキの車検が通るかどうか怪しい代物を買うわけだが、ローガンの親爺がキーを回せば動くのに、江藤がやったら上手くエンジンがかからない。

私が同じようにもう一度ちょっと手をひねると、やはり車は動かない。

「つまりこの車はあなたに馴れていて、私になつかないんですな、長いこと飼っていた犬みたいに」

「フム、犬みたいに？　お前は犬を飼ったことがあるかい」

「イエス」

ローガンは何ともいえないほど幸福そうな顔をして、鍵をカチリ、カチリとまわしてみせた。そのたびに車は、喜び勇んでガタガタこおどりするのであった。

（同前）

エッセイはこのようなオチを迎えるわけだが、私の知る限り、これだけ手放しに楽し気な江藤の文章はほかに読んだことがない。つまり、江頭淳夫は、スクラップの山から一台の車をセルフメイドして売り物にする「親爺」がいるような国柄が好きなのである。このボロ車は、ロングドライブのためにオイル交換したら立ち往生して修理が必要となった話がまたエッセイの種になったりして、体験的「アメリカ」を語る際には欠かせぬアイテムとなる。中原弓彦（小林信彦）編集の「ヒッチコック・マガジン」に掲載された留学中の消息を伝えるエッセイ群には、その他にも留学先でのびのびと呼吸している朗らかな江頭淳夫の姿が記されており、心温まる。一方、『西洋の影』に収められたヨーロッパ見聞記の文体は硬く、「西欧文明」への挑戦という強張りがとけない。つまり、江頭淳夫が最も寛げるのは、皮肉なことに憎い敵であるアメリカの地だった。

＊

江藤は、アメリカでの二年間の滞在を「社会的な死」と形容した。しかし、プリンストン大学での生活に馴れるうちに、次のような感慨を抱いている。

……プリンストンで、私が自分のままでいられるというのは、そこで自分が日本人として抱いている欲望をかくす必要がなかった、という意味である。これは、東京ではむしろ逆であった。そこでは、「日本人ばなれのした」という言葉が、何につけても讃辞として用いられるような空気が充満していたからである。これが、いかに無意味な言葉であるかを知るためには、私には、図書館の便所にはいるたびに、黒人の小使や白人の学生の顔といっしょに鏡に映っている自分の黄色い顔を、一瞥するだけで十分であった。（『アメリカと私』）

「適者生存」の国アメリカの比較文化論として意図されている『アメリカと私』はさまざまな韜晦がまぶされているが、この一節は正直な告白に近い。なにより、「さようならマリアス、さようならマリア、さようならジーン、さようならプリンストン」というエッセイの結びの一文に、江頭淳夫の真情が溢れ出ている。

とはいえ、世界で最も豊かな覇権国だったベトナム戦争前のアメリカの寛容さは、長くは維持されない。一九七九年に再訪したアメリカへの失望は『アメリカ再訪』に収められたエッセイに詳しい。また、渡米してすぐ、あごが外れてしまった慶子夫人にとって、快適な土地であったとも思えない。ソンタグやポドーレッツのような、いけ好かないニューヨークのユダヤ系知識人とは、たとえ接点があったとしても趣味が合わなかっただろう。

それにしても、江頭淳夫のまだ若々しく素朴で実質を重んじる国だったアメリカへの愛着は隠せない。留学から帰国後の惨憺たる疲労が滲み出ている「日本と私」を読むにつけ、あれだけの英語使いならば、アメリカでキャリアを積めばよかったのではないか、という疑問が生まれて当然である。少なくとも、丸山／埴谷グループに留まるよりはよほど可能性の高い選択肢だった。それでは、なぜ彼は、帰国して日本で活動することを択んだのであろうか？　もちろん、日本に小林秀雄がおり、しかも、江藤淳に後事を託すことを六二年の第九回新潮社文学賞の選考結果により端的に表明したからである。

安部公房『砂の女』（！　本作は読売文学賞を受賞）、安岡章太郎『花祭』、野間宏『わが塔はそこに立つ』、花田清輝『鳥獣戯話』など他の候補作も強力で、江藤の『小林秀雄』の受賞は世評とは違っていた。小林の選評は「批評といふものが、新しく何かを創り出さうとする動機のうちにある、少くともさういふ時勢に生活を強ひられてゐるとは、いつも私が考へてゐたところであるから、江藤氏の批評的作品が、私自身を素材としてゐるといふ事を特に考へようとは思はない。江藤氏自身のヴィジョンは延び延びとしてゐる」。他の選考委員も『小林秀雄』は小林についての評論とはいえない、と示唆している……。それにしても、まだ若手批評家だった江藤にとって、十二分な勢力を保っていた日本の「文壇」からの強い引力に抗することは難しい。

『漱石とその時代』により、三十七歳で野間文芸賞と菊池寛賞を受賞するという文壇的出世は、とても早い。さほど周囲に好かれる人柄ともいえず、小林秀雄グループの政治力に帰する。もちろん、江藤は小林に唯々諾々と従っていたわけではなく、常に出し抜こうとしていた。しかし、小林が戦後、江藤のように「文芸時評」を嬉々として毎月書く図など想像できない。未完に終わったベルグソン論「感想」が、江藤の目覚ましい活躍が始まった時期の五八年に連載開始されたことは偶然とはいえ、一種の符合を感じる。

三十代の江藤の各メディアでの華やかな活躍と、江頭淳夫として東京工業大学教授という「国家公務員」への就職を年譜で確認するにつけ、社会的に安定し病にも苦しまぬ時間が続いたことにほっとする。『海舟余波』を読んでいると、江藤にとって、勝海舟はかくあるべしという対象ではあっても、現実に彼が「江戸城無血開城」のような政治的手腕を発揮することは感性が鋭敏すぎて無理だろう。ただ、文学者として「政治的人間」という大看板を掲げて活動することは、常に現実社会に働きかけようとしている江藤にとっては収まりがいい。

江藤は順調に「名士」となり、ポドーレッツのように政治家のブレーンの座に収まってゆく。文芸批評家であるにもかかわらず、国家権力に近づくことも躊躇《ためら》わない。しかし、そこで江藤とポドーレッツを分かつものがひとつある。それは、「文学」である。ポドーレッツは世俗的な成功を収めて上昇志向が充たされた時点で、ちゃんと書けば書くほど多方面に怨みを買いかねない「批評」を捨てて、国家にたいするアドバイサーと「ネオコン」のオルガナイザーとして活動することを択んだ。

江藤は、休止期間はあったにせよ、発表されたばかりで、既知の文脈によって片づけることのできない夥しい数の作品を読み、二十年間、「文芸時評」欄で大胆かつ率直な発言を続けた。次章では、江藤の散文論と歴史観が、もっとも具体的かつ生々しい形で表現されている「文芸時評」を参照しながら、六〇年代末から八〇年代までの文学最前線を再構成してみたい。

第六章　文芸時評は戦場である

「文芸時評」は明治期の新聞・雑誌の月旦欄から発展した形式である。すべての活字メディアに発表される小説と随筆を中心にした「作家」の作品が珍重される国は、明治から昭和・平成初期にかけての日本しかない。ベネディクト・アンダーソンのいう「想像の共同体」が形成されるにあたり、わが国にはどうしても「文学」が必要だった。開国により、各国語の翻訳が可能となる新しい「国語」への切り替えは急務であり、「言文一致」は二葉亭四迷のような語学に通じた文学者の努力により短期間で実現された。

目覚しい速度で新しい国語が形成できたのは、明治以前の歴史の蓄積が大きかったからである。漢文の翻訳を前提としたわが国の「言の葉」は、西欧諸国の言語を受け入れるだけの準備を、すでに江戸末期に整えていた。硯友社などでは「翻案」という名の外国文学の模倣によりハイカラさを演出し、新思想の流入も広義の「文学」のジャンルで行われており、自由民権運動の闘士も多くは文学者を兼ねていたことを考えると、政府側にとっても「文芸時評」は「監視」塔の機能を果たしてもいた。

戦前において、「文芸時評」の最も有能な書き手は川端康成である。作品の価値や才能の有無を見抜く批評眼の鋭敏さは驚くほかないとして、当時の大新聞や雑誌に時評欄が用意されたのが一九三〇年代初頭のプロレタリア文学の興隆期であったことは偶然ではない。川端の時評は反プロレタリア文学の拠点となる。そして、「芸術至上主義」を掲げ一九三三年に創刊された時の「文學界」の編輯同人は、深田久弥、宇野浩二、廣津和郎、川端康成、林房雄、武田麟太郎、小林秀雄の七名で、後に横光利一、河上徹太郎、中村光夫などが同人に加わり、日本共産党の「集団転向」後は文壇内のヘゲモニーを握った。

文学史を見直そうとすれば、さまざまな文学流派のヘゲモニー闘争と売れ行きや文学賞の帰趨という社会的な評価によって語るほかない。創刊から百年という時を経ると、「文學界」同人たちは文壇政治的な勝者というより、彼らの残した作品が歴史というもっとも強力な「批評」に耐えた書き手ばかりだったという結論になる。川端康成が時評家から「追悼の名人」に転じたのは、文学という場で芸術派の戦線を形成し、もはや新たな才能の「鑑定」は必要がない、と見切ったタイミングがあったのだろう。

発表時にどれだけ好意的な評判を集めたとしても、十年後には見る影もなく忘れ去られる作品は数限りがない。「文學界」創刊は治安維持法下における芸術派の「実際的貧困」（大岡昇平）対策という目的もあったわけだが、一九四二年の日本文学報国会の成立により、作家たちの就職対策の必要は消えて、銃後で国に奉仕する仕事につくことが可能になった。しかし、翼賛体制に協力した者が戦後に味わった苦難はいうまでもなく、戦時中に限らず作品の生命を保とうとするならば、「芸術至上主義」がほぼ唯一の選択肢である。もちろん、時流から離れた「芸術」で生活が成り立つ人間などほとんどいない。

もうひとり忘れてはならない「文芸批評家」がいる。治安維持法下の三四年、「日本共産党スパイ査問事件」で未決囚となった宮本顕治である。

小林多喜二「党生活者」

天皇の代に関係した昭和文学という呼称に私は賛成しないが、現代文学ということで、この作品は戦前の暗黒政治の下で弾圧に抗し明日をめざして闘っている人々の苦悩を生き生きと形象化した意味で歴史的なものである。

一九八九年一月一日に刊行された「新潮」増刊『この一冊でわかる昭和の文学』の「昭和文学　私の一篇」というアンケートへの「日本共産党中央委員会議長・参院議員」宮本顕治の回答である。当時八十一歳。一枚の四百字詰め原稿用紙に端正な字で書かれていたこの一文は、宮本が批評家として現役であったことを雄弁に物語っている。戦前、非合法活動に追いやられて地下に潜り「革命」を目指し続ける日本共産党のインターナショナリズムは、プロレタリア文学者に限らず、知識人階級へ隠然たる影響力を保っていた。自ら望んだ選択肢ではないにせよ、戦中に獄中にいて「非転向」を貫き通し、結果として戦争協力もせずに済むというヘゲモニーの保ち方もあった。

＊

「文芸時評」という場に本格的にデビューした江藤は、ほぼ同時に「〝戦後〟知識人の破産」というエッセイを「文藝春秋」一九六〇年十一月号に発表している。論壇では丸山眞男をはじめとする「左」派知識人に対して、「インテリゲンツィアは林立するビルのむこうがわに「廃墟」のイメイジを想いうかべて八月十五日の「正義」を確認し、ふりかえって叫ばねばならない。こんなはずはなかった、なにかがちがっている」と吠えている。日本共産党を筆頭に敗戦の日を「解放」と捉えた人々への訣別の辞だった。

しかし、文壇の動向は江藤の早すぎた状況認識とはずれており、当時は「純文学論争」が熱気を帯びていた。論争の発端は「転向左翼」の批評家である平野謙の「「群像」十五周年によせて」（「朝日新聞」一九六一・九・十三）とされている。平野のエッセイは短いものだが、もともと純文学という概念が「私小説を中心に確乎不動のものとして定立した時期にだけ妥当する」「歴史的なものにすぎない」という見解は平野の時評の中でも何度か示されていた。その説がアメリカに一年近く滞在し帰国したばかりの伊藤整に強い「ショック」を与え、「「純」文学は存在し得るか」（「群像」一九六一・十一）というエッセイが書かれた。

平野の「純文学変質論」の背景には、「中間小説」の隆盛がある。当時は「オール讀物」と「小説新潮」が数十万部の売り上げを誇って、一九六三年には「小説現代」が創刊されるという状況がある。それゆえ、伊藤は「松本清張、水上勉といふやうな花形作家が出て、前者が、プロレタリア文学が昭和初年以来企てて果さなかつた資本主義社会の暗黒の描出に成功し、後者が私の読んだところでは「雁の寺」の作風によつて、私小説的なムード小説と推理小説の結びつきに成功すると、純文学は単独で存在し得るといふ根拠が薄弱に見えて来るのも必然」であり、「純文学の理想像が持つてゐた二つの極を、前記の二人を代表とする推理小説の作風によつて、あつさりと引き継がれてしまつた」と、やや慌て気味に反応した。

二人の応酬から、山本健吉、大岡昇平、読売新聞で大衆小説時評を担当していた吉田健一、平野謙の僚友・本多秋五、十辺肇などが参加し、後に福田恆存が「文壇的な、余りに文壇的な」(「新潮」一九六二・四)で「たっぷり雑誌一冊分位ある」と皮肉るような大論争に発展する。福田の整理によれば、そもそもは大岡昇平が群像で連載していた「常識的文学論」から端を発した井上靖「蒼き狼」をめぐる論争が発端という経緯になるが、議論は各人の「純文学」概念を擦り合わせようとして、結果的にズレたままで終わった。

福田は、「純文学論争」は長く「王位請求権を主張し続けて来た」「近代日本文学主流派の自然主義=私小説」に対して、日本共産党の弾圧によって地下に潜らされていた「プロレタリア文学の政治主義」を「近代文学一派」の、急激な「大衆社会化現象」による再度の「王位請求運動」と総括している。その背景に、占領政策の転換ののち、小田切秀雄、佐々木基一、花田清輝、野間宏らが共産党に入党したことにより、平野が属する「近代文学」一派が事実上崩壊した事実を挙げている。

江藤も福田の立論に従い、「現に最近六ヵ月間文壇を沸かせていた論争が、大部分夏目漱石のいわゆる「文壇の裏通りも露路も覗いた経験のない」「教育ある且尋常なる士人」には何のことだか見当のつかない「方言」で語られて来たという事実は動かしがたいであろう。これは大げさにいえば今日の日本の文化上の大問題である。文学者の言葉が文学をもって業とする者にしかわからず、普通一般の生活人には通じないということは、文学者の生活がそれほど普通一般の生活人の生活から遊離してしまっている、ということを意味しないであろうか」（「文芸時評」一九六二・四。以下、断りのない江藤の引用はすべて『全文芸時評』より）と結論づけている。

大岡昇平は連載中だった「常識的文学論」で、二十五歳の小林秀雄が「大衆文芸」について述べた、「頭の上に太陽が照つてゐる限り、人生に娯楽といふものが無くなるわけがない。この娯楽が時勢と共に複雑になつて行くのに何の不思議があらう」（「測鉛」「大調和」一九二七・八）という言葉で「大抵片附いてしまう」という大原則を持ち出したが、平野はその見解を「古風」と一蹴する。そして、尾崎一雄の「暢気眼鏡」を純文学の最後の代表者と見て、その後継者がいないゆえに「純文学変質論」を唱えたわけだが、六十年前のジャンル論争の細部を振り返っても稔りはない。

むしろ、「純文学」と「エンタテイメント」の境界という議論が、文芸業界で周期的に繰り返されていることを重く見たい。福田恆存が「アクテュアリティ＝コミット説」と呼んだ平野謙の立脚点は、プロレタリア文学の「主題の積極性」というテーゼを言い換えただけのものなのかもしれない。しかし、福田が拘泥していた「近代文学」派の文壇的評価のような問題などを捨象すれば、「純文学」というジャンルが現在も確乎として存在する、と信じる論者は今や皆無であり、業界的には平野理論の勝利は明白である。しかし、細分化されたレッテルに分類されて商品棚に並べられ、「技術の伝達」を口実に自己模倣を繰り返す作品群を眺めるにつけ、大岡の「常識」はむしろ今、蘇るべきだろう。

＊

一九七八年に亡くなった「平批評家」平野謙について、現時点でどれだけの関心が保たれているだろうか。現在も闘争中の活動家にして批評家・絓秀実のように左翼文学に依拠する者にとっては必読としても、基本、同時代の文学シーンを論じることに徹した方法論ゆえ、その議論にどうしても歴史的な背景を補う必要がある。「芸術派」のような時代に左右されないテーマを扱わない点で後世の読者を待つ意味では不利である。

しかし、平野の文芸時評を読むと、テーマ・構成・文章・時代性などなど、小説教室で生徒を採点するような物差しを手放さずに柔軟に達成度を判定し、ある作家に下した評価を後の作品で修正することも厭わない丁寧な姿勢によって、時評家の中でも飛び抜けて有能であることがわかる。

一九〇七年生まれで、東大在学中の三二年、宮本顕治の批評に強い影響を受けつつ、あるプロレタリア科学研究所に入るものの、すぐに共産党は集団検挙され、内務省系の情報局文芸課で働き、文学報国会評論随筆部会の幹事を務め、戦後は「近代文学」を創刊するという経歴の中で、回想録にも正直に書けない政治的、経済的なピンチは幾度もあっただろう。危険な道のりをサバイバルする武器は、正確な批評眼、グチから始める時評に端的に表れている自分を客観視できる楽天的なユーモア感覚、そして「女房的リアリズム」に裏打ちされた嗅覚による危機管理にあった。

以下、読者のみなさまに、あえて立証責任を放棄した仮説を並べてみたい。

思いつくままに列挙してゆくと、早船ちよ原作の浦山桐郎《きりお》監督『キューポラのある街』は平野謙的「アクチュアリティ」によって成立した典型的な作品であり、ジュンを演じた吉永小百合は永遠に「左翼」のアイドルである。が、荒井晴彦の指摘する通り、在日韓国人帰還事業に応じたヨシエ一家の行方の落とし前は永遠につかない。六六年のテレビドラマ『若者たち』の左翼青年役でブレイクした山本圭の叔父は共産党員の山本薩夫監督であり、さまざまな娯楽大作を撮っているが、左翼系の原作物より山崎豊子『白い巨塔』『華麗なる一族』『不毛地帯』を階級闘争史観で読み換えた力業に感嘆する。山本薩夫については、市川雷蔵主演の『忍びの者』から白土三平『カムイ伝』に転じる系譜も見逃せない。ガロは転向左翼の一大拠点だった。山田洋次監督『男はつらいよ』シリーズの諏訪博を長く演じた前田吟は、映画の娯楽性に対する免罪符のように見えるとはいえ山本圭とは違う日本的左翼の一典型を見ることができるし、渥美清演ずる「寅さん」も網野善彦史観「漂泊民」の現代版ではないか。高倉健主演のやくざ映画は伊藤整的な「組織と人間」のヴァリエーションであり、その血脈は『日本で一番悪い奴ら』などの白石和彌監督作品まで続く。安部公房『砂の女』は勅使河原宏によって映画化され、その演出と武満徹の音楽により「疎外論」の表現として世界的な水準に達している。平野と気脈を通じていた花田清輝は「記録芸術の会」を組織して、谷川雁の「サークル村」があって、小川紳介の三里塚闘争を記録した「三里塚シリーズ」や石牟礼道子『苦海浄土』などの傑作が生まれる。沢木耕太郎、佐野眞一、猪瀬直樹などの新しいタイプのノンフィクション作家も転向左翼的な論理に拠っているし、『復讐するは我にあり』の佐木隆三は「新日本文学」出身。日活ロマンポルノや若松孝二の「革命性」や、朝倉喬司や平岡正明の犯罪批評もひとつの展開であろう。新しいところでも、貧困問題をドキュメンタリー的に虚構化した是枝裕和監督『誰も知らない』や、人種差別やケアの問題をモチーフに取り入れた濱口竜介監督『ドライブ・マイ・カー』なども「アクチュアリティ」論の応用により世界性を獲得した。村上春樹の初期小説は実は「転向小説」で、柴田翔『されど われらが日々――』の「六八年」ヴァージョンであり、本人によって隠されていたその起源は、近年の研究により明らかにされつつある。ジョージ・オーウェル『一九八四年』をスターリン体制批判という本来のモチーフから読んだり、科学技術についての文明批評という側面も含めれば、SFのかなりの領域が「平野理論」の範疇に入る。そして、平野は推理小説の愛好家でもあった。もちろん、処女作を認められた大江健三郎が終始平野門下の優等生であり続け、ノーベル賞受賞にまで至ったのはいうまでもない……。

とまあ、いくらでも挙げ続けることができる。搾取のない平等な理想社会を目指す埴谷雄高流「永久革命」の過程には、反資本主義、反米国帝国主義、天皇制打倒というような、もう少し現実的な目標がある。もちろん、学費値上げ反対であってもいいし、企業の中でも利益をより平等に分配するよう訴えたり悪業の告発をしてもいい。生まれや人種、あるいは性別による差別の撤廃などの際限のない社会矛盾を解消するためのすべての「文化闘争」は「平野アクチュアリティ理論」の実践である。そして、宮本顕治のいう通り「弾圧に抗し明日をめざして闘っている人々の苦悩を生き生きと形象化」すればそれでいいわけである。

平野が芸術における魔法のポケット、あるいは間口の広いズダ袋を前面に出した路線は、戦後の宮本顕治指導下の日本共産党の公認作家として、資本主義社会のベストセラー作家である松本清張が玉座に立つ過程で起こった変質である。「純文学論争」の後、中野重治、佐多稲子、野間宏、花田清輝、安部公房らは結局、除名されてゆくわけで、日本共産党は「第一次戦後派」と同伴して国家犯罪の告発を続ける重さより、「赤旗」を中心に「戦後民主主義」を錦の御旗に据えたややカジュアルな（＝合法的）戦後体制批判勢力を目指すことを選択した。宮本顕治はレーニンでも毛沢東でもカストロでもない。そして、宮本顕治の判断を宣布したのは、多少の軋轢はあるとしても、実質的に阿吽の呼吸で動いていたと見なせる戦後の共産党文芸班「事務局長」平野謙だった。

長年、松本清張が小林秀雄批判を書こうとしていたのは一部で知られている。それも、小林が戦後の主な発表媒体にしていた「新潮」に掲載することを望んでいた。私が直接その話を伺ったのは、小林秀雄の死後だったが、あの超多忙では実現は無理だった。ちなみに、清張は小林の盟友だった編集者斎藤十一が頭の上がらない作家のひとりである。高等小学校卒で貧しい家で育ち、広告の版下職人として戦中は家族を養い、四十代半ば過ぎでようやく作家とした世に出た松本清張は、大岡と同じ一九〇九年生まれ。大岡も従軍・復員という辛酸を嘗めていたわけだが、松本からすれば学生時代から文学に興じる余裕のあった小林グループなど、怨嗟の対象でしかない。

＊

出版業界の変化は、平野理論の「純文学変質論」段階には留まらない。一九五九年、「少年サンデー」「少年マガジン」が創刊され、他社も含め週刊漫画雑誌の大成功により大手出版社は圧倒的な量的拡大期に入った。その中で、戦前の作家たちの大多数が実家の財産を食い潰したり、別の職業を持つことで糊口をしのいでいるのが現実だったとするならば、戦後はさまざまなジャンルで原稿料生活が現実に手に届くようになる。

草創期の漫画雑誌の編集者は回想録で、純文学の部署志望だったからヤサぐれていたと異口同音に語っている。みな、江藤と同世代か少し下。しかし、作家も含めた初期漫画業界のコンプレックスが、結果として作品の中に良質な文学性を育み、左翼性と無縁に出発した自由さもあいまって、とりわけ幼い読者は娯楽を娯楽として純粋に愉しむ姿勢を自然に身につけていった。いわゆる「第一次おたく世代」（「新人類」とも呼ばれた）が一九六〇年前後生まれであることは偶然ではない。彼らがみなノンポリで政治的な直接行動を忌避する点において、「シラケ世代」を挟んで「団塊の世代」とまったく習性が異なる（何となく忸怩たるものがあるのだが、自分自身が属する世代である)。

とはいえ、かつてある小説誌の編集長に「純文学畑の編集者はみんな気位が高くて、私なんか洟もひっかけられなかった」とぼやかれた通り、「純文学」は文化の王道に君臨していた。朝日の江藤淳、毎日の平野謙の「文芸時評」は当然、毀誉褒貶もありつつ花形であった。しかし、同時期の時評を読み比べてみて、まるで別の国の話のような印象を受けることも多い。理由は簡単である。江藤が純文学に拘泥せず総合雑誌や中間小説誌への目配りをする一方、平野は「新日本文学」系の作品を重視するので、守備範囲が重ならないのだ。

平野は時評で、一九六四年七月「新日本文学」で「文藝時評を担当した岩田宏という人が「ああ、読んだ、読んだ」という書きだし」と触れているが、この時点では知る人ぞ知る存在だったナンセンス詩人・岩田宏(=マヤコフスキーの翻訳者・小笠原豊樹)に着目する感覚は鋭敏である。江藤の方も、六五年一月「長谷川龍生氏の長詩「皇族駅」(新日本文学)は、日本の革新的心情の伝統が、マルクスの剰余価値説と何の関係もない暗い血のなかにあることを悟らせる力作」と評して、列島系の左翼詩人の中心にある情念を言い当てるなど、一歩も譲らない。

江藤と平野の時評を比較しても、どの作品に触れるかの選択眼は異なるとしても、評価基準は大差ない。すべて初読の作品ゆえ、お互いに読み誤りが出るのは止むを得ないとしても、川端をのぞく多くの時評家はみな、どこかで文学理念や人間関係による先入観に左右されて、平野や江藤のような幅広い公平性は望みにくい。二人に続くのは柄谷行人の一九七七年から七八年にかけて行った時評であり(『反文学論』)、とりわけ女性作家の新しさに着目した柔軟な姿勢が印象に残るものの、二年で終わった。

ただ、平野が「純文学変質」を唱える時期を、江藤は文学の本質が見失われた「文運隆盛」期と批判する。江藤にとって「大衆社会化」は、「生きている廃墟」に日々の娯楽が提供されるだけのことであり、「散文」の主体になる「個我」の確立からは逆行する現象にすぎない。しかし、初期のように丸山眞男流の近代化が念頭に上がることはもうない。

帰国後の「文芸時評」の第一声となる一九六五年一月の記述を引用する。

たとえば、人は「ナショナリズム」という言葉に道徳的正当性を回復しようとして「新しいナショナリズム」という。そして、この表現がもたらす自己欺瞞には盲目になるのである。もともとナショナリズムに新旧の別があろうはずはない。あるとすれば巧妙な国家利益の追求と拙劣な国家利益の追求の別があるだけである。そして、国家利益の追求は、近代国家の成立以来今日まで、たえずくりかえされて来た国際政治の主動因にほかならない。(略)

混乱が秩序の役割を演じ、正統の資格を欠いたものが「正統」を僭称するという東京の文壇の特性は、いうまでもなく戦後日本の社会の特性の忠実な反映である。個々の文士が依然として反社会的な道徳で生きているつもりでも、文士の集団はひとつの小社会をかたちづくらざるを得ない。そして、戦後日本の社会が、表向きの旗印はどうあれ、事実上水ましされた反社会的原理で動いて来ている以上、そのなかで文士の小社会が中心に近い位置を占めるようになったのも当然である。

この「水ましされた反社会的原理」こそ、平野謙「アクチュアリティ理論」が容認される土台であり、松本清張がますます部数を伸ばしてゆく「戦後」日本社会である。しかし、江藤がイメージする「国家」は、平野的な「戦後」社会とは単なる「右」「左」という陣営の対立のレベルに留まらない鋭い対立が生じる。しかも、鷗外が「普請中」と呼び、漱石や勝海舟が目指そうとした近代国家の理想の無垢さは、「敗戦」と「占領」にすでに深く傷ついてしまった。アメリカ留学から帰国後の江藤の「国家」像は、すでに「革命」と呼ぶほかない変革を望む緊迫を帯びており、政治思想においてははっきり「転向」している。

＊

文芸ジャーナリズムも拡大一方ではない。「風流夢譚」事件により暗黙の禁忌が拡がり、江藤が久々に大江健三郎を評価した「セヴンティーン」（「文學界」一九六一・一）は出版社が刊行を自粛した。六〇年代は、「右」も「左」も政治と暴力が不即不離だった。そんな時代でも、文芸時評家としての江藤の第一の関心事はあくまで作家の「私」に注がれる。

しかし、残念ながら江藤のメガネにかなう「私」はなかなか見当たらない。純文学作家として屹立することが望ましい吉行淳之介も例外でない。「闇のなかの祝祭」（「群像」一九六一・十二）について、「うまさは随所にうかがわれ」「とにかく推敲を重ねたと覚しき力作」と評しつつ、「作者の「私小説」という様式への信頼と、流行作家としての実生活との間に超えがたい断絶があるからではないであろうか。この恋愛こそ自分の文学を生かすだろうというような、かつての私小説家たちのこけの一念のようなものは、すでに聡明な作者にはない。かといって、愛人をひとりの人気歌手としてではなく、ひとりの女としてしか見ないというような理想主義も作者にはない。今日の流行歌手と流行作家の間には、そもそも「私生活」というものがあり得ない」と酷評する。

沼田沼一郎は収入の少ない作家であり、また、自家用車の必要を感じたことは無かった。しかし、都奈々子と知り合って、一年半ほど経ってから、その必要を感じはじめた。人目を避けることが必要となったのだ。丁度、多額の報酬が約束される週刊誌の連載の仕事がはじまったので、中古自動車を手に入れる見透しができていた。（「闇のなかの祝祭」）

主人公は「流行作家」としての暮らしを謳歌しながら、宮城まり子と覚しい女優と妻との間でくりひろげられる泥沼のような三角関係が描かれてゆく。

いままで、女と向い合っているとき、すぐに意識に上ってきた軀、それに摑みかかろうという姿勢になった軀にたいし、彼は鷹揚になった。水が低いところに流れつくように、自然の成行に委せようというのも、心の充足を覚えているせいだ。いままでのように、軀をむさぼり食べたあとで烈しい渇きを心に感じることとは、逆の形である。
「愛しているということなのかな」
と、彼はたしかめるように呟く。
（同前）

吉行の自閉的ナルシシズムによる抒情性を、自分の似姿と感じて陶酔する読者は多い。しかし、江藤は、決して二枚目を崩さない吉行に自らを戯画化する「ファルス」の手法を勧めた上で、「大衆の気に入る歌を歌い、ジャーナリズムの要求する期日までに小説を書くという機能をつつがなく果すこととひきかえに、彼らは辛うじて生存を許されているにすぎぬからだ」と容赦しない。

次の長篇の「星と月とは天の穴」（のちに「星と月は天の穴」と改題。「群像」一九六六・一）も、永井荷風『濹東綺譚』の「ミニチュア現代版」と指摘しながら、本家とは「自然の不在」ゆえ似ても似つかぬ作品で、「遠近法のない世界——人間が感覚の末端を刺激する局部としてしか存在しない世界」と評する。「自然」がなければ、日本語の「呪術性」を機能させることはできない。

「われわれの生活には、もう深夜ひとりで自分の魂と対話するような体験はなくなったのであろうか。現代生活に流されながら書く技術を体得するのが作家の資格だというような状態は、何をきっかけに打破できるのであろうか」という江藤の嘆きに同感しつつ、吉行淳之介の作品群を読み進め、男娼との行き場のない関係をテーマにした「寝台の舟」（「文學界」一九五八・十二）の切実さに心を動かされた。しかし、この短篇は江藤が吉行の芥川賞受賞後の作品中、珍しく高く評価している作品なのである。

「諸君！」一九七〇年一月号に書かれた、常に参照され続ける戦後論「「ごっこ」の世界が終ったとき」に、次のような一節がある。

　だから「ごっこ」というものは、つねに現実の行為よりなにがしか自由である。そこでは、現実が稀薄になるにつれて自由度がたかまり、禁忌が緩和されるにつれて昂奮の度合もたかまる。つまり遊戯というものの面白さは、この自由さ、身軽さを味わうことの面白さにほかならない。鬼ごっこの鬼は、太郎ちゃんでありかつ「鬼」である。同じく電車ごっこの電車は、一本のロープでありかつ「電車」である。子供たちの意識は、このときいわば太郎ちゃん＝「鬼」、ロープ＝電車というように、現実とイメージが二重映しになった世界をとらえている。（略）

　だがこの自由は、いうまでもなくかりそめのものである。「ごっこ」の世界では、どんな経験も決して真の経験の密度に到達することができない。もし途中でこの世界にほころびができ、その結果ひとりが泣き出したり、誰かのひざ小僧から血が出たりすれば、とたんに「ごっこ」は成立しなくなる。その瞬間に現実が侵入して来て、みんなをわれにかえらせるからである。

私はいつも、「『ごっこ』の世界は終らない」と改題したい誘惑にかられるのだが、引用した部分が「吉行淳之介論」の一部分であってもまったく不思議はない。もっとも、現代において、たとえば髙樹のぶ子、小池真理子、村山由佳のような女性作家たちが、職業作家として自らを確立した後、吉行淳之介の「技巧的生活」を女性の視点から描くと「恋愛小説の極致」と評価されるパターンが繰り返されている。吉行流は無意識に反復されており、商業ジャーナリズムでは応用範囲が広い方法論のようだ。

吉行淳之介は「軽薄対談」などの座談の名手としても知られ、文芸ジャーナリズムの拡大と「寝る」ことを選び取った。焼け跡から出発した吉行の前には、荷風が隠遁した遊里や幻想の江戸は存在しない。江藤の批判を読んでも、あの含み笑いでやり過ごすだけで、何の反省もしなかっただろう。私もそういうように振る舞うのが「大人」と教わってきた。しかし、銀座の華やかさも遠い昔になった今、吉行さんが本当は何を信じていたのか、訊いてみたい。

＊

三浦哲郎の芥川受賞作「忍ぶ川」（「新潮」一九六〇・十）も、本物の「私小説」なのかどうか、厳しく問われている。「不幸な家に生れた『私』という学生が、寄宿舎の近くの小料理屋の女と恋愛し、恋人をともなって老いた父が病を養っている故郷に帰り、結婚するという話で、一見したところすこぶる古風な私小説」を、舟橋聖一は選評で「正直な作風であった。（略）純文学伝統の定石をふんだデッサンで、ケレンもないが新風もないものの、今ばやりの新人の作というと、晦渋で汚れたものの多い中では、古さこと、新しさでもある」と書いた。選考委員はおおむね「私小説」復活の兆しを見ているが、江藤は真っ向から否定する。私小説の根幹であるリアリズムから逸脱している、というのだ。

「冒頭の深川の木場の情景が、戦後のというよりむしろ大正の大震災後のような印象をあたえるのを不思議に思ったことがあった。どういうものか、子供の頃絵葉書で見たことのある倒壊した浅草の十二階のイメイジが連想されるのである。今度再読してもこの印象は変らない。」

六一年生まれの私が江藤の感覚にシンクロすることはむずかしいが、およその見当をつけて、「忍ぶ川」の江藤が批判した箇所と思われる文章を引用してみよう。

錦糸堀から深川を経て、東京駅へかよう電車が、洲崎の運河につきあたって直角に折れる曲り角、深川東陽公園前で電車をおりると、志乃は、あたりの空気を嗅ぐように、背のびして街をながめわたした。七月の、晴れて、あつい日だった。照りつけるつよい陽にあぶられて、バラック建てのひくい屋並をつらねた街々は、白い埃と陽炎をあげてくすぶっていた。

「あアあ、すっかり変っちゃって。まるで、しらない街へきたみたい。おぼえているのは、あの学校だけですわ」

志乃は、こころぼそげにそういって、通りのむこうの、焼けただれたコンクリートの肌を陽にさらしている三階建ての建物を指さしてみせた。

（「忍ぶ川」）

たしかに、本物を知らなくとも、いつの時代の描写であるかあやふやで、ムードに流されている印象を受ける。江藤は、「この印象は、「忍ぶ川」が一種擬古体の小説であり、この「私」が仮構された「私」であるところから生じるのである」と評する。そして、島尾敏雄『死の棘』について「私小説という完成されたロマンティシズムの一様式によって、そのままロマンティシズムの不可能を描くという二律背反が、作者を危地に立たせている」という現代性と比較しながら、「三浦氏が試みているのは、むしろ私小説という「様式」の枠の中で、過去、あるいは現在の私小説家が顧みることを潔しとしなかった甘い幸福なメエルヒェンを語ることである。「忍ぶ川」やその後日譚と覚しい「恥の譜」の予定調和の世界に流れているのは、現代人の自我の解体の歌ではなく、《And they lived happily ever after.……》という超現代的なお伽噺のメロディに近い調べである」と手厳しい。

三浦哲郎は一九三一年、八戸の呉服屋に生まれた六人兄弟の末っ子だが、二人の姉は自殺し、二人の兄は生死不明という境遇にある。妻となる志乃も「くるわの、射的屋の娘」だが、都落ちした両親とは離れて暮らしていた。終戦直後、貧窮した両家に育った二人の結婚がすんなりと祝福されるとも思えないのだが、平野謙も指摘する通り、「「家庭の事情」は一応書かれてはいるが、十分読者が納得するほど書きこまれていない」（「文藝時評」一九六一・三）。

純愛物語としてすっきりまとめるため面倒な手続きを省いている。江藤が「私小説を復活させたのではなく、単にその記憶を利用しているのである」と評する通り、大正期の私小説作家が表現していた支離滅裂な行動ゆえの斬新さはなく、時代を超えて安定して「古臭い」。

江藤は「私小説が日本の近代小説でほとんど唯一の完成された様式」と認識している。吉行淳之介のような売れっ子が心を入れ替えて文芸誌に書くのは「私小説」という相場は六〇年代から変わらない。そして、かつての「私小説」が誠実さゆえ煩瑣をいとわず書き込んだ「家庭の事情」を効率的な物語化のために意図的に省いてしまう三浦の手法は、『江藤淳と少女フェミニズム的戦後――サブカルチャー文学論序章』という江藤淳論がある大塚英志の提唱した「キャラクター小説」理論の萌芽である。

現代においては、慶應義塾大学で江藤の授業を受けた車谷長吉や西村賢太、あるいは初期の町田康のごとく、かつての私小説作家の振る舞いを自ら演ずるような生き方を貫き、その体験を書くことにより、作品を成り立たせる方法論にまで至っている。キャラクター化による「絵空事のリアリティ」を「真実」にするため必要なのは、作者が仮構を純粋に信じ込む「信念」である。しかし、「信念」は繰り返されれば「只の観念」となるわけで、現代の「私小説家」は常に「達者な小説書き」に堕す危険に晒されている。

＊

平野が「純文学の代表者」と呼ぶ尾崎一雄の「まぼろしの記」（「群像」一九六一・八）を、

江藤はためらいなく「秀作」と評した。この短篇は、東京生活を切り上げ、敗戦の前年に相模灘、伊豆大島、真鶴岬、箱根、足柄、富士山にかこまれた郷里の村に住みついて十数年になる文士の穏やかな日常に去来する思索を、師の志賀直哉ゆずりの硬質な散文で描いた作品である。

私は少し慾が出てきて、それまで放りつぱなしにしてゐた木や草に手を出し始めた。今から十二、三年前のことだ。

その時分挿木《さしき》をしたり、種子を播《ま》いたりした木が、もう大分育つている。種類によつて遅速はあるが、今はとにかく一本の樹として存在を主張してゐる。

それらのいはば「戦後派」の木は、昔からの老木に入り交つて、活気あふれた葉の色を見せてゐる。彼らは単に木であつて、植木ではない。三抱へもある玉樟《たまくす》の大樹を初め、直径二尺以上のあけぼの梅その他、私が生れるずつと前からこの屋敷にあつた樹々に比べれば、全くものの数ではない。が、私はそれらの若い木に、特別な関心をもつてゐる。なぜなら、彼らは私が居なければ木にならなかつた筈だからだ。彼らに木としての生命を与へたのは私だ、と云へる。——少し大げさな云ひ方かも知れぬが、彼らは私の子供みたいなものだ。

（「まぼろしの記」）

闘病生活が長く、何度も死を覚悟した「私」の暮らしは、枯淡の境地からは遠い。村人たちも新聞の三面記事に書かれるような「事件」だらけで、道ならぬ恋や旅行先での突然死などが、すべて筒抜けで語られる。運命に従順で慎ましく生きる夫婦の上にも理不尽な死は襲い、母も卒中で亡くした「私」は、「さういふ奴なんだ、あいつは、と半ばあきらめながら、やはり向つ腹を立てる」。

江藤は、「この作品の核は、「あれもこれもからみあつてゐる」この世と、その上に投影する（死といふ〔引用者注〕）あの「理不尽な奴」の力とを、ともに超えようとする静かな意志のつくりあげた、「まぼろし」の（imaginary）世界である」と評し、「このように複雑な構造を持った作品を、心境小説の一語で片づけてしまおうという習慣」に疑問を投げかける。実際、広い庭で「ゼニゴケ」や「蔓草《つるくさ》のヤブガラシ」や「悪草のマツケムシ」を退治する作業はしんどそうだし、「再生の喜び」とともに生きる六十二歳の文士の生活はけっこう忙しそうである。尾崎一雄は、周囲の自然とアニミズム的に交感しながら日々を過ごしている。

幼馴染の一歳年上の「S子」が、「黄道吉日」に「善良な小父《をじ》さん」に嫁にゆくことに決まると、「私」に体を与え、「良い奥さん」になるつもりで「私」の子かもしれぬ女児を産み、二番目の子の肥立ちが悪くて母子ともに死んだことを知って絶望し、二十歳での父との死別を機に長男なのに「大暴走」し、家の財産を蕩尽して奈良へ遁走し自殺まで考える。しかし、三十年後には生地に戻り、妻の「梅漬けの手伝を確約」する。このような生き方に空疎な虚構が入り込む隙間はない。小説の登場人物で、ここまで鮮明な「人間」を見ることは稀である。

しかし、江藤の評価は単純ではない。「尾崎一雄氏の「まぼろしの記」は、今年私の記憶にのこった秀作の一つだが、どんな純文学不変説の擁護者でも、このようなかたちで現代小説が発展することを期待するわけではあるまい。尾崎氏にとっては、激変して行く外側の時間と、「まぼろしの記」に流れている内的な時間との不均衡など存在しない。が、おそらくこういう幸福な事情は尾崎氏で終ったのである。「私」のなかを流れる時間の絶対性を信じられぬままに、私事を書きつづった疑似私小説を、私はいままでいやというほど読んで来た」という。

「まぼろしの記」は、読者との「伝　達《コミュニケーション》」を手放さず、日本語の「詩語」という性格をも自在に駆使し、「呪歌」の性格も備えた両義的な散文で書かれた見事なリアリズム小説である。江藤が決して肯定的に語らなかった志賀直哉の弟子でもあるし、初期の「散文論」の評価軸からはすでに逸脱している。尾崎一雄は、自らの貧困を客観視し、江藤が吉行に提案した自己戯画化を巧まずして実践した「暢気眼鏡」を代表に、ナルシシズム的陶酔からは遠い私小説作家であり、闊達で自由な「私」語りの達人だった。しかし、「こういう幸福な事情は尾崎氏で終った」と断じる根拠は曖昧である。「リアリズムの源流」が書かれる必然性は、すでに準備されていた。

＊

佐藤春夫門下の「第三の新人」と呼ばれる作家グループは戦後、抒情的なマイナーポエットとして出発した。吉行淳之介も例外ではなく、初期の精神的危機に陥った主人公の繊細な神経で捉えられた世界は儚げな美しさを放っていた。しかし、「反俗」のポーズと詩人的資質を変えぬまま流行作家となり、「メディア化された身体」に変わった時にどのような現象が起こったか。結局、多くの視線を浴びることによる通俗化を免れることはできず、真の「散文」家に転じてゆく契機を失ってしまう。

尾崎一雄と吉行淳之介はどちらも抒情性が持ち味の作家といえる。しかし、流行作家になった後の吉行の自堕落な自己肯定は尾崎と無縁である。「純文学」の牙城である「私小説」にしても、高いモラルと精神性に支えられなければ単なるゴシップの羅列にすぎない。平野は『芸術と実生活』という私小説論の「あとがき」において、尾崎一雄以後、「近代日本文学のモラル・バックボーンたる私小説的文学理念は、もはや今日バックボーンたることをやめてしまった」という認識を示した上で、大衆社会を当然の前提として「純文学変質論」を唱え、「アクチュアリティ」を評価軸の中心に据える。しかし、江藤はたとえ時代が変わっても、「モラル」の有無を批評の根底に据え続ける。

この差異は、平野の死後に『昭和の文人』での人格批判にまで発展する。江藤の『夏目漱石』は平野の推薦文により世に送り出された本であり、平野はその後、後輩の教養に遠慮がちな先輩批評家として振る舞ったのだから、普通ならばありえない。

江藤は、戦時中に情報局情報官だった井上司朗『証言・戦時文壇史』より、平野が数度、情報局嘱託採用を「哀訴嘆願」した事実を、回想録では「芸は売っても身は売らぬ」という言葉を使って隠蔽していることに対して、「人情不感症」と断罪する。そして、中山和子、杉野要吉の研究により、生家が浄土真宗の貧しい寺の長男で、得度しても寺を継ごうとせず、東大進学した平野に仕送りを続けた父の職業を自らは語らず、単に「壮年のころ、私立大学に倫理学を講じていた」と記したことを、「昭和の問題、子が父の子であることを「恥」じ、日本人が日本人であることを「恥」じて、熾烈な変身の欲求に取り憑かれた時代の問題」とする。

　しかし、平野は戦前・戦中の左翼活動や文学報国会での仕事を通じて、戦前・戦中・戦後の社会の変化から振り落とされた人間の悲惨な運命を知り尽くした人間である。つまり、戦地での所業を終生語らずに死んだ復員兵などと似た経歴の「隠蔽」である。平野の罪深さは「昭和の問題」というだけでなく、人間社会そのものの悲惨だと考えてもいい。

　と、平野を弁護しておいた上で、江藤の批判の真意を「奴隷」というキーワードを導入して考えてみると、すっと腑に落ちる。生存本能に従い、「戦前」と「戦後」を「一身にして二生を経るが如く／一人にして両身あるが如し」という福沢諭吉の言葉通り、時代の変化に抵抗しなかった平野は「戦後」の代表選手であり、江藤からすれば「生きている廃墟」の「奴隷」にすぎない。江藤の平野に対する難癖は、「戦後」に違和感を覚えないすべての日本人に対する怒りなのである。そして、「純文学変質論」が解読する状況など、「活」きた文章さえあればいいだけだと一蹴する。江藤は平野が亡くなった時、「保守主義者」と総括している。たしかに平野は、戦後の文芸業界の「保守」の理論的な大元締であり続ける。

江藤は一九七八年の「無条件降伏論争」でも、平野の「日本が無条件降伏の結果、ポツダム宣言の規定によって、連合軍の占領下におかれることとなったのは、昭和二十年（一九四五）九月のことである」（『現代日本文学史』）という記述が「重大な事実の誤認」をおかしていると指摘している。江藤にとって、「戦前」と「戦後」の連続性は文学的「倫理」の生命線だった。しかし、尾崎一雄のような「戦前」作家しか江藤の「散文」観に合致しないならば、文芸批評家としての未来は拓けない。江藤は毎月、みずからの文学観を満足させる「戦後」作家の作品が見つからないか、祈るような気持ちで探しながら、文芸雑誌の頁を繰っていた。

第七章　小説江藤学校

アメリカから帰国した江藤は、一九六五年、プリンストン大学での講義ノートをもとにして「文学史に関するノート」の連載をはじめた。八五年、「はじめに　Ｉ」を付け加えて『近代以前』というタイトルで単行本になったものの、当時の文芸ジャーナリズム内では意図がまったく理解されず、不評だったゆえに二十年間の空白が生じた。なにより、掲載誌の「文學界」の「文芸時評」欄で堀田善衞、松本清張からの筆誅に近い批判を受けたのは大打撃だった。

堀田は江藤が文芸誌に書いた初めての評論「生きている廃墟の影」のキーとなる「廃墟」という言葉の引用元であり、清張はゴリゴリの左翼。どちらも江藤の左派からの「転向」が気に喰わないのは明白であり、清張は歴史考証の不備を厳しくついて、堀田が林羅山を「林秀才」と呼んでいるのを逆用し「江藤秀才」と呼びかけているのは笑えた。もっとも、たった二年アメリカに留学していただけで、「近代主義者」から「日本回帰」するのはあまりに軽薄すぎるという反撥は、起こるのが当たり前である。

『近代以前』において江藤は、徳川家康に仕えて儒学を官学として確立した林羅山を再評価し、幕藩体制を支えた「朱子学的世界像」が日本人の根底にあるという歴史観を提示した。「日本国憲法」体制の下、克服すべき「封建遺制」の復権の試み、と解すれば「保守反動」の「危険な思想家」（山田宗睦）と見做されるのも仕方ない。しかし、大きな視野から捉え直せば、後年、山本七平『「空気」の研究』や阿部謹也『「世間」とは何か』などで広範な支持を得た日本人の思考形式の連続性を再発見する議論と問題意識は共通している。江藤はいささか性急すぎた。

「純文学論争」で賑やかな日本文壇は、江戸期の思想・文学を読み込み「日本文学に日本文学としての特性をあたえてきたものは何か」という迂遠な問いへの答えを提出しようという試みが受容される環境ではなかった。しかし、挑発的な課題をいくつも提示している本であり、アメリカで評判をとった講義だったのはよく分る。

興味深いのは、江藤の留学中の日本文学史研究が「一九二〇年代の、いわゆるジャズ時代《エージ》を代表する」プリンストン出身の「伝説的存在」である「魅力的な二流作家」スコット・フィッツジェラルドの「勉強」を断念することにより成った経緯である。「名声と富とアルコールの中に“crack up”として行ったフィッツジェラルドは、私と同時代の才能ある作家たちを蝕みつつある自己崩壊の、ほとんど古典的な例」（『アメリカと私』）なのだから、「新進批評家」としては恰好の研究対象だった。「私はまさしく東洋から来た「異教徒」であるゆえ、「他人を自己の投影としてではなく、純粋の他人として理解することはむつかしい」からだというが、縷々述べられている理由がどうも腑に落ちない。帰国後の倦怠や態度の変化を考えると、アメリカ滞在中に江藤の実存を揺るがす大事件があったのでは、という気さえする。すべては推測にしかならないが。

もうひとつ、江藤が考えていた上田秋成を起点にする日本文学史は、小林秀雄『本居宣長』の議論と鋭く対立した。「文学史に関するノート」を連載した時点ではまだ『本居宣長』は連載がはじまったばかりだから不自然ではなく、江藤は完結後の対談「『本居宣長』をめぐって」では宣長と秋成の議論は完全にすれ違っていたことを小林から教わったといい、「積年の疑問を氷解させてくれたことに感謝しております」と返答するスリリングな応酬が行われた。しかし、江藤の日本文学史の構想は小林の宣長論も包括するスケールだったと空想する余地は残されている。

この二つの問題は後に論じよう。ここでは、江戸幕府の官学に原点を求めた江藤と、「その道のひとびとの間では《キャンプ》という名で通用している感覚」に拠ったスーザン・ソンタグは、現在か過去か、向かう価値観のベクトルは正反対とはいえ、徹底した形式化をへた上で芸術の倫理を問う姿勢はとても似ていると指摘したい。ソンタグは《キャンプ》という〈感覚〉〈感受性〉〈趣味〉について、「56――キャンプ趣味とは一種の愛情――人間性に対する愛情――である。それは、ちょっとした勝利や《性格》の奇妙な強烈さを、判断するというよりもめでるのだ。……キャンプ趣味は、それが楽しんでいるものに共感する。この感覚を身につけているひとびとは、《キャンプ》というレッテルを貼ったものを笑っているのではなく、それを楽しんでいるのである。キャンプとはやさしい感情なのだ。」（「《キャンプ》についてのノート」喜志哲雄訳、『反解釈』所収）という方法論を示している。《キャンプ》を「リアリズム」に入れ替えれば、「文芸時評」の方法論とほぼ重なる。江藤もまた、文学の外にあるイデオロギーによって作品を裁断する批評家ではない。

「反解釈」を、「解釈学の代わりに、われわれは芸術の官能美学《エロティックス》を必要としている」という言葉で結ぶソンタグの「ラディカリズム」が江藤と響き合うのは、どちらもイデオロギーの支配から独立しうる芸術の「倫理」を追求したからにほかならない。もっとも、ジャン＝リュック・ゴダールらヌーヴェル・ヴァーグやアンディ・ウォーホルを筆頭にしたニューヨーク派のアートに伴走できたソンタグと比較すると、日本文壇における江藤の孤独が際立つ。

＊

江藤の文芸時評は、褒めるにも貶すにも張扇が鳴っている。末尾の一行で、タイトルを挙げるだけで「愚作」とぱっと斬って捨てる技を喰った作家はたまったものではないが、たとえば「土佐藩奉行野中伝右衛門の息女の手記」という体裁をとった大原富枝「婉という女」が毎日出版文化賞と野間文芸賞を受賞する出世作になったのは、「今月第一等の秀作」と断言し見事なあらすじで援護した江藤の批評の力も働いていた。「押えられた感受性が婉女のイメージをあざやかにうきあがらせているのは見事」という通りの佳品であるが、それに続く作品が、抑制ゆえに凡庸で平板だと繰り返しているのはフェアである。

谷崎潤一郎「瘋癲老人日記」、里見弴「極楽とんぼ」、永井龍男「青梅雨」、室生犀星「われはうたへどやぶれかぶれ」などの老大家の名作を初見に読者の特権を活用ししゃぶるように味わい紹介する技は小説のグルメの面目躍如。網野菊、野上弥生子などの女流作家、中でも短篇「雪折れ」を「老醜のなかに燃え上るエロスという主題は、近年円地氏の好んで書く主題だが、ここではその筆が至芸とでもいうべき域に入って来たことを感じさせる」(「文芸時評」一九六一・五）と絶賛した円地文子が大好きで、常にフェミニンな神経が働いている。

大人・武田泰淳には甘えつつ胸を借りる。因縁の論敵、良心的転向左翼の高見順とは徹底的にソリが合わない。川端康成、「第三の新人」、三島由紀夫のような重要な「監視対象」についての見解は別に論じる必要があるとして、同世代から後の若手に対しては「小説江藤学校」とでも名付けるべき教育的指導を加えている。その一番の優等生が、「三田文學」の仲間だった田久保英夫である。一九五九年、文芸誌に初めて掲載された「緑の年」について、早くも「前回の芥川賞候補のどの作品よりすぐれている」（一九五九・十）と評し、六一年の「埠頭」について「作者が読書のうちに親しんだジッドやグレアム・グリーンやドストエフスキーの主人公たちから導き出された夢ではないかという疑いを禁じ得ない」という「人工的な感触」を指摘した（一九六一・四)。

一九六一年の自伝的小説「解禁」で田久保はまるで時評家の指摘に応えるように「僕は実物の風景を見ながら、これが絵に似ていないと言ってがっかりする人間のようだった。この失望が高じると、彼は絵に似ていないという理由で、風景の実物性を否定しかねない。そうしてどこにもない、本物の風景を捜して、他の場所をさまよい始めるのだ」（「解禁」）と記し、江藤は「田久保氏の才能を端的にあらわしているのは、端正な欧文脈をとり入れた文体——なかんずく巧妙な比喩である」と応じた上で、「しばしば陳腐な美文に堕している」ととくに後半にダメ出しする（一九六一・八）。

そして、ちょうど江藤が時評を書いていない一九六九年、四十一歳の田久保は「深い河」で芥川賞を受賞する。江藤の指摘してきた短所がほぼ解消された秀作だった。

僕らはすぐ三頭の馬を、馬房からひき出した。老牝馬と栗毛を縦につないで、手綱を僕がもち、《サク》を女子学生がひいた。

朝からの雲が拭われて、蒼い天空が出ていた。雨後の、水晶のように透明な蒼空だ。南国の陽射しはつよく、専用道路も乾きはじめて、馬の蹄の下から柔かな湯気がたっている。青苔の熔岩粒に辷《すべ》らぬように、ゆっくり道を降《くだ》ると、眼下に雨で洗われた鮮烈な緑の放牧場がひろがる。遠い放牧馬。北目の漁港のかすかな白い船影。その背後に、有明海が銀色の気流のように流れている。

このへんは急斜面でない限り、僕らが草を刈りつくしたので、思いきって崖ぎわの狭い道を入った。笹と深山《みやま》霧島の繁みが両側から蔽って暑く、僕らは馬をひく気づかれもあって、すっかり汗ばみ、喉が渇いてきた。

「あら、沼よ。」

かなり道を降った時、女子学生が突然ゆく手を指した。なるほど、鈍く翡翠色《ひすいいろ》に光る水面が見える。鬱蒼とした闊葉樹《かつよう》林に囲われて、水辺が小さな草地をつくり、その草の葉尖《はさき》が一つ一つ針のように陽光をてり返している。

（「深い河」）

江藤の「散文」論のお手本のような、艶やかな描写である。この一節は結末近くだから、作品の中で緊張感が弛んでいる箇所はない。下町の料亭の子として生まれた田久保さんは、若い頃は水際立ったハンサムで、担当編集者たちはその遅筆をめでつつ、芸術派の「短篇の名手」として純文学の担い手であり続けた。長年の修練によって培われた文章の純度は極めて高く、二十一世紀ではついぞお目にかかれないクオリティである。戦前の三業地の空気を肌で知る豊かさも、この世代で終わってしまった。シャイな田久保さんの、ぱっと花の咲くような笑顔は忘れがたい。

「お伽噺」作家だからこそ売れっ子になった「はやぶさの哲」三浦哲郎は、田久保英夫と並ぶ遅筆でも知られる。芥川賞受賞作についての江藤の酷評は紹介した通りだが、一九七六年の短篇集『拳銃と十五の短篇』としてまとめられた連作に至り、「私小説風な題材を取り扱いながら、この作品に一種普遍的なひろがりが感じられる」と評価し、「よりうまく書こうというたゆみない意志」を認めて、江藤のお気に入りの作家となる。江藤は、三浦の師の井伏鱒二の作品も偏愛していた。

三浦は、江藤の「散文」観を学び、リアリズムにとって必須の歴史性を獲得するために自らの技法を総点検した形跡がある。江藤は、三浦の師事した井伏鱒二を支持しているのだから、文学的な参照事例はいくらでもある。「歴史」について正対することができれば、三浦は日本語の「呪術性」をもっとも有効に駆使し得る同世代作家であった。江藤は、田久保、三浦両氏とは、作家と批評家として幸福な関係を結ぶことができた。どちらも「戦後」という江藤の「敵」との関係がさほどない領域での作品世界を成立できたゆえ、スポーツの名コーチのように機能した。

＊

しかし、江藤の安定は長くは続かない。盟友・山川方夫が、一九六五年二月、交通事故で亡くなる。三十四歳、結婚九ヵ月の死。二宮の事後現場にも足を運んで確認すると、伊豆半島の海岸沿いの身通しのいい二車線の一本道で信号は少なく、歩行者が油断して横断しそうで、馴れれば馴れるほど危険かもしれない場所だった。ショートショート「お守り」が米「LIFE」誌に掲載されるなど、新進作家として注目される中での惨事である。

私にとって山川方夫は、もう四十年以上前、上下巻の冬樹社版『山川方夫珠玉選集』を、普段は文庫本しか買えない懐具合ゆえ何度も迷って購入し親しんだ作家だった。村上春樹『風の歌を聴け』や高橋源一郎『さようなら、ギャングたち』が登場する直前で、庄司薫の『赤頭巾ちゃん気をつけて』がJ・D・サリンジャーの『ライ麦畑でつかまえて』の影響により書かれたと知り野崎孝訳で読み、その流れでリチャード・ブローティガン『アメリカの鱒釣り』、カート・ヴォネガット・ジュニア『プレイヤー・ピアノ』、F・スコット・フィッツジェラルド『華麗なるギャツビー』も読んだ。貧しい読書遍歴の中でも、流行を意識していた時期で、これらの作品はひとつながりで記憶している。当然、ヘミングウェイは卒業していて、吉本隆明『マス・イメージ論』の「解読」に熱中し、江藤淳など眼中になかった。中上健次は別格として、立松和平『遠雷』のようにドメスティックでないことが重要だった。

私の過去はともかくとして、これらの作家たちがフレッシュな一種のグループに見えていた時期があった。そして、自分が熱中した時期の感触から、さきほど引いた江藤のフィッツジェラルドについての「私と同時代の才能ある作家たちを蝕みつつある自己崩壊の、ほとんど古典的な例」という評が、実は「たち」ではなく、実質的に山川一人を指しているのではないか、という疑念を捨てることができない。石原慎太郎、大江健三郎にもジャズ・エイジ的な要素はなくはないが、作品の個性はかなり異なる。フィッツジェラルドの儚げなロマンティシィズムを骨がらみで体現していたのは山川ただひとりである。

「バオ・ダイ帝は御尊父さまで？」

――こんなとき、いつも困ったような薄ら笑いを泛べている仁は、よかった。決して替玉ではない威厳と気品が備わってみえた。巧妙な節度と上品な物腰で温和に落着いているのである。

仁は、物怖じのない態度で、不器用に箸を使いながら、無論、顔をしかめてかの女らの

英語がわからぬふりをする。ややあって、しばし日本語にするのを戸惑う風情で、

「オオ、日本、とてもキレイ。けど、安南、モト、キレイ」

「共産党、イヤネ」

「アーア、タノシイ」

なぞとつぶやく。そして無意味な撥音を交えてKに話しかける。と、Kは異常なつくり話の才能で、一尺ほどの食べられるガマの話、象と白虎の遊ぶ夢のように壮麗な宮廷の模様、頑丈で豊満な南国の歌妓《うたひめ》、茹でてみたら黄味のなかに碧いろの目玉が二つ宝玉のように光ってたという三貫目もある蛇の卵、風光明媚なトンキン湾の巨岩、緑と花の色彩にみちた美しく涯しない水土、三角のアンペラ笠、はては安南の尼層たちの着る白衣の仕立方などを、独得の熱心さと身振り手振りで、ふた昔ほど前の活弁の口調を模して滔々と弁じ立てるのである。

その間のパントマイムは仁のお手のものであった。

マダムは、もううっとりとこの光栄に酔い痴れていた。放心して讃嘆の翳りさえうしなった痴呆じみた目つきで、Kとそれから王子をかったためにながめていた。娘も、おでしゃに仁に近寄ってかれの隣でギクシャク給仕などをする。（「安南の王子」）

「安南の王子」は山川の初期の作品であるが、自己を強く投影する作品が増えた後期より虚構性が強い分、資質がよく表れている。贋のベトナム王子を演じる「仁」のグループを歓待

する「ブウルジョアの邸」での一夜の描写だが、これほどフィッツジェラルド的な華やかさと寂寥が漂うシーンを書いた日本の作家は、山川の前にはいない。川端康成、吉行エイスケ、龍胆寺雄などの「新感覚派」の描くモダン東京とも違う。あえて似た作風を探すとするならば、少年時に江藤が強い影響を受け、晩年に全否定した堀辰雄の軽井沢別荘サークルの描写ではないか。

そしてなまけ者の「安南の王子」は充ち足りた夜を過ごした後、グループを離れてひとりになり、死に憧れながら身を売る孤独な少女と出逢い、ふらふらと心中する。山川の小説の登場人物は、死よりほか行き場のない屈託を抱えて、途方に暮れている。江藤は山川の死に際し、時評で次のような作家論を書いた。

山川方夫は未完成な作家であった。もし彼が、ひとつでも真の自己発見に到達した作品を残していたら、私にはあきらめのつけようもあったのである。それを妨げていたのは、ほとんど倦むところを知らなかった彼の観念癖である。

彼は自分にしか関心のない作家だったが、実は自分に直面するためにすら、彼には自己納得のための複雑な手つづきが必要であった。彼は、あたかも蜘蛛のように、観念の白い糸を吐き出しては外界や他人をからめとり、それらを自分の巣であるところの閉鎖的な世界のなかにとりこんだ上でなければ描けなかった。

これは、ひとつには彼がどこかで自己に対する感傷を捨て切れなかったからであるが、ひとつには「死」の観念に狎れすぎて自己を正面からうけとめることができなくなった世代——戦争末期の中学生の世代に共通の特徴である。（「文芸時評」一九六五・三）

しかし、はたして山川に、死と隣り合わせの抒情を「完成」できる日が訪れる可能性があったのであろうか。そして、江藤の世代論については、疑義を唱えておきたい。山川方夫が、決定的なマスター・ピースに欠ける作家であるにもかかわらず、独特な味わいのマイナーポエットとして現在まで愛され続けてきた理由は、まさに江藤の批評通り「未完成」で「閉鎖的な世界」だからである。

山川方夫は、六〇年代作家では唯一、真に「独身者」的な作家であった。高度成長の副産物として、都市の単身生活者が倍々ゲームで増えたことを考えれば、山川が現代文学の先駆者であっても何の不思議もない。そして彼が幸福な結婚生活を続け、子を生《な》し、安定したアイデンティティを確立していたら、凡庸で干からびた感性による作品しか残せなかったかもしれない。

江藤は「彼は、私が、文芸時評で安心してけなしつけることのできる唯一の親しい友人であった。私は、彼に対して誤解を恐れずに何でもいうことができたし、彼は事実つねに私の言葉を正確に理解してくれた。これは、私たちがお互いに東京生れで、生活感覚の似通った階層の家に育った人間だったということだけから説明しようとしてもできないことである。ウマがあったというだけでも充分ではない」（「山川方夫のこと」）と書き、亡くなる前に書いた「愛のごとく」を酷評する手紙をアメリカから送ったことを悔いた。しかし、彼の地で江藤がフィッツジェラルドの世界から立ち去り、「近代以前」へ向かったことは二人の関係の深部を確実に動かしている。

＊

安岡章太郎は、一九六九年に出た冬樹社版『山川方夫全集』第三巻の解説で、一篇の小説としても読める認識を示している。「山川方夫にあって、私にないものは、姉妹たちに取り囲まれた家庭である」（以下断りのない引用は安岡解説）という一行は、「家にあって護るべきものは何もない」という姉妹も兄弟もいない自分の「〝一人っ子〟の自己疎外」の認識に向かい、例によって「美人ぞろい」の家を羨む。しかし、外に出れば「美しいものたちの守護者」として振る舞わなければならず、「女家族のなかの〝一人の男〟」という疎外感のなかで「〝無私の自己〟」をしいられたという。山川の父、山川秀峰は美人画で高名な日本画家であり、四四年に早逝したゆえ、長男の双肩には重い一家の扶養の責任がかかった。

安岡は、山川の「親しい友人たち」という「イロニック」な表題に「家族」という大前提を読み取り、死ぬ少し前に書いた「愛のごとく」の「私はいつも自分にだけ関心をもって生きてきたのだ」という冒頭の一行に着目する。「美しいもの」が揃った家族はあり、「山川君のまわりに拡がった情緒そのものの波紋」と呼ぶ本人しか知らぬ幅広い交友関係に囲まれながら、「自分にだけ関心をもって」という明晰な自己認識。そして、「愛のごとく」は女主人公が交通事故で急死することで終わる小説である。安岡は「誰もが一応これは山川方夫の遺書ではないか、という気がするに違いない」という通り、私はこれほど来るべき不慮の死の予感に充ちた小説は読んだことがない。

同時期に書かれた「千鶴」という小説には、このような一節がある。

まったく、私には耐えねばならぬことばかりだった。まず空腹、自分の無力さ、敗戦によって奪われたあらゆる信念というつっかい棒、誰にも殺してもらえなくなった生命、窮乏、いい気な占領軍たち、孤独と、それを暴いて照りつけた眩しい虚無か残酷……いや、もう止めよう、とにかく、私はあらゆるものに耐えねばならなかった。青空にまで。かつてはあたたかい仲間だったすべてのもの、日本人、同級生、家族にまで。そして、私自身の若さにまで。——

そうなのだ。私は老人のようなあらゆるものへの不信をもち、にもかかわらず、私は若いのだった。満二十歳までに、はるかな距離をもつ年齢でしかないのだった。（「千鶴」）

この小説は、「児童ものについてはベテランの編集者」になっている主人公が戦時中、発達障害の少女「千鶴」と「三度」決定的な邂逅をして、一度は結婚をしたいとまで思い詰める話である。しかし、三十歳過ぎで、見合い結婚し子供ができた主人公の戦後は「まるで一瞬間」と形容されているものの、ほぼ二十年間の経緯が省略されすぎていて小説としてはバランスが悪い。むしろ、山川自身のナマの声がそのまま露出したような作品として異様な迫力がある。そして、「千鶴」が死んで骨灰になり、母親が肌身離さず袋に入れて持っているという結末はあまりに暗い。「愛のごとく」と「千鶴」には、甘い新婚生活の中で書かれたとは思えぬ不吉さが漂っている。

安岡は、思考と文章に乱れが生じている「愛のごとく」の終末部分に、「おれはもう「自分」にばかり関心をもっては生きられない」という一行を見出し、山川がもう、今までのように生きられないと自覚していたと読む。もちろん、二宮駅前の横断歩道を「片手にハガキか何かを持って、ひらひらとそれを頭の上にかざすようにしながら道路を渡りかけていた」山川は、当然「そのとき死にたくはなかった」わけであるが、坂上弘が年譜に記した「幸せをかく文学」への転換は結婚によって成し遂げられるものだったのか。

江藤は「山川方夫と私」などで、嫁姑の関係の難しさや、年齢差による妻との行き違い、かえって重くなった一家の大黒柱としての負担などの現世的な疲労を死因として数え上げている。しかし、岡谷公二が「二人の九ヶ月――なんという短かさ――の新婚生活が幸福だったことは、私が贅言を弄するより「最初の秋」や「展望台のある島」を読めばよくわかる」（「山川方夫の結婚」筑摩書房版『山川方夫全集』3月報）という通り、新婚生活が死に至る疲労をもたらすほど苦痛だったとも思えない。

山川の「おい、俺に嫁さんを紹介しろよ」という言葉にのって、十二歳若い教え子の生田みどりを山川と引き合わせた友人の美術評論家・岡谷公二は、「私はその時自分の行為の重さに少しも気づいていなかった。二人を紹介していなかったら、という仮定が今でも私につきまとう」という一行が重い。山川みどりが、独身を守りつつ芸術雑誌の編集長として活躍したのが、救いといえば救いであるが。

しかし、三田文學グループが勢い込んで交渉を担当した加害者の運転手は自殺し、大事な長男を嫁に取られた上に若くして死なれた姑との間に諍いが起きないわけもなく、山川編集長の「三田文學」に加わった者たちが形成した「文学共和国」の短い青春は、あまりに悲しい進展を迎えた。先輩格の安岡は「或る〝過去〟の時代の怨念のようにひかされていたかも知れない」といい、「山川君は私には、まったく理解し得ない人物であったから」と両手を挙げつつ、運命の暗渠をじっと見詰める。

＊

「文芸」の一九六六年八月号から連載開始された『成熟と喪失』は、江藤の文芸評論の中では現在でも参照されることが多い。「文芸時評」での作品批評をベースに、安岡章太郎、小島信夫、遠藤周作、吉行淳之介、庄野潤三という「第三の新人」を対象にして、その作品が孕む意味を俯瞰的な視線で捉え直す戦後社会論である。「第三の新人」は一九二〇年前後に生まれ、戦中に成人し戦後に文学的出発をした世代である。軍隊に応召された中ではもっとも若く、左翼活動の洗礼は受けなかった若者たちが長じて作家になる。その作品についての評論が時を経て重要さを増したのは、やはり偶然ではない。戦後社会のどの分野でも中心を担うようになったのは、ノンポリでさほど声が大きくない、世間で軽く見られがちな「第三の新人」と似たタイプの人々である。江藤の着眼点は秀逸であった。

もっとも、江藤の視線は、「第三の新人」の諸作家は「もっぱらこの中学生的な感受性を武器にして文壇的出発をとげたのは特筆すべきこと」（以下引用は『成熟と喪失』）というように辛辣である。安岡章太郎の『海辺の光景』の「母親にとつていつたい自分が何であるのか、母とは何であり息子とは何であるのか、問ひかへしたい衝動を子供心におぼえたものだ。……」というような文章から日本人男性に特徴的な「母子密着」を見出し、「米国の青年の大部分が母親に拒否されたという心の傷を負っている」というエリック・エリクソンの『幼年期と社会』の記述を援用し、彼我の差を際立たせる。

江藤は、安岡の私小説的な「順太郎」ものに「異常なほどの母と息子のなれあいを感じ」、母子の緊密さによって「「近代」が彼らの肉感的な世界を侵すのを防ごう」とする。そして、「父は遠い場所で働いて俸給を稼ぐことによって、このなれあいに間接的に協力」する。その「私的な努力」を打ち砕いたのは、「敗戦」によって父親が経済力を喪失して「生活無能力者」になったからである。息子が「出世」したからでも、父の権威に反抗したからでもない。

そして、母が病んで狂うことにより、息子ははじめて母に「拒否」される。母と父にかわり「安住していた幼児的な世界から、いきなり敗戦後の現実にひきずり出され」、仕方なく息子は「住む家をさがして歩く」。安岡は知らぬ間に「「家」から解放されて「自由」になろうとしたかつての私小説の主人公」ではなく、「幼児のまま「父」の役割を引受けさせられ」る息子という日本の近代小説の「機軸転換」をなしとげる。しかし、息子を敗戦をただ「運命」と受け止めるだけで、母の「喪失」を決して確認せず、甘やかな「なれあい」の中に留まろうとする。

「「成熟」するとは、喪失感の空洞のなかに湧いて来るこの「悪」をひきうけることである。実はそこにしか母に拒まれ、母の崩壊を体験したものが「自由」を回復する道はない。」『成熟と喪失』の最もよく知られた文章である。そして、江藤はなぜ安岡が「「不自由」な、汚れた「生」」を引き受けないのかと呼びかける。江藤の声に、自身の母を早く失った哀しみを聞きつけないわけにはゆかない。そして、緻密に組み立てられた論理も抜け穴があることに気づく。

丸谷　つまりね、ジェームズの偉大さは、自分の属しているひとつの文明があるでしょう。その文明の運命、あるいは問題、それを全部そっくりそのまま、自分の運命であり、自分の問題であるとするというふうに、無茶苦茶に責任が強いのだな。

安岡　それはたとえば江藤淳が……非常に飛躍しているけれども、彼は海軍を失ったと思っているわけだ。そして、全日本帝国海軍を彼の双肩にしょっているかのごとき、なんというのかな、思いをこらさざるを得ないところがあるわけだ。ヘンリー・ジェームズの場合も、やはりそれが言えるのではないの。離れてしまうと、つまり失ってしまうと、それはどうしてもそうなるよ。責任感が強いとか弱いとかではなくて、おれはそうなると思うな。ヘンリー・ジェームズの場合だって、自分が失った文化のあらゆるものを、彼らの責任を負うというよりは、幻影を見るだろうな。

「文芸」一九六九年十一月号の安岡章太郎、丸谷才一の対談「文学と戦後」での発言である。丸谷が「私小説」批判を展開した対談で、論争的な応酬が話題となり、翌年二月号に「小説とは何か」というタイトルでその続きが掲載された。しかし、安岡の発言は「〝私小説〟家はきらい」と断じ、あくまで「形式主義的文学」の問題と厳密に定義して、写実に徹すれば私小説にならざるを得ないというわが国ならではの特殊事情に立脚しているのだけれども、丸谷は「私小説」には志賀直哉をはじめとしてさまざまな「流派」があるが、私はどの作品も何の印象も残っていない、という話に終始するのだからすれ違いである。

しかし、先に参照した山川方夫論のごとく、鋭敏な批評家でもある安岡章太郎は、丸谷の話題とあまり関係ない文脈で、ヘンリー・ジェイムズと江藤の見ている何かを「幻影」という一言で斬り捨てている。これは『成熟と喪失』に対する、安岡からの痛烈な反撃であろう。江藤は安岡を「敗戦」を「運命」として受け取ったとみなし、自らの「戦後」批判に結び付けている。しかし、安岡にとって江藤の「批判」は「幻影」にすぎず、たとえ自分が「幼児」のままだとしても、かけがえのない母の死を社会の状況にかかわりなく、一回切りの体験として受け止めたと静かに主張している。

江藤の「散文」論は文学に留まらず「行動」を含むと、社会との関わりの部分で危うさを露呈してしまう。作家・安岡章太郎は自らの文学、あるいは資質の限界を見定めていた。それゆえ、『海辺の光景』で描かれる土佐の海は美しい。

＊

小島信夫の『抱擁家族』は、批評家としてどうしても必要な小説である。江藤にとっての「戦後」をまるごと書き尽くした作品はほかにない。文学としての良し悪しとは別次元の読みである。

『抱擁家族』の独創性が、なによりもまず現代の日本の夫婦のあいだに隠されている倫理的関係と自然的関係の奇妙なねじれ目に、思いもよらぬ角度から照明をあてているところにあることはいうまでもない。「家」が崩壊して「家族」が生れ、ひと目盛だけ「近代化」が進んだなどという楽天的な議論のこっけいさは、断絶しながら同時に奇妙に濃い粘着性のある関係で結ばれ、お互いに救いようのない「淋しさ」を澱ませているのに決して「孤独」にはなれないという、日本の夫婦の現状を直視すればたちどころに明らかになる。そこには倫理的関係はないがそれが実在するかのような錯覚はあり、夫婦である以上「母子」の自然的関係を回復することは絶対不可能であるにもかかわらず、この動物的衝動が馴致されることは決してない。

（『成熟と喪失』）

これぞ、江藤淳の批評文である。あの不安定で、どこに進んでいるのか見当もつかないような『抱擁家族』から、このような明晰な社会学的分析が導き出されるとは。ただ、『海辺の光景』の「母」と同じく、「日本の夫婦」が三輪俊介・時子であるとともに、江頭淳夫・慶子夫妻の姿かもしれないとは指摘しておく。

「彼女はいつまでも若くありたい。そして夫の求める「近代以前」の安息のなかにではなく「近代」の解放のなかに「楽園」の幻影を見ていたい。夫にとっては「出世」の希望と同時に outcast の不安と「他人」に出逢う恐怖を植えつけるものだった学校教育は、時子を「家」から解放し、「近代」に「出発」させてくれたものにほかならない。「近代」とは彼女の青春であり、いつか訪れる美しい王子であり、つまり幸福そのものである。」

慶子夫人、あるいは社会学者・上野千鶴子のイメージが鮮明に浮かび上がってくる。もはや小島信夫自身の意図などお留守かもしれない。しかし、江藤の考える「開かれた散文」芸術の理想のひとつは、多様な読解が成り立ち得る広がりにある。そして『抱擁家族』の『海辺の光景』と同じ「父」が不在の「家」に「父」としてむかえられるのは、「「母なし仔牛」を率いたカウボーイ」たちが「「責任」を感じる」合衆国という「国家」の、「さらに背後にある文化のひろがりから来るもの」しかない。

『抱擁家族』の世界でも、「「人工」（＝「西洋」）に憑かれ」た母は「娼婦」となり、「自己崩壊」してゆく。そして、カソリック作家である遠藤周作の『沈黙』の世界でも、「イエスは母性」であり、「神（＝父）」は不在である。江藤は、「父」の不在が「生きている廃墟」である日本の「呪術性」を支えていると見た。『成熟と喪失』は、日本社会が農耕社会から全面的に近代産業化される過程で起こった変化をいち早く捉えた評論だった。しかし、ニーチェの「神は死んだ」という言葉ののち、江藤のいう「成熟」の不可能性が日本だけで起きている局所的な現象なのかは、あらためて考えてみる必要がある。

第八章　「戦後」との訣別

江藤の時評に、「戦後」への愛想尽かしの気配が濃厚に漂い始めるのは、梅崎春生の「幻化」（「新潮」一九六五・六）という晩年の傑作を発見した六五年頃からである。「幻化」は、精神病院からぬけだした男が、何も持たずに国内線の飛行機に乗り込み、二十年前に海軍の下士官として敗戦を迎えた鹿児島の坊津《ぼうのつ》に出かける話である。

「ああ。あの時は嬉しかったなあ。あらゆるものから解放されて、この峠にさしかかった時は、気が遠くなるようだった」

その頃もバスはあったが、木炭燃料の不足のために、日に一度か二度しか往復していなかった。坊津の海軍基地が解散したのは、八月二十日頃かと思う。五郎はまだ二十五歳。体力も気力も充実していた。重い衣嚢《いのう》をかついで、この峠にたどりついた時、海が一面にひらけ、真昼の陽にきらきらと光り、遠くに竹島、硫黄島、黒島がかすんで見えた。体が無限にふくれ上って行くような解放が、初めて実感として彼にやって来たのだ。

〈なぜこの風景を、おれは忘れてしまったんだろう〉
感動と恍惚のこの原型を、意識からうしなっていた。いや、うしなったのではない。いつの間にか意識の底に沈んでしまったのだろう。（「幻化」）

旅の途中に発見した原風景の描写である。主人公の「狂人」五郎は、病院のテレビで見た宇宙船から乗員が出て空中散歩する「人類史上画期的な瞬間」が、「ぶよぶよした貝の肉のようなものから、畸形《きけい》の獣めいたものが出て来る」「ひどく醜悪なものに見え」る状態なのだが、脱出した自分も同じように「醜怪なもの」であり、「現実に角を突き合わして、手痛い反撃を受けただけの話だ」（同前）と思う。

そして五郎は、「芭蕉の葉で芭蕉扇をつくって呉れた」「奄美大島出身の兵長」である「福」が、敗戦まで三週間なのに、強い酒を呑んで坊津の湾の「双剣岩」まで泳ごうとして溺れた過去を、土地の「出戻りの女」に告白する。五郎の狂気は、「同じ汽車に乗り合わせた」「同行者」の「連帯感」が信じられなくなり、「酒を飲んでも、勝負ごとにふけってもだめだった」から発症した。わが国の近代小説の中でも、生き残った者の「戦後」がここまで明晰に言語化された作品は稀である。

江藤は、「幻化」を「単純な青春再訪の物語ではない」と規定しつつ、「この不毛な孤独は、もともとあの敗戦直後の「あらゆるものからの解放」の甘美さの裏側に潜んでいたものではなかったであろうか。作者はそうは書いていないが、私には「いろいろなものとのつながり」を求める不安や焦躁とは「あらゆるものからの解放」があたえた恍惚の皮肉な、しかし当然の帰結であるように思われてならなかったからである。／いずれにせよ、この狂人を主人公とする小説は、日本の戦後の姿を象徴的に定着させてもいる。それは解放がそのまま喪失だったような時代であり、チンドン屋の真似に憂身をやつして生きている人々がそれを自覚していない時代である」という。梅崎の「喪失感の深さ」は、江藤の「戦後」観とぴったりと重なる。

江藤が「幻化」の「異常な冴え」に感銘を受けて旧作を読み直している最中、梅崎春生は一九六五年七月十九日に急逝した。江藤は死の二週間前、NHKテレビの教養座談会の収録で梅崎と偶然に同席し、「打合せをしているとき、氏は夏の背広のポケットからウイスキイの小びんをとり出して、出された紅茶のなかにドクドクとそそぎ、それをうまそうに飲んで、いいてれたように笑った。（略）その瞬間にこの梅崎氏の姿は「幻化」の主人公と重なりあって私の記憶に焼きついた」といい、作品のために命をちぢめた作家をうらやみ、「ねがわくは、私の上にもむしろこのような死があらんことを」という生々しい感慨を書きつける（「文芸時評」一九六五・八）。

ほとんど同時代の作品に触れなくなっていた小林秀雄も、一九六六年十月の梅崎春生全集内容見本に「幻化」への讃辞を寄せている。

近頃読んだ小説で、私は梅崎春生氏の「幻化」に一番感心した。私小説家の手法とは異なって、自身の異常な心理を道具として扱い、独特のユーモア小説を創らんとした作者の企図《きと》は成功したと思う。幻を学ぶという古い言葉があるが、作者の、いわば幻を学ぶ人の骨格とも言うべきものが、この作に感じられるところが優れていると思った。

（「梅崎春生「幻化」」）

小林のいう「幻を学ぶ人」が「散文」を書くならば、自然に「呪歌的性格」を帯びる。夢と現の境を進んでゆく玄妙な梅崎の文章は、正確なリアリズム描写によって支えられていた。島尾敏雄の戦争経験をモチーフにした作品群は、毎夜繰り返し見る悪夢のような形で抽象化を施されている。それは、精神的外傷になった体験を普遍の視点から相対化する試みであり、島尾の「戦後」を生き延びようとする戦略が見えかくれする。一方、梅崎の「幻化」は、処女作の「桜島」の世界に立ち帰り、戦場体験の絶対的な一回性を確認した「遺書」のような作品であった。江藤の散文論は、眼の前の作品により鍛え上げられてゆく。

私は、一九八七年に発表された耕治人《こうはると》の「天井から降る哀しい音」に感銘を受けて原稿依頼したことがある。最初は百枚ほどの原稿を受け取り、冗長で繰り返しが多かったので改稿をお願いし、気を揉んでいるうちに癌で入院されて、「幻化」を持ってきて下さい、といわれた。病床での「げんくわ」という声と、「もう大丈夫です」という言葉が忘れられない。病床で大学ノートに大きな読みやすい字で書き直された「どんなご縁で」（「新潮」一九八七・十二）という短篇は引き締まった秀作で、若僧の私は初読した時、「どんなご縁で、あなたにこんなことを」という作中の奥さんの言葉の意味がすんなり呑み込めなかったのをよく覚えている。江藤が時評で高く評価し続けた耕が完成した最後の短篇であり、「幻化」の霊験はあらたかだった。

＊

梅崎春生は一九一五年生まれで、同人誌経験はあるものの戦後に出発した作家である。戦場経験を深く反芻した作品を残したものの、坊津での特攻隊経験は明かさなかった。しかし、「幻」のような書き方をしているゆえ、かえって兵隊仲間を含めてどれだけの辛酸を嘗めたかが伝わってくる。「幻化」を読むと、五歳下の戦後詩人・鮎川信夫の一篇の詩が思い出される。鮎川は四二年十月、近衛歩兵第四連隊に入隊し、翌四三年四月にスマトラ島に送られて戦地を転々とした後、一九四四年五月、傷病兵として内地へ帰還し、福井県三方郡の傷痍軍人療養所で「戦中手記」を書いた。当時二十四歳だから、「幻化」の五郎とほぼ同い歳である。

死んだ男

たとえば霧や
あらゆる階段の跫音のなかから、

遺言執行人が、ぼんやりと姿を現す。
――これがすべての始まりである。

遠い昨日……
ぼくらは暗い酒場の椅子のうえで、
ゆがんだ顔をもてあましたり
手紙の封筒を裏返すようなことがあった。
「実際は、影も、形もない？」
――死にそこなってみれば、たしかにそのとおりであった。

Mよ、昨日のひややかな青空が
剃刀の刃にいつまでも残っているね。
だがぼくは、何時何処で
きみを見失ったのか忘れてしまったよ。
短かかった黄金時代――
活字の置き換えや神様ごっこ――
「それがぼくたちの古い処方箋だった」と呟いて……

いつも季節は秋だった、昨日も今日も、
「淋しさの中に落葉がふる」
その声は人影へ、そして街へ、
黒い鉛の道を歩みつづけてきたのだった。

埋葬の日は、言葉もなく
立会う者もなかった
憤激も、悲哀も、不平の柔弱な椅子もなかった。
空にむかって眼をあげ
きみはただ重たい靴のなかに足をつっこんで静かに横たわったのだ。
「さよなら、太陽も海も信ずるに足りない」
Mよ、地下に眠るMよ、
きみの胸の傷口は今でもまだ痛むか。

一九四七年「純粋詩」二月号に発表された鮎川の戦後第一声である。吉本隆明の年長の盟友であり、前に参照した堀川正美は、鮎川の後継者に擬された詩人・批評家だった。鮎川は安岡と同年の一九二〇年生まれで、詩行に「活字の置き換えや神様ごっこ――」とある通り、戦中期に春山行夫風のモダニストとして表現手法を確立しており、ポストモダン的な言葉遊びの段階にまで達していた詩人だった。

しかし、悲惨な軍隊経験を経て、鮎川はモダニズム詩の形式のまま、「遺言執行人」という主語による戦後の文学活動を開始した。「M」は、戦中に死んだ森川義信と牧野虚太郎という鮎川の詩仲間とされていて、「幻化」に登場する「福」への呼びかけと「死んだ男」の最後の行はとても似ている。「五郎」は「福」の「遺言執行人」であり、執行した後の行き先は「狂気」しかない。

第一次戦後派作家の代表と目された梅崎は、「反戦」のような大文字の正義に拠ることを自らに許さない。そして、精神を病みながら、「幻化」の完成に命を燃やし尽くした。もっとも苛烈な「遺言執行人」の生である。もともと都会っ子のディレッタントだった鮎川は、一九七二年の「宿恋行」ののちは詩作品が極端に減り、長年続けた吉本との恒例の対談もニヒリズムが深まり、八六年まで「幽霊船長」(河原晉也)として生き続けたものの、甥と一緒にスーパーマリオに興じながら死ぬ。鮎川の死とともに、狭義の「戦後詩」は終わった。

「遺言執行人」の声は残酷なことながら、同じ経験を経た世代が減るにつれて、必然としてどうしても届かなくなる。もっとも苛酷な経験をした人間は先に亡くなっているわけでもあり、その声を「代行」する者は心中に疚しさを抱える。それでも、梅崎春生や鮎川信夫は戦中体験を抽象し一般化する途を選ばない、という「倫理」を守った。

しかし、戦中は子供だった江藤淳の立場は選択がむずかしい。家の没落などありふれた話だし、「遺言執行人」にはなりえない。第一次戦後派や大江健三郎のように「戦後民主主義」という大文字の理念に拠りかからない道は、戦前・戦中・戦後を通した日本国家の「保守」ということになるけれども、「八月革命説」という詭弁が行く手を阻む。散文論で日本社会を動かすことが不可能だと知った江藤は、「戦後」の復興が進むとともに選択の「自由」を失ってゆく。

＊

一九七〇年、江藤は『漱石とその時代』で菊池寛賞と野間文芸賞を受賞し、佐藤栄作内閣のブレーンに招聘された。七一年四月に東京工業大学助教授に就任し、九月にはニューヨークで開催されたジャパン・ハウスの開館式で、ジャパン・ソサエティ会長、ジョン・D・ロックフェラー三世の前でスピーチを行うなど、国際的知識人として活躍の場を広げた。編集同人を務める「季刊藝術」でも、同誌の編集者だった古山高麗雄が芥川賞作家に成長するなど、着実に社会的な地位は上がってゆく。

一九六四年にアメリカ留学から帰国し、その年の十二月から二年間続けた朝日新聞での文芸時評を一九六六年十一月に終えたのち、江藤は毎日新聞の依頼に応じ、七〇年新年号分から時評を再開する。真っ先に森有正の「雑木林の中の反省」を取り上げる。パリに十九年間住み、アパルトマンを買って借金を返し、娘のためにも別の部屋を確保できるような生活となって、「住居が自分のものになったとき、はじめて「もの」の実質的な手ざわりがあきらかになりはじめた。それなら経験とは、なにかを自分が確実に所有しているという感覚である」という。その「経験」は逆にいえば、「現在の日本に経験を可能にするような「もの」の手応えが欠けている」という。

江藤は、森が「民主主義」、「自由」、「平和」、「文化」という戦後的な概念について、「いったん戦に敗れると、一夜でもう昔からそういう価値を生活の中心としていたかのように思ってしまった」と見る政治への見解に注目する。しかし、森有正のいう「経験」は、個から普遍へ向かう哲学的な契機を含んでいる。森は、集中講義のために一月半、日本に帰ってきた間にもひとつの「経験」を持つ。

私の宿舎を深くとりかこむ雑木林は、いわゆる名所ではない。それは国木田独歩や徳冨蘆花によって、名所としてではなく、しかしあのように深い感動をもって描写され把握された東京近郊のささやかな自然である。私はこの名もない雑木林の中を歩きながら、私の心がその奥底から和らぎ、感動するのを経験した。そこにはヨーロッパの公園や花壇に見られるような、規律正しさや色とりどりの華やかさは全くない。灌木が奥の見通せない程厚く密生し、黄ばんだ落葉がその下草を覆いつくしている。何の物音も聞こえない。しかしそこには私を生んだ土地の生命が静かに呼吸し、私の存在はその中に音もなく融け込むようであった。

（「雑木林の中の反省」）

三鷹のＩＣＵの近所だから、野川公園の辺りの雑木林での散歩である。「武蔵野」の自然は今も変わらず、森は独歩や蘆花の感動を追体験する。「経験というものが集団的というよりは本来個人的なもので、一人一人の人間のライフ・サイクルとわかちがたく結びついており「永遠のくり返しに他ならない」もの」という森の時間観に共感する江藤は、『成熟と喪失』の主題である戦後社会の変容から、原理的な問題に視線を移していた。前に参照した「リアリズムの原理」は、その経過報告として読める。

充実した「もの」が登場する小説として、たとえば吉田健一の「瓦礫の中」を挙げることができる。江藤が「実際私は、これほどうまそうな食事の話の出て来る日本の小説をあまり読んだことがない」（「文芸時評」一九七〇・七）と称賛するこの作品は、空襲で焼け野原になった東京で、闇市で入手したような食材で当時としては豪勢な食事をするだけの話なのだが、江藤のいう通りとても「愉しい」。

さういふ調子で二人は飲み始めた。併し食事をしに来たのだつたから二人は間もなく食堂で卓子越しに向ひ合つて、寅三は給仕が持つて来た献立てにアメリカ料理、フランス料理と左右に分けて品書きが刷つてあるのを見て可笑しくなつた。他に酒の献立てがあつた。
「この豚と豆の煮たのでウィスキーといふのはどうだらうね。」
「馬鹿だね、貴方は。西部で金鉱を掘り当てた連中はその豚と豆でシャンパンを飲んでゐたんだ。どんな味がしたかね。案外旨かつたかも知れない、シャンパンてさういふものだから、御存じのやうに。併しさう見くびられちや困るつて言つたんだからね、先づこの、」と言ってジョーは酒の献立ての一箇所を指した。「これとカヴィアはどうだらう。」
（「瓦礫の中」）

単なる鑑賞家として振る舞えるのであれば、森有礼の孫で一九一一年生まれの森有正と吉田茂の息子で一九一二年生まれの吉田健一の作品のような、有力政治家の一族の出で西欧文明にどっぷりと浸る余裕と豊かさがあった世代が展開する、「敗戦」を経て「瓦礫の中」からでも戦前から連続した思考を続けている強靭さを愛でればいい。祖父が海軍中将だった江藤は、森や吉田の生育環境の残り香を味わいながら育った。しかし、そこには私小説家・尾崎一雄の存在と同じく、未来がない。

しかし、時評家は新たな可能性を発掘し続けながら展望を見出すのが仕事である。相対的な優秀さを認めた「第三の新人」の可能性を『成熟と喪失』で検討したものの、戦後の文芸ジャーナリズムの共犯者として繁栄を享受しようとする作家たちは決して「成熟」せず、文学というジャンルの閉域に「内向」したまま「大家」になりおおせることが予測された。「第三の世代」の次の世代に視線を移すと、「文壇生活の同期生」開高健が「夏の闇」を書いている。「開高氏がこれまでに発表した作品のうちで、おそらくもっとも充実したすぐれた作品」と江藤が評する七一年十月発表の「夏の闇」の一節を引いてみよう。

はずかしそうに軽く腹を撫でて女は微笑した。眼は輝いているがうつろで、煙のようなものがたちこめ、汗にまみれて男の腕のなかからのがれていくときにそっくりのまなざしであった。飽満が仮死ならば美食が好色とおなじ顔になっても不思議ではなかった。ぶどう酒の酔いは豊沃《ほうよく》な陽に輝く、草いきれのたちこめた、なだらかな丘なので、頂上をすぎたあとも豊沃は緩慢につづいていき、いよいよそれは性に似てくる。しかもただ味わいたいばかりで求めていながら、たとえば女のくちびるのきわあたりに冷酷な傲然の残影が一翳りもあらわれていないのは、どうしてだろうか。

（『夏の闇』）

江藤は『夏の闇』の主題は「欠落」であり、「登場する男と女は、まず事物との親和感の欠如に悩んでいる」という。『夏の闇』は手練手管を尽くした美文に溢れているものの、世界に対する倦怠しか表現されておらず、深い徒労感しか読みどころのない小説である。森や吉田の「もの」との関係が健全な朗らかさは、そこには望むべくもない。勉強家の開高の視野には当然、森有正や吉田健一の文体は射程に入っていたはずである。しかし、技巧の鍛錬により倦怠が豊かさに反転できるのであれば誰も苦労はしない。開高の倦怠は現代人にとっての普遍的な現象かが問われてゆく。

「夏の闇」と同じ月に発表された大江健三郎「みずから我が涙をぬぐいたまう日」について江藤は、その主人公である「かれ」が「普通名詞よりはあいまいな個人的言語を、現実よりは幻想を、他者よりは自閉を選ぼうとするのか？」という本質的な疑問を抱く。江藤は「他者」に開かれていない大江作品より「夏の闇」の主人公の方を「まだなんとかなる余地があるかなあ」とかすかな希望を記す。しかし、開高は、正義のないベトナム戦争の悲惨さと取材により向き合った人間への懐疑と絶望から別の境地へ転じることがかなわず、「もの」の感触を求めてノンフィクションに前途を見出した。

江藤との幸福な並走をしていた大江の初期作品には「もの」の感触が氾濫していた。「死者の奢り」の死体や「飼育」の黒人兵の生々しい実在感が忘れがたい。あの世界はどこへ行った、と批判する江藤の感覚は健全である。しかし、いかに好敵手としても、大江が「戦後」に書き続けるため苦闘しながら選び取った選択肢を全否定されては、江藤と訣別し敵と見なすのもまた当然である。二人の関係に、「右」か「左」などという政治的な立場の違いは、まったく影響していない。

七二年一月の時評で江藤は、「いったいわれわれは、いつごろから「意欲」や「意図」という奇怪な代物にとり憑かれて、自分の杯で汲もうとすることを忘れたのだろうか。高橋義孝氏が、「鷗外の中にある私の一問題」（新潮）で、鷗外の小品「杯」のなかの一句、「Mon verre n'est pas grand. Mais je bois dans mon verre.『わたくしの杯は大きくはございません。それでもわたくしはわたくしの杯で戴きます』」を引いている。結局われわれは、個人としては自分の資質と才能の限界のなかに閉じこめられ、日本語で書く者としては日本語の伝統の拘束を逃れられないのではないだろうか」と悲鳴を上げる。

＊

江藤の『全文芸時評』は、大河小説を読むような面白さがある。とりわけ、一九六二年に「子供部屋」で文學界新人賞を受賞して以来ずっと注目してきた同世代作家の阿部昭が、一九七七年十二月号の「新潮」に、海軍大佐だった父の最期を描いた「司令の休暇」という傑作で大輪の花を咲かせ、ひとつのピークを迎える。

江藤は時評で、「掃海隊の司令だった海軍大佐伊能悌三郎が、癌で死んで行こうとしている。それをみとる〝僕〟は彼の末子で、今は一介のサラリーマンであるが、「敗れて帰った軍人として死ぬことがどういうことであるのか。このおそるべき祖国で一切の位階勲等を剝奪されて、なお軍人として死に切るということがどういうことであるのか」と自問しつづけている」と一篇のテーマを集約し、「「司令の休暇」が美しいのは、この「世間さま」の目を痛いように感じている〝僕〟が、それにもかかわらず「ダメな父親」をかばって、それがどうした、ここにいるのはおれのおやじだ、といいつづけているところである」といい、戦後をあくまで「現役の海軍大佐」として生きようとした「司令」の死について、「しばしば眼頭が熱くなるのを禁じ得なかった」と絶賛する。

おやじの〈おーい！〉という暴力的な掛け声は、この病棟でも有名になりはじめていた。その横柄な呼びざまは、入口のカーテンの向う側で耳にする連中にははなはだ感じの悪いものだったろう。自分では動けなくて何から何まで他人の世話になっているはずの病人が、それでもまだ威張り足りなくてのさばり返っているように聞えるにちがいなかった。

しかし、声の調子を別にすれば、おやじはもう肉体ばかりか心も弱り切っていて、片時もおふくろなしではいられなくなっていたのである。
「もう何もせんでもいいから、そばに居ってくれ……。」
おやじはとうとう正直に弱音を吐いた。それは永い結婚生活のあいだに、おやじがただの一度も家人に対して口にしたことのない種類の言葉だった。

（「司令の休暇」）

江藤はこの「おーい！」を、「彼が呼んでいるのは妻だけではないかも知れない。それは彼が死なせた何千、何万の戦友であり、また「彼が仕えた国家」の幻影であったかも知れない。「休暇」が終わったとき、人は虚構から覚めて現実に直面しなければならないからである」という。と同時に、阿部に注文をつけるのも忘れない。

そうして、おやじはいまやっと生涯の孤独の意味が分ったというように、冷えていやな色をした自分の手を眺めている。まだ生きている自分を裏切るように指の先から死にはじめている手……。骨の形が手にとるように見える、薪ざっぽうみたいにこちこちになったその二本の手は、ついこないだまで子供の僕を片腕で水ぐるまのように振り回し、胁腹を捧げ持って天井まで届かせた手だった。波打際で息子の手がしびれるぐらいに強いタマを放ってよこした手だった。

（同前）

どちらも間然するところのない名文である。しかし、紙一重の距離をとって冷静に父の滑稽さを記録し、逆説的に美化する余裕を持つ息子＝阿部昭の視線が、江藤には「戦後」的に見えてしまう。江藤にとって「司令の休暇」は「戦後」の時間であり、「〝解放〟によってはじまった〝獲得された〟戦後ではなく、敗戦の日から続いている〝剝奪された〟戦後」という評になる。

この補助線は『成熟の喪失』の「海辺の光景」論で使った補助線と同じである。しかし、安岡と阿部からすると、敗戦の日からの「獲得」と「剝奪」という規定は、江藤の考え出した虚構にすぎない。二人の作家は、自分の目の前には、ただ自分の生きてきた現実があるだけである。江藤は阿部に「およそ父なるものすべての偉大と悲惨とを兼ねそなえたような人物に描かれていてもよかった」と忠告する。しかし、安岡と阿部はそうした普遍性への志向も「幻影」と斥けるだろう。

江藤は阿部に対して時評で、「阿部氏はある文学全集の解説で安岡章太郎氏の文学にふれ、それが「猥褻」であるといっている。これにならっていえば、阿部氏の文学はむしろ「猥褻」でなさすぎる。それはおそらく強者の文学であり、安岡氏の文学とは対照的なもののはずである」（一九七〇・三）と評した。これは安岡と阿部を引き離す策略とも受け取れる。そして、「猥褻」は、阿部が名付けた「安岡語」、つまり安岡の文体の特徴である。

　なんとその文体は、――カミシモの喩えで行けば――屈伸自在にわれわれの肌になじみつつ、われわれの最も羞恥する部分だけをかろうじて隠蔽しているがゆえに、かえって猥褻と感じられ、不当に卑しめられている下着に似ていることか。それは、あらゆる猥褻物につきまとう垢じみたなつかしさ、悲しいなまぬるさをも含めた、極度にアンティームな文体である。

（「安岡語の世界」）

ここで安岡の「猥褻」の芸を引いてみよう。

信太郎の膝の先には、母が口をあけたまま睡《ねむ》っており、刺戟性の甘酸っぱい臭いが部屋じゅうに重苦しく漂って、となりの病室から鳥の鳴くような叫び声が聞えてくる。「カンゴフサン、カンゴフサン、マチマシタ、マチマシタ。オベントウ、オベントウ、マチマシタ。カンゴフサン……」

（『海辺の光景』）

たったこれだけの文章の中に、目の前の現実に対して多様な触覚が蠢いているのがわかる。決して真似はできないし、やはり安岡章太郎一代の「安岡語」である。しかし、阿部も「司令の休暇」では自らの資質に従った上で安岡に倣い、できうる限り下からの視線で父を捉えようとしている。たとえ江藤に「世間さま」の目にこだわりすぎ」と見えたとしても意に介さない。安岡は小林秀雄が自分より若い世代ではほぼ唯一「公認」した作家であり、若くして文壇の重鎮になっている。安岡と江藤はずっと暗闘を続け、阿部昭や坂上弘という同世代の「安岡派」との関係にまで飛び火した。阿部と坂上は、江藤の衷心からの教育的指導を一切受け付けない。

人生は残酷である。「タブーとごまかしで武装した、きゅうくつで、こわばったものに出会うと、逆に極度に明晰にはたらいてこれを一瞬のうちにグロテスクなスケルトン（骸骨）にしてしまうその眼」（「安岡語の世界」）という武器を持つ安岡が結局もっとも長く、二十一世紀まで生き抜く。「司令の休暇」を書いて長年勤めたテレビ局を止めて専業作家になった阿部は「老父」より以上に手応えのあるモチーフを見出せなかった。

江藤と同じく、「戦後」と相容れない孤独を抱えた盟友・山川方夫はそもそも文学を、自己を守り育てる楯にはできない。だからこそその作品は儚く美しい。山川の作品世界はほの昏い。しかし文章は清潔で、安岡的な「猥褻」の気配など一切感じられない。そして、『若い読者のための短編小説案内』という「第三の新人」論がある村上春樹は、安岡や吉行淳之介から生き延びるための「猥褻」術を学びとり、わが物にしている。

＊

文芸時評に「司令の休暇」を称賛した記事が掲載される二日前、一九七〇年十一月二十五日、三島由紀夫の自決という戦後文学最大の事件が勃発する。「江頭淳夫」が「江藤淳」というペルソナを必要とした理由に関わるという意味で、江藤にとっても危機だった。たとえば江藤は、六一年一月、大江健三郎「セヴンティーン」と三島由紀夫「憂国」が同時に発表された時、「「憂国」の美しさと至福は、完全な無思想の美しさであり、いいかえれば全く外面化され、「個性」の檻を超えて観念と様式のなかに解放された「私」のはなつ美である。大江氏の「セヴンティーン」の主人公が求めているのも同じこと」と二作品に強く感応して、高く評価した。しかし、極端な右翼的情熱については常に警戒を怠らず、「日本浪曼派」的風潮は否定してきた。

しかし、何度か触れた通り、伊東静雄の詩に耽溺するロマン主義者が「江頭淳夫」の本質である。感性は日本浪曼派そのものであり、戦中の三島とも近い。たとえば磯田光一『殉教の美学』（一九六四）は犀利な三島論であり、日本浪曼派の論理と感情にもっとも深くわけ入った批評である。しかし、「美学」という形で客観視できることは、自分自身はロマン主義の魔に感染しない、という資質を告白していることになる。江藤は、ロマン主義者としての「行動」をつい企ててしまう資質であり、そのことは「六〇年安保」の際にはっきり表面化した。もちろん、臆病で自己防衛的で生活一番の近代主義者という顔も本物であり、そちらの方は「戦後」を生き延びるためには絶対必要である。しかし、江藤は危険な衝動に知的な抑制によってブレーキをかけられる磯田光一のような文学者ではなかった。

一旦日常生活が復活した以上、そこであからさまに「破滅」や「崩壊」の期待を語ることはすでに悪徳である。精神は、日常的なものを恒に否定しようと作用するという意味で「悪」であるが、「破滅」の渇望はもっとも純粋に精神的なものであるから、当然「極悪」

に属している。だが、困ったことには、日常生活のなかでは、この「極悪」が恐れられるより嘲笑されるのだ。嘲笑されることなく、すでに「戦争」によって明らかに確証されているあの「椿事」への期待——三島氏にとっての唯一の真実を守りつづけるにはどうしたらよいか。比喩が生れ、魔術の論理が駆使されるのはここにおいてである。それは三島氏の正当防衛であるが、この攻撃的防禦の独創性は、優に氏を時代の子とするに足りた。
（「三島由紀夫の家」）

一九五九年に発表された『鏡子の家』について、批判的なのに三島の信頼を得た江藤の書評の一節である。文学的能力からの冴えというより、江藤淳が自分自身を正直に告白しているゆえ、作品の一番深い感情まで読み込むことができた。江藤は書評の冒頭に、四〇年一月の日付がある三島の「凶《まが》ごと」という詩を引用する。

「《わたくしは夕な夕な
窓に立ち椿事を待つた、
凶変のだう悪な砂塵が
夜の虹のやうに町並の
むかうからおしよせてくるのを》」

三島は病ゆえ、江藤は年齢ゆえ、兵士として出征することはなかった。その精神の主調低音を鮮やかに捉えた禍々しい抒情詩である。戦中、すでに大人だった伊東静雄の詩の調べともちがう。この詩の衝動を江藤は共有しているから、他の批評家には見えなかった『鏡子の家』の主題をすぐさま摑み出す。しかし、江藤は「戦後」を生き延びるために、この危険な旋律との同調を隠していた。三島と江藤は精神の同族である。そして江藤は、三島には荷風のような頑固老人としてお目付け役になることを望み、自分は政治の現場での実践の傍らで「リアリズムの源流」のような散文原理論に向から。

しかし、「炭鉱のカナリア」である三島は「凶事」の音楽が「戦後」の年月によりかき消される寸前であることに気づいていた。そして、「このまま行つたら「日本」はなくなつてしまふのではないかといふ感を日ましに深くする。日本はなくなつて、その代はりに、無機的な、からつぽな、ニュートラルな、中間色の、富裕な、抜目がない、或る経済的大国が極東の一角に残るのであらう」(「果たし得てゐない約束——私の中の二十五年」)という危惧を表明し、最後の「攻撃的防御」として、陸上自衛隊市ヶ谷駐屯地での演説と自決という挙を選択する。

時評で江藤は、澁澤龍彥の追悼文に共感し、「虚のアイデンティティを完成するために、作者は「刻苦勉励」した。それは平岡公威という生来のアイデンティティを喰って育ち、戦後のジャーナリズムのなかに生きた。そして「三島由紀夫」が完成されたとき、それはまったく実在から離れた。渋沢氏のいわゆる「完璧」な「狂気」とは、おそらくこのことをいうのである。事件はこのような虚の世界でおこったのであり、したがってリアリティを欠いている」(一九七一・一)と評する。

そして江藤は「「天人五衰」の最終回を通読すると、作者が小説をつくり上げることに倦んでいる様子がありありとうかがわれる。この作者は人間にも実在にも、ほとんどなんの興味も示してない。それも当然であって、作者にとって思想も、政治も、ボディ・ビルも剣道も、小説すら「三島由紀夫」という第二のアイデンティティをつくり上げるための素材にすぎなかった」という。

しかし、何よりまず江藤淳自身が『天人五衰』の結末の、松枝清顕の転生物語がすべて幻であり、「この庭には何もない。記憶もなければ何もないところへ、自分は来てしまつたと本多は思つた。／庭は夏の日ざかりの日を浴びてしんとしてゐる。……」という一行の虚無と無縁な充実した存在として「戦後」に存在していない。「第三の新人」が確認しなかった「母」の崩壊と『豊饒の海』の「無」から、『成熟と喪失』で引いた折口信夫の「妣《みはは》の国」のイメージまで溯って、江藤自身が「「成熟」するとは、喪失感の空洞のなかに湧いて来るこの「悪」をひきうける」という言葉を実践しているかを問われる順番が来る。戦中に子供だった江藤の世代は、ずっと「自分探し」を続けるしかない次世代以降の不安定なアイデンティティを先取りしていた。

＊

小林 ……宣長と徂徠とは見かけはまるで違った仕事をしたのですが、その思想家としての徹底性と純粋性では実によく似た気象を持った人なのだね。そして二人とも外国の人には大変わかりにくい思想家なのだ。日本人には実にわかりやすいものがある。三島君の悲劇も日本にしかおきえないものでしょうが、外国人にはなかなかわかりにくい事件でしょう。

江藤　そうでしょうか。三島事件は三島さんに早い老年がきた、というようなものなんじゃないですか。

小林　いや、それは違うでしょう。

江藤　じゃあれはなんですか。老年といってあたらなければ一種の病気でしょう。

小林　あなた、病気というけどな、日本の歴史を病気というか。

江藤　日本の歴史を病気とは、もちろん言いませんけれども、三島さんのあれは病気じゃないですか。

小林　いやァ、そんなことというけどな。それなら、吉田松陰は病気か。

江藤　吉田松陰と三島由紀夫とは違うじゃありませんか。

小林　日本的事件という意味では同じだ。僕はそう思うんだ。堺事件にしたってそうです。

江藤　ちょっと、そこがよくわからないんですが。吉田松陰はわかるつもりです。

（「歴史について」「諸君！」一九七一・七）

自決の半年後、小林秀雄と江藤淳の対談での、三島事件に触れた箇所である。長い対談を読んでいると、小林先生がお酒を召されたせいで、避ける予定だった三島の話題をつい口にしたという印象も受ける。しかし、小林と江藤の違いがここまではっきりした対話もない。小林のいう「日本の歴史」は、自分自身も大東亜戦争の加害者責任を引き受ける、という意味を含んでいる。国家により一方的に徴兵されたから被害者という「戦後」的な免罪を拒否し、すべての出来事を虚心に引き受けようとする。善悪を超えた「覚悟」が小林にとっての「戦後」である。

江藤と三島は、どちらも「戦後」を「悪」と考える。三島は「などてすめろぎは人間《ひと》となりたまひし」（「英霊の聲」）といい、江藤は「占領」と「一九四六年憲法」を「敵」とする。つまり、何らかの理由によって「戦後」の「空虚」がもたらされたと考え、その原因を除去することにより「日本」が正しい姿になりうると考える。まだ変革を諦めていない江藤は、中途で自らの命を断った三島を「病気」と見るしかない。

私は小林と三島／江藤の差異に優劣をつけることはできない。ただ、小林が「外国人にはなかなかわかりにくい事件」という三島の自決について考える時、今更ながら、日本と日本人について大胆な診断を下したひとりの哲学者の議論が頭に浮かぶ。

「ポスト歴史の」日本の文明は「アメリカ的生活様式」とは正反対の道を進んだ。おそらく、日本にはもはや語の「ヨーロッパ的」或いは「歴史的」な意味での**宗教**も**道徳**も**政治**もないのであろう。だが、生のままの**スノビスム**がそこでは「自然的」或いは「動物的」な所与を否定する規律を創り出していた。これは、その効力において、日本や他の国々において「歴史的」行動から生まれたそれ、すなわち戦争と革命の闘争や強制労働から生まれた規律を遥かに凌駕していた。（略）究極的にはどの日本人も原理的には、純粋なスノビスムにより、まったく「無償の」自殺を行うことができる（古典的な武士の刀は飛行機や魚雷に取り替えることができる）。この自殺は、社会的政治的な内容をもった「歴史的」価値に基づいて遂行される闘争の中で冒される生命の危険とは何の関係もない。最近日本と西洋世界との間に始まった相互交流は、結局、日本人を再び野蛮にするのではなく、（ロシア人をも含めた）西洋人を「日本化する」ことに帰着するであろう。

（アレクサンドル・コジェーヴ『ヘーゲル読解入門――『精神現象学』を読む』）

ロシアからフランスに亡命したコジェーヴが、「ポスト歴史の世界」について考察した書として名高い、一九三三年から三九年まで行われたヘーゲル講義の、六八年の第二版の注として書き加えられた文章である。フランシス・フクヤマの「歴史の終焉？」もコジェーヴを踏まえているし、東浩紀の『動物化するポストモダン』の「動物」も『ヘーゲル読解入門』からの引用である。「ポスト歴史の時代に固有の生活様式」は「アメリカ的生活様式」であり、「人間が動物性に戻ることはもはや来たるべき将来の可能性ではなく、すでに現前する確実性として現われた」（同前）というコジェーヴは、五九年の日本への旅で知った「生のままのスノビスム」に未知の可能性を見出す。

コジェーヴは、三島が依拠したジョルジュ・バタイユの盟友であり、フランスにヘーゲル哲学を定着させた哲学者であると同時に、政治の領域では欧州経済協力機構の対外経済関係局特務官として活動するなど、戦後体制の確立に大きな役割を果たす。そして、スターリンを「父」と慕い、ロシアのマルクス主義の新たな展開を探っていた点でも、「最も成功した社会主義国家」と呼ばれる日本の「戦後」とどこかで響き合う。

一九九〇年に、柄谷行人が「歴史の終焉」でも指摘しているが、三島事件の前に「純粋なスノビスム」による「まったく「無償の」自殺」という概念が提示されていた。コジェーヴのいう「「歴史の終末」の期間の生活を、すなわちどのような内戦も対外的な戦争もない生活を経験した唯一の社会」（同前）である日本の「歴史」は、小林のいう「歴史」と重なる。もちろん、ベルグソンに学んだ小林と、マルクスと同じくナポレオンに「歴史」を見たコジェーヴの思想はまるで違うにもかかわらず、結論は妙に近い地点に落ち着く。江藤、そして三島は、戦後に展開されつつあった「ポスト歴史の世界」に現前する「アメリカ的生活様式」による「動物化」に対して徹底抗戦する構えだった。小林はもっと長いスパンで日本の「歴史」や「道」を見ようとしているのだから嚙み合わない。

江藤は、山川方夫に続いて、真の戦友になりうる三島を自決によって失った。梅崎春生が「幻化」で生を与えた「五郎」や「福」のような「遺言執行人」も、この世を去ってゆく。三島と江藤、そして梅崎が共有した「戦後」は強い光芒を放つ落陽のように、その寿命を終えてゆく。

*

文学者ならば、三島の切腹という大事件から簡単に立ち去ることはできない。江藤は平岡梓の『伜・三島由紀夫』を称賛し、「三島由紀夫というようなスター作家の場合（三島氏だけではないが）、世間は案外作家が見てほしいように見ているものだ、ということである。「心の友」のみならず、ジャーナリズム一般もまた虚像づくりに一致協力し、実像をかき消してリアリティを見る眼をなくして行く、という事実である。今日、三島由紀夫の生きた実像を見つめることができるのが、文士ではなくて〝骨肉〟の厳父のみだということぐらい、文学者の眼の衰弱を物語るものはない」（「文芸時評」一九七一・十二）と評した。

江藤は「厳父」による、我も我もと三島の「心の友」が告白を始めるジャーナリズムの滑稽さについての厭味に、文壇外に生きている者の常識を認める。しかし、「こう考えてくると親から見た伜と申しても、絶えず人との接触、会合で感覚を交流をしている伜のことを、自宅でただ御馳走でも作ってその帰宅を待ちわびている僕たち両親は、何人よりも一番伜のことを知らないと言えましょう」（『伜・三島由紀夫』）という一行を発見し、心がもやもやし始める。「厳父」は息子の作品を常に愛読し、「楯の会」のメンバーとも接触し、父子の会話は頻繁だった。三島の住む洋館と同じ敷地の離れに住んでいたから当然としても、ずっと作品の第一読者であり続ける母親も含めて、四十五歳で子もいる三島の御両親は「子ばなれ」があまりにも進んでいない。

嫁である瑤子夫人が著書に一度も登場しないのも奇妙で、世評通りかなりの変人である元農林省水産局長・平岡梓は、「鳶が鷹を生んだ」（同前）単なる親馬鹿なのかもしれない。同性愛者であるのか否かにかかわらず、両親と大芸術家の娘である妻の間に立ち、家族円満も演出する必要もあった三島の心労は察するに余りある。小林のいう「日本の歴史」とは別の次元で、江藤のいう「病気」説も当たらずとも遠からずという気もしてくる。

名エッセイ「戦後と私」は、「敗戦以来、私はいわばいつまた父がゴルフをやりはじめるだろうかと心待ちにして来た」江藤が、「二十数年ぶりでゴルフのコースに出たら少しもあたらなかった」という葉書を受け取るところから始まる。「大して出世もしなかった銀行員」である「父」と息子・江頭淳夫の関係も、奥歯に物が挟まっているような印象を受ける。少なくとも、出世した息子に対して、「父」の威厳を示すような人ではなさそうだ。生みの母を早く亡くした長男に対して、腫れ物に触るように大切にした継母は、とても優しい、いい人だったのだろう。

一九七二年四月十六日の川端康成のガス自殺について江藤は、「心のなかで「なんとひどい、まずしい時代だろう。いたるところに穴があいている」というようなことを、つぶやきつづけていた」（「文芸時評」一九七二・五）という絶望を表明する。江藤は川端の「敗戦後の私は日本古来の悲しみのなかに帰つてゆくばかりである。私は戦後の世相なるもの、風俗なるものを信じない。現実なるものもあるひは信じない……」（「哀愁」）という言葉を引きながら、いったい眼の前の現実を信じられないものが、何に「もののあはれ」を感じるのかと問いかけ、「〝現実喪失〟の文学」の脆弱さを指摘する。川端の盟友だった横光利一の「純粋小説論」は、平野謙の「アクチュアリティ＝コミット説」の元祖であることを忘れてはならない。

「人の死が平等なものでありながら、きわめて個性的なもので、人それぞれの顔に似ていることを思えば、私はとうてい川端氏の死を三島由紀夫の死と関連づけるような心境にはなれない。しかし、あらゆる貴族趣味の外観にもかかわらず大衆社会の産物だったという点で、川端氏の文学が三島由紀夫の文学と奇妙に似通っているということは否定しがたいのである」という江藤は、三島由紀夫に対する磯田光一と同じ立ち位置にいる。では、江藤淳自身はどこにいるのか。

私は、三島、江藤と、大江健三郎も精神の同族だと見ている。でなければ、「セヴンティーン」のような生々しい右翼的作品を書けるはずがない。大江が「戦後民主主義」の優等生として振る舞い続けたのは、止みがたい「狂気」、あるいは強烈な自殺衝動に対する心の安全弁であった。ノーベル賞受賞以後の、キャリア全体を否定しかねない「晩年の仕事《レイト・ワーク》」の不穏さに、作家・大江健三郎の本領が出ている。『取り替え子《チェンジリング》』の右翼に衝撃されて傷が残る右足の痛さには、「もの」の感触がたしかに息づいていた。江藤に読ませたかったが、「敵」がいなくなったから書いた、という意図もある気がして、強《したた》かな大江は一筋縄ではゆかない。

大江はよくぞ、八十八歳になるまで暴発しなかった。長く辛抱できた理由は、国家官僚の家に生まれ祖母の強い影響下で育てられた東京っ子である三島や江藤と、四国の山奥の自然にまみれて幼年時代を送った大江という生育環境の差によるのかもしれない。江藤と三島の家、そして父が早くに変死した大江家も含めて、すでに『成熟と喪失』の問題を先取りしている。明治末の生まれの「父」の世代から、「家」の崩壊は始まっていたのかもしれない。

戯れに、昭和天皇が側室を持たないという、皇室が世界標準の「近代化」を目指す美談からすべては始まった、と記しておこう。少なくとも軍隊に壮丁を取られた多くの「家」は、例外なく維持が困難だったはずだ。「金田一耕助」が登場する横溝正史の探偵小説のように、元日本兵の「復員」がもたらす悲喜劇は、日本のあちこちで起こっていた。

三島由紀夫がたった十二年で『鏡子の家』の「みんな欠伸《あくび》をしていた」という文章で小説を書き始めるゆとりを失ったように、江藤の絶望は理性的な文学原理論では蔽い切れない段階まで深まってゆく。

第九章　「閉された言語空間」への憤怒

三島由紀夫の死後、舟橋聖一、永井龍男、中里恒子の三氏の短篇に触発され、江藤淳は日本の小説について、あまりに率直な感慨をもらしている。

……いったい〝語り口〟と、描写と、抒情とのほかに、小説になにができるのだろう、という思いにとらわれざるを得ない。もちろん〝思想〟とか〝現代〟とかいうものがある、という説のあることは承知している。しかし〝思想〟もまた、少なくとも日本人にとっては抒情の一種であり、〝現代〟もうまく描写され、語られなければ、只の石鹼箱の意匠のようなものにとどまるのではないか。

私は、だから小説というものは下らない、といっているのではない。〝語り口〟と描写と抒情で決まってしまう日本の小説というものの重味を、もう少し真正面から受けとめてみたらどうだろうか、というだけである。この限界は容易に超えられない。

（「文芸時評」一九七一・十一）

これは世界文学の理想を日本でも共有しようとした「奴隷の思想を排す」からの後退か、前進か。江藤にとって重要だったのは、むしろ、文芸雑誌が「〝語り口〟と描写と抒情」を描く技術を鍛える余裕を失ったことである。日比谷高校の同級生だった柏原兵三が「ベルリン漂泊」でようやく開花したことを喜んですぐ、「平均二百三十という高血圧をおして、月産二百六十枚という純文学作家としては異例に多い枚数を書きつづけて」（「文芸時評」一九七二・三）亡くなる悲劇が、江藤の世代にとっての「戦後」だった。

「一中の体育館の屋根は直撃弾を受けて凹んだまま雨水を溜めていたし、教室の壁は焼けただれていた。講堂の壁はケロイド状に変質し、緑はこのあたりにきわめて稀であった」という風景を共有する柏原は、「なんにもないから、私たちはものの手ざわりをたしかめることができなかった。少なくともその手段を一瞬のうちに奪われていた。ものがなければのこるのは精神だけであり、私たちは慣性の法則によって精神的になることはいと易いことと感じていた。ただ戦時中とこのときとのちがいは、私たちが変わらなければならないと教えられ、かついくらでも変わり得ると信じようとしたことである。魔はこのときにとり憑いた。そして柏原の心に巣喰い、私の心の底のどこかにも巣喰っている」（同前）という「魔」により死に向かう。柏原と自分を「かくも貧しい者ども」という絶望を抱えた江藤が、文学より国家と政治の近代化に向かう強い衝動を持つのも必然である。

「戦後」という呼称はあまりに長く続きすぎた。私は仮に、昭和天皇・皇后両陛下が訪米した一九七五年初秋をもって「戦後」は終わり、「戦間期」のような別の時期区分を使うべきだと考えている。改憲は現実的ではなくなり、日米安保体制は前提であり、日中は国交正常化して沖縄が返還され、勝者である連合軍側との「戦後処理」は終結し、枠組みとして固定された。アメリカのディズニーランドで昭和天皇と香淳皇后がミッキーマウスと写真を撮った瞬間が、象徴的な終わりであろう。しかし、江藤が「父」の不在を嘆く主体のない社会では、「戦後」という概念は生き延び続ける。

江藤は一九七二年六月の日米関係民間会議に出席し、「終わり」の前兆を敏感に捉え、時評にも記している。

たしかにそこには、三年前の第二回会議のときとはまったくちがった雰囲気があった。参加者は日米双方ともおおむね礼儀正しく、終始もの静かで、机を叩いての激論というほどのものはほとんど一つもなかった。

だがそれは、一部に報じられたように、この会議が〝日米関係〟屋の〝サロン〟だったからでは決してない。三年前には、同じような舞台装置の上で、似たようなメンバーによって、いくつもの忘れがたい応酬がかわされた。多分われわれは、もうお互いに、口角泡をとばして論じ合うほど親しくはないのである。そして、そのことを、どの参加者も本能的に察知していたということのほうが、はるかに重要なのである。

たとえば、それは、別れることに決めた夫婦が、お互いに優しくなりあって、口数少な

くテレビを眺めている、というような状態なのかも知れない。（「文芸時評」一九七二・七）

「別れることに決めた夫婦」という形容は江藤らしいが、敗戦直後のごとく、もう日米間で「ひとつの夢」を持つことはないことが自明となる節目を経て七五年に至る。

昭和天皇は一九七五年十月三十一日の記者会見で戦争責任について問われ、「そういう言葉のアヤについては、私はそういう文学方面はあまり研究もしてないのでわかりませんから、そういう問題についてはお答えができかねます」（日本記者クラブＨＰ）と答えている。天皇の「文学」についての認識が戦後の日本文学を奇妙な形で規定していることは見逃せない。戦争について、国家に具体的な責任を追及できる世代は、書き手として精神的に安定している。とりわけ「第三の新人」は、国家に対する戦争責任の追及はほどほどに行使しつつ戦後憲法体制の繁栄を享受するという、戦争を生き延びた者の多数派の代表選手となる。

＊

一九七六年六月の時評では、江藤は村上龍の「限りなく透明に近いブルー」をほぼ全否定した。村上の小説世界が「幼児の妄想」であり、「人情に通じ」ていない点を批判しているけれども、問題はむしろ主人公が「リュウ」という名であることにある。その一点で、この小説の主人公は著者その人であるというリアリティを確保しており、江藤は庄司薫『赤頭巾ちゃん気をつけて』の「薫君」を先例として挙げているものの、むしろ、技術は段違いでも流行作家「ヨシユキさん」が主人公なのが自明だから成り立つ吉行淳之介の小説世界を念頭に置いた方がよい。

時評では高橋三千綱の「葡萄畑」が、「(冒頭写真は筆者撮影の葡萄畑)という奇妙な編集部の注」という一点でリアリティを保証している甘さも否定しており、作家でありタレントという「第三の新人」が定着させた「私」のあり方を徹底的に批判している(「文芸時評」一九七八・八)。前述の通り、吉行淳之介の「私」は本物の私小説家と似て非なるものである。世間との共犯関係で成り立つ「私」のチャチさを、村上と高橋は自明の前提として居直っている。

このような空虚な「私」が市場を賑わしてゆく文学の未来に、江藤は関心を失ってゆく。一九七八年九月、本多秋五の「「無條件降伏」の意味」を時評一回分費やして批判するというルール破りを行い、いわゆる「無条件降伏論争」を展開した二ヵ月後に二十年間続けた文芸時評の筆を断った。そして、この論争を契機に、敗戦前後の新聞のコピーを読み込んで占領期研究に本格的に着手し、七九年四月〜十月まで「諸君!」誌上に「忘れたことと忘れさせられたこと」を連載して、ウィルソン研究所のかねてからの招きに応じて渡米した。

間もなく現れたパーネル氏は、私のカードを一瞥すると、ある一枚を取り上げてボールペンでマークし、
「この辺からはじめたらいいいんじゃないかな」

といった。

見ると、それはRG（Record Group）番号三三一、〝ボックス〟番号八五六八という〝ボックス〟であった。どうしてこの辺からはじめるのがいいのか、もとより私にその理由がわかろうはずもない。とにかくここは文書係の言葉を信じるよりほかないと観念して、私はパーネル氏に、

「それではその〝ボックス〟八五六八を、持って来ていただけますか？」

と、うかがいを立てた。

一九七九年十月から八〇年六月までの九ヵ月間の江藤の占領期検閲研究を集大成した『閉された言語空間――占領軍の検閲と戦後日本』の一節である。ドキュメンタリー風に「私」の行動が描写されている部分がハードボイルド小説に登場する私立探偵のようで、読むたびに微笑をさそわれる。実際、メリーランド大学附属マッケルディン図書館にある、日本占領中に米軍検閲支隊（CCD）の検閲を受けた、七万点近くの未整理資料が収められたゴードン・W・プランゲ（元GHQ参謀第二部の戦史室勤務）文庫で、目的の資料を探し当てるためには「文書係」の力を借りるしかない。あくまで「私」の眼による認識として記すため、ノンフクションとも学術論文ともつかない不可思議な文体が採用されている。

「〝ボックス〟番号八五六八」（『閉された言語空間』）の雑多な文書の中には、「マッカーサーの参謀第二部長チャールズ・A・ウィロビー少将が、参謀長エドワード・M・アーモンド少

将に宛てた長文の覚書の草案」（同前）、いわゆる「ウィロビー覚書」などがあり、検閲がワシントンの統合参謀本部の命令に基づいて実施され、「合衆国検閲局」という政府機関が存在したことを知る。江藤は「昭和五十四年（一九七九）十月二十四日は、私の検閲研究にとって、一転機を劃した日」（同前）というが、彼の地で誰も顧みることのない文書を読み込む批評家の姿は、さぞかし異様だったはずだ。

賀茂道子は『ＧＨＱは日本人の戦争観を変えたか――「ウォー・ギルト」をめぐる攻防』などの新しい研究により、江藤がＧＨＱ民間情報局（ＣＩＥ）の「ウォー・ギルト・インフォーメーション・プログラム（戦争についての罪悪感を日本人の心に植えつけるための宣伝計画）」（注／江藤表記）の実施されなかった段階をもって評価していたことを指摘している。しかし、資料が公開された段階での調査と、何ひとつ手掛かりのなかった四十年前の江藤とを同等に論じることはできない。

「保守論壇」では「ＷＧＩＰ（War Guilt Information Program）」による日本人「洗脳」説が語られ続けている。しかし、『終戦史録』『占領史録』に集成された膨大な資料に裏付けられた江藤の研究に「歴史修正主義」に結びつくような要素はない。徐々に公開が進められていた新資料に裏打ちされた、日米関係の歴史をより正しい姿に近づけるための再検証だった。ポツダム宣言に立脚して、敗戦国でありながら国際法に則り主権を守りつつ、粘り強く交渉を続けてゆく日本側。米大統領ルーズヴェルトが南北戦争の前例を踏まえて考案した、一切の交渉抜きで一方的に日本の管理を行おうとする「無条件降伏」方式を、「検閲」により主体を秘匿しつつ交渉を進める強権的なＧＨＱ側。そのせめぎ合いには胸が熱くなる。

日米安保条約とセットの憲法第九条により交戦権を奪われたものの、軽武装・経済重視の「吉田ドクトリン」で逆手に取った時期を、江藤は「三島由紀夫の自裁にはじまり、〝繁栄〟のなかに文学が陥没し、荒廃して行った九年間」（『閉された言語空間』）とみる。そして、「私は、自分たちがそのなかで呼吸しているはずの言語空間が、奇妙に閉され、かつ奇妙に拘束されているというもどかしさを、感じないわけにはいかなかった」（同前）という直感に従ってアメリカまで乗り込んだのは、江藤が吉本隆明との対談で語った通り、あくまで「文学の問題」だった。それにしても、日米のどちら側からも歓迎されない上、厖大な労力と時間を必要とする研究に没頭するなど、普通では考えられない。

加藤典洋は『アメリカの影』で、江藤が論争の前に「無条件論争」という言葉を使っていたと指摘する。しかし、月々の文学作品を読むうちに「言語空間」の変質に気づいてゆき、その理由を探るうちに占領期の問題に辿り着いたのだから、むしろ、認識が変わっていて当然だろう。私も文芸時評を片手に諸作品を読むうちに、作家が自己を確立した時期によって、文体や発想に画然とした差があり、江藤・三島・大江のような過渡期的な優れた書き手はいても、「戦前」と「戦後」の間には大きな溝が横たわっていることを疑えなくなった。現実に、志賀直哉の世代や、弟子の尾崎一雄のような「声」を備えた文章を書ける作家は、戦後において出現していない。

「作家たちは、虚構のなかでもう一つの虚構を作ることに専念していた。そう感じるたびに、私は、自分たちを閉じ込め、拘束しているこの虚構の正体を、知りたいと思った」（同前）という〝江藤探偵〟が発見した「犯人」は、《日本国民は、恒久の平和を念願し、人間相互の関係を支配する崇高な理想を深く自覚するのであつて、平和を愛する諸国民の公正と信義に信頼して、われらの安全と生存を保持しようと決意した》という「一九四六年憲法の前文に描き出されている世界像は、CCD当局がつくり出したこの虚構の世界像と完全に一致」（「一九四六年憲法――その拘束」）していること。しかも、大日本帝国憲法と「一九四六年憲法」がありもしない「八月革命」によりシームレスに接続され、その欺瞞に充ちた制定過程が明らかになっても、憲法前文の「虚構」が「不磨の大典」として君臨し続けていることである。

柄谷行人は、敗戦後の「検閲」が自明のことと受け入れられ、江藤が提起した問題にみなが無関心であることに「不審」を抱いている。そして、柳田國男の『氏神と氏子』への占領軍当局の検閲が川村二郎のいう通り「無知かつ愚鈍」だと同感した上で、「『氏神と氏子』に対する検閲にみられる独特の〝隠微さ〟は、当の検閲官が自らのやっていることの意味を知らないということにあり、この「無知」は「知的能力」とは関係がない」（「検閲と近代・日本・文学」）という。「戦後日本の「言語空間」が閉ざされているとしても、その「外」に立っている者もやはり「内」に閉ざされているのである」（同前）という柄谷の指摘は見逃すことができない。

＊

さて、ここから私が江藤の最高傑作と信じる『自由と禁忌』（一九八四）を論じる。しかし、この評論は基本、腫れ物に触るような扱いしかされていない。同時代文学をほぼ全否定している上、前提となっているのが「江藤淳隠し」（中上健次）の原因となった悪名高い占領期研究であるから、文壇的には自然な反応である。しかし、四十年近く前に読んだ時から、『自由と禁忌』における江藤の議論の感触が、ずっとある真実味を伴って私の胸中に残り続けてきた。

本稿は、江藤がなぜ、顔見知りで高く評価したこともある作家まで激烈に批判したのか、その理由を考えるために書き始めた。そして、「文芸時評」を読むことにより、全否定への衝動は七〇年代初頭から蟠《わだかま》っており、激情を内に秘めつつ社会的名士として行動し、知識人として国家に意見するにより抑制していた経緯が見えてきた。『自由と禁忌』を論じる前に、私が初読した頃の雰囲気を思い出しておこう。

蓮實　江藤淳が素晴しいと思うのは、彼がその時自分が読んではいけないような人の本ばかりを選んで読むという才能があることです（笑）。エリクソンにしてもバフチンにしてもそうだし、いま読んではおかしいはずの言語学を始めてソシュールまでいく、そして中上健次にまでソシュールを適用するというようなことになるでしょう。江藤さんによれば、中村光夫もよく間違えるんだそうだけれど、江藤氏自身も驚くべき間違える人なわけですね。その間違え方がぼくは決して嫌いじゃあない。ほとんど病理的な間違いをするんだから。（略）同時代の大江健三郎を擁護しようという意図そのものが間違いのような気がする。つまり、どこかにもっと好きな対象があるし、それにふさわしい語りかたの方を好んでいるはずだといったことを感じさせるところが、ぼくは好きなんです。彼の文体論が当時の文壇にある程度受け入れられたというのはそうした一連の間違いによっているんです。つまり新しかったけれども安心できたわけですよ。

「季刊思潮」第七号（一九九〇・一）の蓮實重彥・三浦雅士・浅田彰・柄谷行人の座談会「昭和批評の諸問題 1945-1965」の発言である。古証文を引用していちいちあげつらうつもりはまったくないが、座談会では蓮實に追随する浅田彰と三浦雅士の、近代批評の歴史を自分たちが総決算しているというような自信に満ちた発言には正直驚かされてしまう。江藤の占領期研究については話題にも上らない。

次号（第八号、一九九〇・四）での、竹田青嗣・笠井潔・絓秀実・島弘之の座談会「ロマン主義批判の帰趨」の、新左翼からの転向者である笠井の発言には計らずも本音が出ている。

笠井　……去年からスタンスに重大な変化が生じてきた気もする。ぼくは長いことマルクス主義と刺し違えるのが、つまるところ自分の人生なんだろうと、他の面白そうなことをすべてを断念していたところがある。観念批判と、と言ってもいい。不毛な人生だと思うけど、そこにつき合いきるのが自分の倫理みたいに思っていた。でも、とにもかくにもマルクス主義の真理国家＝収容所国家という人類史上最悪の災厄は、どうやら消えてなくなりつつある。（略）荒正人じゃないけど「第二の青春」だよ、まったく。

もちろん、当時の笠井潔を決して嗤うことはできない。私も含め、つまるところわれわれは「冷戦構造の崩壊」をコジェーヴ／フランシス・フクヤマ的な「歴史の終焉」と捉えた上でEU的な「理性の勝利」を歓迎し、日本の繁栄も永遠に続くと無邪気に信じていた。座談会で絓の「今日は江藤淳の話が出なかった」という発言に対して一番若い島は「このあいだ『全文芸時評』を一行残らず読んだ。あれは、あの人の一番いい本じゃないかと思った。明らかに優れている。あれだけは材料がないとできません。もう空前絶後」と発言していて、冷静な判断が目立つ。しかし、『〈感想〉というジャンル』という小林秀雄論で世に出た島は、批評の筆を折って早逝した。

＊

『自由と禁忌』は文芸時評を辞めて四年後、雑誌「文藝」に一九八三年一月号から連載が開始された。江藤は「日本に戻ってみると、緑の多い町から帰って来たせいか、都心のマンションに住いが急に嫌にな」り（以下断りのない引用は『自由と禁忌』）、「借金して鎌倉西御門の、旧里見弴邸の裏手」に家を建てて引っ越した私事から書き起こした。江藤四十八歳。大久保、鎌倉、王子、練馬、吉祥寺、下目黒、麻布、アメリカ留学、仮住まいを経て市谷という転居を経て終の棲家に至ったわけだが、東京生まれの子のいない夫婦にしては目まぐるし過ぎる。私は江藤が「遺言執行人」を自任していると書いてきたが、内面にエネルギーを保ちながら持続できていたのかどうか、「生き埋め」前後の時期については疑わしい。無意識のうちに、子供の頃、結核の転地療養が成功した土地の力を借りようとした印象を受ける。

連載は時評の形をとり、最初の章で取り上げたのは『裏声で歌へ君が代』（傍点江藤）だった。江藤の議論は、一九八二年八月二十五日の発行日から一月弱で「朝日新聞」「読売新聞」「毎日新聞」「東京新聞」「日本経済新聞」「サンケイ新聞」で各紙に「好意的挨拶が掲載されたという新作小説」は、「ほとんど類例を思い起すことができない」という出来事から語られる。

九月十九日付「朝日新聞」朝刊「第一面」（傍点江藤）に掲載された百目鬼恭三郎編集員の論説には「《作家丸谷才一氏の『裏声で歌へ君が代』（新潮社）が、発行後一カ月足らずで十二万部出ているという。人気作家が十年かけて書き下ろした長篇小説のことだから、このくらい売れるのは何の不思議もないけれど、いまの文学状況の中にこれを置いてみると、思いのほか大きな意味をもっているようだ。……云々》」とあり、タイトルは「小説の分化」だからまさに横光／平野理論の「純文学にして大衆小説」の具現でもあった。

『自由と禁忌』の論旨を辿りながら、二〇二四年時点の出版業界の「模範」は、丸谷才一が

『裏声で歌へ君が代』で実現した地点であることを迂闊にも再確認する。もちろん、読者を選ばぬ読みやすさと題材の広がりが求められるわけだが、二〇一二年の死から一年で刊行された全集の「とにかく面白く、知的冒険に満ちた小説。通説を排して尖鋭、古今東西縦横無尽の評論。常に日本の現代文学をリードし続けた丸谷才一氏の仕事」というコピーは実践されてはいた。

江藤の丸谷批判は、次の一節に尽きている。

「……『裏声で歌へ君が代』の世界を支えている言語空間が、今なお占領軍民間検閲支隊（Civil Censorship Detachment, CCD）が規定した三十項目の検閲指針の枠内に、ほとんどそっくりその儘収っている、という事実である。（略）「今の日本」は、「偶然」に「何となくかうなつてしまつ」て、「ただ存在」しているのではない。一面からいえば、アメリカを代表する占領軍当局によってこのように「存在させられている」のであり、他の面からいえばだからすでに「存在していない」ともいえるのである。」

「閉された言語空間」の中での与えられた「自由」を露ほども疑わず、その優等生として作品を生み出す丸谷は、読者の抵抗を惹起する「他者」をひたすら排除し、常に代替可能の世界を演出してゆく。しかし、読者も「閉された言語空間」の住人であるならば、自分の使う言葉と同質という安心感を持つだろう。江藤にとってそれが「文学」でないことはいうまでもない。

続いて論じられる小島信夫は、江藤が『抱擁家族』を絶賛した作家であり、野間文芸賞を受賞した大作『別れる理由』はその続編にあたる。江藤は、《他人のは盗ってもさ、自分のは盗られたらいやだというのは、エゴイズムだけどさ》（傍点江藤）という二篇を通した切実なモチーフが、「アメリカ」を象徴する間男の「ボッブの顔」が作中でいつの間にか忘れられて、「叙事詩の原型《アーケタイプ》を、間断なく個人的な言葉《パロール》に変えるという奇妙な作業に耽溺している」うちに、「この小説の読者が、文壇の内外を通じて、ほとんど一人もいなくなっていた、という事実」に逢着する過程を分析してゆく。

小島ほどの作家だから、稀に「宇宙の根源が人倫の大本につながる世界、作者と永造の言葉を取り巻いている社会的諸制度《アンスティテューシオン・ソシアール》の底にひそむ渾沌から生じた、一つの限りない「悲しさ」」が出現する瞬間が何度か訪れる。しかし、「閉された言語空間」の制約を受け入れながら「他者」を描き「小説」を成立させようとする小島の努力は、空転せざるを得ない経過が執拗に明かされている。

大庭みな子の『寂兮寥兮《かたちもなく》』は、題名を『老子』の言葉から引用した小説である。江藤は大庭が「小説は、少くとも分節化され、「名」をあたえられた世界の存在を承認するところから出発しなければならないが、『老子』の世界ははじめからそれを拒否している」にもかかわらず、「登場人物に単なる「名」、つまり固有名詞をあたえるかわりに、『老子』的な「名」をあたえることができるという錯覚から出発」したと指摘する。

江藤は谷崎潤一郎の『鍵』が「まず固有名詞によって分節化され、時間と空間に制約された世界を描くところからはじめ」て、「「私」の背後から、人倫の世界のパラダイムに制約されていたときにはついぞ見えなかった「我れ」の真の相貌」を、「おびただしいエネルギー」を費やしながら描き留めたという。谷崎が「禁忌」を超えたのにたいして、大庭が「道」の世界が、人倫の世界の彼方に垣間見るべきものとしてではなく、なによりもまず作品を拵え上げるための観念的鋳型として、用いられている」ため、「不可思議なエネルギーの欠如を脱却することができ」ない。

占領期研究だけでは浮かび上がってこない、同時代文学における「閉された言語空間」の実在を立証しようとする江藤の手さばきは見事で、ぜひ『自由と禁忌』を読んで頂きたい。あえて簡略化したが、議論をつなげるならば、丸谷は別として、作中でギリシア神話や『老子』の力を借りた小島や大庭は、山口昌男の文化人類学に接近した大江健三郎の手法と近接している。しかし、前述の通り、「晩年の仕事《レイト・ワーク》」で初期の不穏さを取り戻した大江は、江藤の批判をやり過ごしつつ、ずっと「他者」との接点を保持し続けていた。

*

中上健次『千年の愉楽』は、『自由と禁忌』で唯一、高く評価されている小説である。

裏山の雑木の繁みを風が渡り戸板に当って音を立てているのを耳にするとオリュウノオバはいつもこの狭い井戸のようにぬかるんだ路地に冬が来たと知り、路地に子を置いて新天地に出ていった者らの住みついたブエノスアイレスにも冬が来て路地と同じだというゲットウでも、風が葉を吹き散らし舞い上げ、一瞬の幻の黄金の鳥のように日に輝き眩ゆくきらめく葉を嬲るように飛ばしているのだろうと思うのだった。オリュウノオバは眼を閉じ、風の音に耳を傾けてさながら自分の耳が舞い上った葉のように風にのって遠くどこまでも果てしなく浮いたまま飛んでいくのだと思った。見るもの聴くもの、すべてがうれしかった。雑木の繁みの脇についた道をたどり木もれ陽の射す繁みを抜け切ると路地の山の端に出て、さらにそこをふわふわと霊魂のようになって木の幹がつややかに光ればなんだろうと触れ、草の葉がしなりかさかさと音が立てば廻り込んでみる。それはバッタがぴょんととび乗ったせいだと分かって、霊魂になっても悪戯者のオリュウノオバはひょいと手をのばしてバッタの触角をつかんでやる。

（「天人五衰」）

「「路地のただ一人の産婆」で、この「路地」に生れて来る子供たちを、一人のこらず取り上げている」オリュウノオバの語りによって成立した小説は、文字ではなく声によって記憶された物語である。「路地」は「道徳の彼岸を容認する声を含む場所」であり、「濃厚に宗教的な空間」であり、なおかつ「文字に書き記された歴史を否定しつづける、共時的なパラダイムの上に構成された空間」である。

本居宣長は、「「言伝《コトヅタ》へ」、つまり声による分節化によって伝えられる日本の物語とは、まず「ココロ」、あるいは「真心」によって語られるものでなければならない。いや、「語」られるというよりは、むしろ「謡」われるものでなければならない」といい、江藤は『千年の愉楽』が宣長のいう「言伝へ」の要件を充たしていることを指摘し、「根柢的な近代の否定、そして戦後の否定」と評価する。
『千年の愉楽』は中上健次の小説の中でも、「閉された言語空間」の外側にある例外的な作品であることは読者ならば周知であろう。私が注目したいのは江藤の中上論の部分の結びである。

中上健次氏は、ロードのいわゆるcomposition during oral performanceを、オリュウノオバの沈黙の声を聴きつつ文字によっておこなった。それはいわば音楽の採譜に似ていると、私はいったが、この妙なる音楽が採譜され、楽譜に定着された瞬間に死ななければならぬ運命にあることもまた、指摘して置かなければならない。
「路地」の物語は、作者によって記録されることによって、死んだ。それは、現代小説が決して獲得することのできない言語空間を切り開いたが、文字に記録された口承文学は決して再び生き返ることはない。そして、それとともに、「路地」もまた消え去ったのである。

この認識がいかに正確だったか、私は後に知ることになる。

……禮静《れいじょ》さんは、久松爺と言う、僕の祖父の弟なんや、松根禮吉言うて五男なんですわ。

小説では礼如だが、路地では禮静、レイジョさんで通っていた。得度するまで、靴職人しとったんですけど、久松爺が禮静さんなど使って靴を作らしていたんですが、若いときに。禮静さんは、いわゆる毛坊主、お寺をもたない坊さんだった。路地を回って参ったわけね。月参り、たまには説教語りもした。レイジョさん、レイジョさん、言うて。しかし、几帳面な人で、緻密に日記書いたり、写真も得意でね。その頃の写真というても、ほとんど誰もやっていなかった。健次は、禮静さんの日記どうしても手にいれたいと、必死になっとったが、見付からなかった。禮静さんは、子供に仏の道を教えるんでも、クラブでもって歌を作って、リズムをつけて歌で教える。子供に歌唄いながら教えた。おとなしい人でね、オリュウノオバというのは、はしかいというか、頭の良いね、路地の人の祥月命日など全部覚えていた。（略）

健次と、オリュウノオバに話聴きにいった日、そのときに、帰りに石段があってね、降りながら、「オジよ、こりゃ、オリュウノオバのこと聴きやったらね、柳田国男もふっとぶぞ」って。「ふっとぶ」ということば言うたね。学問も何もないのに頭が凄く冴えとるし、いわゆる産婆をしたというのはフィクションですね。

一九九四年二月に発行された「熊野誌」第三十九号の松根久雄への聞き書き「中上健次との体験」（聞き手・構成　辻本雄一）の一節である。松根氏は新宮で靴屋を営む俳人であり、句会で中上と知り合って、『紀州――木の国・根の国物語』の取材にも同行し、七八年に部落青年文化会が組織されて連続公開講義が始まり、その途中で当時八十五歳だったオリュウノオバも紹介した。松根氏が「絶対に語らないと言っていたその固い口を開いた」（辻本）唯一の記録である。

「聞き書き」を引き写しながら、松根氏の語りの口調そのものが中上健次の文体と重なってくる。つまり、中上の作品はガルシア＝マルケスなどと同じく「話」の聞き書きを文学化したものであり、その手法を江藤はほぼ言い当てていた。ウィリアム・フォークナーを参照しつつ、「路地」を生きた「オリュウノオバ」の「声」を文学化できるのは、その消滅を目前にした中上健次の世代にのみ可能だった。もちろん、当時でもすでに失われていた「クレオール」を蘇らせる仕事は苦痛と困難に充ちたものだったはずだが。

「日本が「路地」とともに消え去ったとき、再び作者（中上）の前には、「仮の名」に充たされ、「真心を失」った現代の、とりわけ戦後日本の荒涼とした風景が拡がったのであった」という江藤は、「路地の消滅」以後の中上の困惑も見通している。『紀州――木の国・根の国物語』や『熊野集』で「路地」を取材していると明かしているとはいえ、恐るべき文学的洞察力である。

『自由と禁忌』は、吉行淳之介が人工的な「禁忌」を〝甘美〟なものと錯覚することにより〝戦後民主主義者〟に伴う「制度」の中心に位置する人となり、安岡章太郎の『流離譚』が同じ幕末から明治維新にかけての時代を扱う島崎藤村の『夜明け前』と違って、「地理のない歴史」であることを指摘して結ばれる。吉行も安岡も、小説の語り手は作者自身と重なるけれども、世界を自分に都合のいい方向からしか見ておらず、江藤のいう写生文的なリアリズムからは遁走している。江藤にとって「第三の新人」は時代を読むリトマス試験紙のような作家だった。

ちなみに、『夕暮まで』の連作については、時評では作品世界を成り立たせる吉行の技の冴えを高く評価しており、「一時期を画する代表作」と評している。ベストセラーになると予見しているようで、批評家としての勘は狂っていない。にもかかわらず「性の小説であることによって制度の小説となっている小説」(『自由と禁忌』)と批判していて、『成熟と喪失』や『自由と禁忌』が、コンセプト性の高い作品であることがよくわかる。

そして、中上ですら「日本」を失ったという虚無を前にして、同時代人が江藤の批評を黙殺し「生き埋め」にするのもまた、当然の反応であった。

＊

『閉された言語空間』は、江藤が七〇年代の始め頃から感じていた文学作品への違和感と、「奴隷」化から逃れようとする苦闘の帰結だった。「制度化」してゆく文学に耐えられなくなって時評を止め、アメリカでの資料の読み込みにより、ついに「占領政策」という元凶を見出す。そして、「押し付け憲法」問題や、「八月革命」説の隠蔽・忘却や、はてしない解釈改憲などにより起源が錯綜して手がつけられない「戦後」への怒りも重なる。

「有事」になった際、いちいち現場指揮官が法律的問題をクリアしながら対応しなければならない、という警察予備隊由来の厄介さは変わらず、安全保障は憲法の外にある「日米安保条約」頼みという状況は、深刻さを増している。ＧＨＱが事前検閲を事後検閲に変えたことによる「検閲の内面化」は、日本側も継続して似た情報統制を行うという形で引き継がれて影響を及ぼし続けている。

たしかに、日本の「戦後」がアメリカの占領政策によって規定されているのは間違いない。しかし、江藤が批判する多くの問題は、占領政策だけによって惹き起こされた事態なのだろうか。たとえば、戦中も「大本営発表」のような形で情報統制が行われていたわけで、「検閲」は常態である。むしろ、アメリカの変化の方が大きいのではないか。ぎりぎり「戦勝国」の余裕を守れた朝鮮戦争を経て、ベトナム戦争により遅れてきた「戦後」を迎えて、アメリカは先住民の征服や黒人奴隷という原罪を、江藤流にいえば「思い出し」始めた。そして、抜本的な歴史観によって国家を運営する「主体」を失ったアメリカもまた、「閉された言語空間」に入る過程にあったのではないか……。

すでに free という語で見てきたように、異端の意味をかつて担っていた語が便宜上残された事例もないではないが、それはその語から望ましくない意味がきれいに排除された場合に限られる。free の他にも、「名誉 honour」「正義 justice」「道徳 morality」「国際協調主義 internationalism」「民主主義 democracy」「学問 science」「宗教 religion」などといった語が数え切れないほどあっさり姿を消した。それらの代わりに少数の包括的な語が使われ、そのように使われることによって、そうした語を消し去ったのである。例えば、自由や平等といった概念を中心にしてそのまわりに位置していた語はすべて、「犯罪思考」というただ一語に包摂され、また、客観性や合理主義という概念を取り巻いていた語はすべて、「旧思考」という一語に包摂された。精密さの度が増すのは危険だったのである。

（ジョージ・オーウェル『一九八四年』高橋和久訳）

一九四九年、オーウェルの最後の著作『一九八四年』の「附録　ニュースピークの諸原理」の一節である。第三次世界大戦の後、独裁者「ビッグ・ブラザー」に支配された一九八四年の「オセアニア」公用語が「ニュースピーク」であり、その特徴は「閉された言語空間」で使われる言葉とぴったり重なる。オーウェルが『一九八四年』を書いた意図は、必ずしも「反共のプロパガンダ」ではない。

トマス・ピンチョンは解説で「オーウェルは自分が〝反体制的左派〟の一員であると考えていた。これは基本的に英国労働党を意味する〝公式の左派〟とは一線を劃《かく》す立場である。彼は第二次世界大戦の始まるずっと以前から、労働党員の大部分が、すでにとは言わぬまでも潜在的には、ファシストであると看做《みな》すようになっていた。労働党とスターリン政権下の共産党との間に類似性が見出せることを多少とも意識していたのである」といっている。総力戦体制はファシズム的であり、各国とも戦時体制が残ったまま戦後へ移行した。イデオロギーの左右を問わず、総力戦体制を維持したまま、権力の維持を目的とすれば必然的に全体主義国家と似てしまう。

オーウェルは「〝二重思考《ダブルシンク》〟」を救いとした。しかし、「ヒューマニズムを基礎とした議論をほとんど無効にしてしまったのは、もちろんテクノロジーの進歩である」とピンチョンがいうとおり、〈ビッグ・ブラザー〉はＡＩのようなものに姿を変えてすでに世界を掌握しつつある。

ヒトラーやスターリンのような独裁者なしで、自由主義国家であっても、ソフトなファシズムは形成される。アウシュヴィッツやスターリン時代の収容所がなければ、倫理的に非難されることはない。

三島由紀夫が「果たし得てゐない約束」で示した「このまま行つたら「日本」はなくなつてしまふのではないか」という絶望や、文学が「声」を失って「「言葉」も「ふるさと」も、占領中夥しい外圧によって変質させられ」、「「やすらかに長高《ケ》く、のびらかなるすがた」」（『自由と禁忌』）を示し得なくなっている状況は、すなわち『一九八四年』的世界の顕現である。

＊

浅田彰は「中上健次を導入する」（「批評空間」第十二号、一九九四・一）という邦題のモントリオールのマックギル大学で開かれたシンポジウムの講演において、このような発言をしている。

「路地」という、文字以前の、またその意味において歴史以前の空間において、官能的にして暴力的な神話的物語が永劫回帰のように反復される、というわけですね。『地の果て至上の時』の残酷な枯渇を否定した批評家たちは、逆にこの『千年の愉楽』の豊かな神話性の回復を歓迎した。江藤淳にいたっては、本居宣長の夢見た文字＝「漢意」以前の真の神話的日本がここに再現されていると言って、感涙にむせぶありさまだった。

九〇年代らしい江藤批判が集約されている。そして、同誌に併載されている共同討議「中上健次をめぐって」では、次のようなまとめを試みている。

小説に対する物語、あるいは歴史に対する物語として、中心に対する周縁とか、近代的な表層に対するアジア的な深層とかいう物語があって、その物語さえ語っていれば、日本であろうが、韓国であろうが、フィリピンであろうが、すべて通じ合えるという図式化された共同幻想があると言えばあると思う。一つの読み方は、中上健次が本気でそういう図式から出発しながら、しかしいかにそこからずれていったかを見ていくことです。

リアリズム作家として出発した中上健次は、柄谷や蓮實や浅田などから同時代批評を吸収することにより、作品世界を広げていった。しかし中上は「この日本において、差別が日本的自然の生みだすものであるなら、日本における小説の構造、文化の構造は同時に差別の構造でもあろう」(『紀州――木の国・根の国物語』)といい、「紀伊半島で私が視たのは、差別、被差別の豊かさだった。言ってみれば「美しい日本」の奥に入り込み、その日本の意味を考え、美しいという意味を考える事でもあった」(同前)という作家だった。

晩年、昭和天皇の崩御の直前の、岡野弘彦との対談での「ぼくは天皇というのは神だと思いますよ」(「天皇裕仁のロゴス」「文學界」一九八九・二)という発言に代表されるように、「右傾化」が懸念された中上に対して、浅田は「反天皇制」の立場からの読解を続けた。大江健三郎と同じく、山口昌男の「中心と周縁」理論を援用することは止めるべき、と叱責する蓮實重彥とともに、外国語をスタンダードにする二人の批評家は中上を穏当な「共和制」作家に落ち着かせようと誘導している。

「八二～三年という段階において、モダンな小説の原理の自壊、そしてそれと裏腹の関係にあるポストモダンあるいはポストヒストリカルな物語の永劫回帰」(「中上健次を導入する」)を体現しているという浅田の図式は依然として正しい。しかしあれから三十年が経ち、ここまで混沌とした、中上の「神話的世界」に先祖帰りしたような状況が待っているとは。

柄谷行人や浅田も指摘する通り、中上はその作品により「ポストヒストリカル」な世界を先取りしていた作家だった。しかし、ヘーゲル的な歴史が終わった世界に近代的理性は通用しない。それゆえ、モダンな理性の存在を前提とするポストモダン社会も成立しない。柄谷は中上の死とともに「日本近代文学の終り」を宣告し、二〇二三年、先行世代の大江健三郎の死により、「終り」を再び確認することになる。

今から振り返ると、「路地」が消え去ったと同時に「すでにして他界であるような日本」が消えたと捉えた江藤の批評が、常に本気だった中上健次という作家に最も自然な形で寄り添っていた。『日輪の翼』のオバが乗るトレーラーが「路地」となり「遊牧」の表象となる、というような当時真顔で語られていたポストモダン的なヴィジョンはただの苦し紛れだろう。自動車が「路地」になるはずもない。

*

「日本でものを書く限り、天皇というものを考えざるを得ないんだけど、じゃ天皇が崩御したときに文学者は挽歌をうたえるかどうかという問題とか、そういうことが起こってくると思う。これは左翼・右翼関係なしにね」（『火の文学』）という中上健次は晩年、はたして「右傾化」していたのだろうか。中上文学は、日本の物語には定型があり、必ず子供（＝皇太子）の視点で語られ、親（＝天皇）の視点で書かれたものはひとつもない、という認識から出発していた。

芥川賞受賞直後の座談会でも「戦後文学は、軍隊にわたしはインテリとして行って、こんなふうにダメにされました。あるいはこんなふうに傷を受けましたっていうことばっかりじゃないか。日本軍は満州に行ったり朝鮮に行ったりして侵略して、めちゃくちゃなことやってるわけじゃないか」（「われらの文学的立場」「文學界」一九七八・十）と放言し、小説は親（＝加害者）の視点で書かれなければならない、と林京子の原爆被害者の文学を否定する。

同席した三田誠広、津島佑子、高城修三、高橋三千綱には啞然とされるだけで、真意は通じなかった。

岡野との対談では、中上は「親」である天皇が歌をつくっていた歴史を重視する。「文化の文脈に置いて、天皇は神だと思う」というように、三島由紀夫の「文化防衛論」と近い立場にたち、「昔のファナティックな国粋主義」の文脈は退けている。中上は『宇津保物語』などを読み込むことにより、日本の物語がなぜ父（＝天皇）が主人公にならず、私生児や孤児が主人公の貴種流離譚になるのか、小説や批評の実践を通じて考え続けていた。大逆事件と「路地」が原点である中上の天皇論は単線的ではない。

丸山眞男は「歴史意識の「古層」」（『日本の歴史』第六巻「歴史思想集」解説・第一集、一九七二）において、本居宣長の『古事記伝』の「理《ことわり》」を手がかりにして、日本の「古層」にある「つぎつぎになりゆくいきおひ」という「執拗な持続低音《パッソ・オスティナート》」を聞き取り、「なる論理」に従い、「どこまでも（生成増殖の）線型《リニアー》な継起」があり「およそ究極目標などというものはない」という特徴を見出している。記紀神話は、ユダヤ＝キリスト教系列の世界創造神話を典型とする「つくる論理」と対照的な系列に属することになるわけだが、丸山の日本論の到達点は「父」が物語の主人公にならない国という中上の分析と重なり合う。

中上と丸山の議論は「日本語への回帰」と考えることができる。江藤が「リアリズムの源流」において、虚子の「写生文」のリアリズムを発見したのも、二人と軌を一にした進展である。その系譜に小林秀雄の『本居宣長』を加えることもできるだろう。そして、江藤のいうように、最後の拠り所である日本語が「地理も歴史も奪われた」「人為的言語空間」（『自由と禁忌』）に堕しているならば、文学がかつてのような「声」を取り戻すことは不可能ということになる。

その意味で、柄谷行人が「文字論」で日本語が「漢字仮名交じり」文であることの意味を問い、「外のものに「抑圧」されないような「排除」の構造をもっている」根拠が「文字の表記法」にあることを示して、小林／江藤の問題系を外側からの視線で相対化していることは見逃せない。近年の柄谷はかつての「美文」を捨て、翻訳を前提にした主語述語の関係がはっきりしている平易な文体を選択しており、日本語の新しい可能性の一端を示している。

中上健次は近年、たとえば宇佐見りんに文学史上の英雄のような存在として再発見され、あの「神話的物語」空間を成り立たせた技法が文学的に「善用」されている。渡邊英理の『中上健次論』は、「(再)開発文学」という造語を視座にして、世界的なマイノリティ解放闘争の中に位置づけ、生きた中上を知らない世代がその文学をどう継承してゆくかという切実な想いが伝わってくる力作だった。しかし、中上の思考は「植民地主義的な関係様式」という図式には収まり切らない。宇佐美も渡邊も、中上が直面していた「日本語」作家の宿命、という認識には届いていない。

江藤は時評を終えた時、自らが携わっていた二十年間を「社会の不可欠な一部分を形づくっていた文学が、いつの間にかその片隅に追いやられ、自らを閉して行く過程だった」と分析し、「昭和四十五年秋の三島由紀夫の自裁、昭和四十七年春の川端康成の自殺という二つの象徴的な事件を経て、オイル・ショックの余波が収った頃になると、文学は明らかにカルチュアの座から滑り落ち、サブ・カルチュアの一隅に低迷していた」と総括した。よく引用されるこの一節は、実は柄谷の「日本近代文学の終り」での主張と似ている。

柄谷が終わったという「日本近代文学」は、江藤のいう「カルチュアの座」と重なる。江藤は「サブ・カルチュアの一隅」というものの、マンガや映画やテレビなど、別の何かが「カルチュア」の座に上昇したわけではなく、すべての文化現象が「サブ・カルチュア」になったことを意味する。柄谷も強調する通り、小説や評論も今後も粛々と書かれ続けるだろう。その状況下で作り手は、消費者の嗜好に合う商品を提供する労働者として振る舞うしかない。

文芸産業の現場では、作家の歴史性と精神を捨象した様式化が進んでゆき、無頼派作家の生き方もファッションとして消費され、「写生文」のリアリズム精神も喪われてゆく。外部を失った「超管理社会」である「閉された言語空間」の「法（＝制度）」の言語からは、個人の身体は必ず置き去りにされる。身体の反逆により「声を挙げて」発生する言論戦を見るたびに、「制度」と「個」の間の言い分の隔たりの大きさに胸が痛む。「閉された言語空間」では、「自然」はただの剰余であり、不確定な変数にすぎない。死も忌むべきものとして隠蔽されて聖なるものは顕現せず、「制度」と「身体」の言語体系は決して交わることはない。「閉された言語空間」は、生成AIが作成した文章をBOTが吐き出し続ける無人の空間により、ひとつの完成形に近づきつつある。SNSにより「不規則発言」が一気に拡散するのを防ぐため、さまざまな弁明をも無に近い紋切型を選ぶしかないならば、人間がいようがいまいが同じである。無限の順列組み合わせを駆使することにより、意味らしきものが与えられた言葉だけが行き交う世界に「文学」は拮抗し得るのか。『自由と禁忌』の問題意識は、より尖鋭化した形で文学の根底を大きく揺るがしている。

思い返してみれば、左翼作家たちはみな「マルクス主義」という「閉された言語空間」に囚われていた。小林秀雄も、江藤淳も、そして柄谷行人も、マルクス主義ではなく、「生きたマルクスを見よ」と説く。

第十章　名辞以前の世界へ

一九七七年八月の文芸時評を、江藤は東南アジアの旅の記憶から書き始めている。その十年前、マニラ空港に寄港し、次のような体験をする。

……生まれてはじめて南十字星という星を見て、異様な戦慄を覚えた。その不気味な星座は、本当に十字架の形をしていて、熱帯の暗い夜空の中天にかかっていた。フェルディナンド・マジェランもこの星を見たのだなと、そのとき私は思った。

同じ旅の帰途には、飛行機が珊瑚海の上空を飛んだ。よく晴れた日で、私は飛行機の窓に顔を押しつけて美しい紺青の海を眺めていた。すると、突然その海の底から、無数の泡のようなものが湧き上がって、私のほうに立ちのぼって来るような幻覚にとらわれた。それはもちろん、このあたりの海で死んだ日本人たちの魂にちがいなかった。

それよりさらに数年前、アメリカを引き揚げてヨーロッパ回りで帰って来るとき、ラングーンの空港で一時間余り飛行機の整備が終わるのを待っていたこともあった。じりじりと暑い午後で、そよとの風もなく、物音ひとつしないような静まりかえった空港であった。

所在ないままに、窓の外をぼんやりながめていた私は、そのときにわかに繁茂した樹蔭のあたりから、眼に見えない多くのものたちがこちらを見ている、という想念にとりつかれた。それもまた、おそらくわれわれに親しい死者たちの視線以外のものではあり得なかった。


江藤は東南アジアを「いつも死者たちが現存している場所」と呼び、「〝父母未生以前〟に対するちかしさ」を感じるという。「戦争の記憶にすら公認の記憶と記憶していてはいけない記憶があり、記憶の総体を回復する作業はまだどんな文学者によっても着手されているとは思われない」という、お馴染みの「戦後」批判が展開されてゆく。

しかし、改めて体験の描写を虚心に読むと、むしろ江藤が「自然と人間、人と虫と獣と鳥、生者と死者とが渾然一体となってつくりあげている空間」(『自由と禁忌』)と評した中上健次の『千年の愉楽』と近接した世界のように思える。妣《みはは》の国からの呼び声。人は何かを見てしまったら、もう後戻りはできない。江藤は衰弱した精神で幻を見ているのではない。ひとりの「見者」として「無数の泡」を見ている。そして、江藤は文章に書かなくとも、何度も似たような現象を経験していたはずだ。

三島由紀夫は死の直前に「英霊の聲」を書いた。しかし、同時期の短篇「荒野より」の方に彼が何を見たかが素直に書かれている。「梅雨時の或る朝」、家族の制止にもかかわらず、戸を「芝居で、開門！　開門！」と門扉を叩くときとそつくりな音で、ふり上げた拳の激越さが目に見えるやう」に叩いて面会を乞う男が訪れる。

私はまつすぐに書斎へ入らうとした。しかし戸口のところで立止つた。部厚いカーテンに閉ざされた書斎の薄闇に、私の机のむかうの一角に、泛んでゐる人の顔を見たのである。

私には木刀のあり場所がわかつてゐたので、その顔を注視したまま、手さぐりで木刀を執つて、身構へた。すると心持が落着いた。

立つてゐるのは、痩せぎすの、薄色のジャンパーを着た、かなり背の高い青年である。灰いろの光りのなかでこちらを見てゐるその青年の顔ほど、すさまじく蒼褪めた顔を私は見たことがない。

この男は、「本当のことを話して下さい」と繰り返して「私」に詰め寄り、「三島さあん！三島さあん！」と絶叫して警官に取り押さえられる。そして、「人のゐるべきではない私の書斎の、その梅雨時の朝の薄い闇に、慄へながら立つてゐる一人の青年の、極度に蒼ざめた顔を見たときに、私は自分の影がそこに立つてゐるやうな気がしたのである」と感じ、「彼の狂気を育くんだ彼の孤独を、私が自分ではそれと知らずに、支へてゐるたことは多分疑ひがない」という感慨に至る。

それにしても、この「本当のこと」は怖ろしい言葉である。書き手の「私」は「私の心の都会を取り囲んでいる広大な荒野」から来たと合理化しており、「狂人であつたことはない」という三島が「幽霊」のような存在と直面していた痕跡だといえる。現実にあった事件かどうかは分からない。しかし、この物語は老いて衰弱した自分がかつての「私」に弾劾される夢として図式化することもできる。

大江健三郎も、言語化できないものに直面している作家である。

それから僕は自分が火葬に立ちあった友人を、観照した。この夏の終りに僕の友人は朱色の塗料で頭と顔をぬりつぶし、素裸で肛門に胡瓜をさしこみ、縊死《いし》したのである。深夜までつづいたパーティから、病気の兎のような衰弱ぶりで戻ってきたかれの妻が、夫の不思議な縊死体を発見した。なぜ、友人は妻と共にパーティに行かなかったか？　かれは妻をひとりだけパーティに行かせて書斎に残り、翻訳（それは僕と協同の翻訳の仕事である）をしているといった状態を、誰もあやしまないような型の人間であった。

（『万延元年のフットボール』）

処女作「死者の奢り」以来、大江は強迫観念のように作中に「死体」を繰り返し登場させており、「もの」としての危険な実在感は際立っている。その中でももっともおぞましい描写である。しかし、おどろおどろしい外見を外してしまえば、ジュリア・クリステヴァ的な

〝アブジェクシオン〟として、小説のテーマのために必要なイメージが、大江の持ち札の中から選ばれて描写されたようにも思える。『万延元年のフットボール』では、友人の「死体」は「サルダヒコ」という神話の登場人物と重なって象徴化された存在となり、個物の一回性は失われてしまう。

小林秀雄は「感想」で、「反省的な心」は一切ないゆえ、「当り前だった事を当り前に正直に書けば、門を出ると、おっかさんという蛍が飛んでいた、と書く事になる。つまり、童話を書く事になる」と、「幽霊」の出現に留保をつけ、「童話」だと弁明している。これは、「ホラホラ、これが僕の骨だ」という中原中也の絶唱について、「やっぱり骨があった様に歌が残ったという様な詩である」と分析的に接する態度と似ている。小林はいつもガードの堅い「批評文」を書くけれども、江藤の方はまず出来事をリアリズムでそのまま書く。どうしても「戦後」論が展開されるのが厄介だとしても、歴史観の都合で「霊」が出てきてくれるわけではない。

もちろん「幻を学ぶ人」としてだけ社会を送ることは不可能である。小林、三島、大江、江藤という四人の文学者としての履歴は、「幻視者」としての経験を「伝達」しつつ、社会人としてどう生き延びるかという、それぞれの手法と戦略の展開でもあった。私が江頭淳夫／江藤淳の分裂と呼ぶ事態も「幻視者」であるゆえに起こったことである。似た「幻視者」の系譜として、柳田國男や折口信夫、あるいは本居宣長や平田篤胤などの名も挙げることができる。そして、四人の中でもっとも「現実主義者」として振る舞おうとしていたのは江藤であり、心中の葛藤はより深かっただろう。

　柄谷行人は、マルクスは貨幣や資本を「物神（霊）」（以下引用『力と交換様式』）、すなわち「交換において生じる観念的な「力」」ととらえたという。一八四八年のヨーロッパ革命が起こる直前に、エンゲルスとともに書いた『共産党宣言』の冒頭の「共産主義という幽霊」という言葉を「これは冗談であったが、必ずしも誇張ではない」という柄谷が主張する「交換様式D」もまた、戦争や恐慌のようなあからさまな形ではなく、心霊現象的な出現をする可能性を指摘しておきたい。

　柳田國男は「幽冥談」で、ある家の男が病気になり、猫が蒲団の上に始終来ていて、平生は何とも思わなかったが、病気になったらうるさくて堪らず、いくら追い出してもすぐ来るので、病気が治ったら捨ててしまおうと思ったら、それっきり帰って来ない、という話を「本物」と紹介している。真に大きな変化はむしろ、柳田のいうようなささやかな形で現れているのかもしれない。あるいは、その兆しにだれも気づかない、という場合もあり得る。

　そうした意味で、大江のアドバイスで書いた『わが人生の時の時』を筆頭に、霊現象の体験をさまざまな形で書いて、「幻視者」であることを素直に表現している江藤の畏友・石原慎太郎については、一線を引いておきたい。石原の書き方は、あまりに無防備に自己を絶対視し過ぎている。それにしても、たとえ文学の場であっても、「幻視者」の棲息領域が狭まったのは「戦後」特有の現象であった。

＊

「リアリズムの源流」を書いてから、江藤は山本健吉との交流が深まる。一九七八年一月の時評では、中村草田男に『メルヘン集・風船の使者』（一九七七）という本があると教えられて読み、「一雲雀」、「石臼を廻す船歌」、「海狸《ビーバー》」などを「写生文に発生して、それをはるかに超える独自の境地を形成し得て」いる「不朽の名作」と評している。時評で「天上に在る魂を地上に運ぶ雲雀と目の不自由な按摩の佐吉との会話を主体とする「一雲雀」の美しさ」と評する通り、「客観写生」に徹したリアルな描写により夢とうつつの間にある縹渺とした時空間を構築してゆく散文家・中村草田男の手腕は目覚ましい。

一九七七年二月の時評では、山本の「拒み通す心」という短文から、正岡子規の「鶏頭の十四五本もありぬべし」という名句について、高浜虚子が終生この句を無視したことを、「作家としての子規の位置を高からしめる鶏頭の句のような決定的作品に対して、虚心の讃美者になることを拒ませる、複雑な心の葛藤」があったという説を紹介し、江藤は「心を洗われるような凜冽《りんれつ》なもの」を感じている。

私のごとき者が俳句で山本健吉に物申すのは烏滸がましいし、鶏頭の句は名句だという評価には賛同する。しかし、「桐一葉日当たりながら落ちにけり」という虚子の句と比較した時、「十四五本も」という言葉は、病床にあり夢現《ゆめうつつ》の境のなくなっている子規の心象風景をよく表しているものの、「写生」としては曖昧さが残る憾みがある。一方、虚子の句は正確無比な写生であるとともに、「桐一葉」が「灯籠流し」の灯籠や「霊」そのもののように受け取れる象徴性を帯びており、しかも感傷からは遠い。

虚子の「桐一葉」の「写生」は、江藤流「リアリズム」が目指す理想が具現した一例であろう。その地点に「詩」ではなく「散文」によって近づくこと。それは、たとえば漱石の『夢十夜』の「明治の木にはとうてい仁王は埋っていないものだと悟った」という一行のような、夢と現実が入り混じった作品に結実している。

江藤流の「リアリズム」は、井筒俊彦由来の「もの」の描写を通してプラトニズム的な「観念《イデア》」に至ろうとする精神の運動によってしか成立しない。その上で、常に小林秀雄が「美しい「花」がある、「花」の美しさといふ様なものはない」(「當麻」)と書いた逆説を前にしている。表現において一回限りの飛躍を強いるモラリスティックな手法であり、どうしても「無数の泡のようなもの」を見るような資質が要請される。言語の順列組み合わせを操作するだけの、表現の反復可能性を前提としたアリストテレス的な「実体《ミメーシス》(=模倣)」をベースにしたリアリズムとは方法論がまったく違う。

「江藤淳氏と文学の悪」(「新潮」一九九六・二)において福田和也は、江藤は批評原理の中に、経営や生活の論理を含めており、そのアメリカ仕込みの「戦後」的「生存の原理」により文壇を席捲したという。師の生前、書く場所と職を与えられた弟子が挑戦状として書いた批評文での挑発である。そして福田は、江藤は「生存の専門家」(同前論文)として俳壇の中心であり続けた「マキャベリスト」虚子のごとき「悪」は受けつけない、と結論づけた。

福田の読みは、師の自死によって土台が引っくり返された。「喪失」の深さを知りつつ、見出したと信じた師の隙こそ陥穽だったのかもしれない。たしかに私的倫理においては一貫していた江藤は、「高濱虚子」で山本健吉が描いた肖像のごとく、「写生文」の高邁な理想から「花鳥諷詠」まで理論的に後退しつつ、「ホトトギス」を大部数の投稿雑誌に育て上げて、挙句のはてに俳句が桑原武夫から「第二芸術」と論難される顚末にも動じない強かさを持ち合わせていない。しかし、いつの間にか「自閉」に向かってしまう現代の文学者たちを、無理やりにでも社会との緊張関係の中に曝け出そうとして、常にいきなり発動する江藤の批判精神は、清濁併せ呑む虚子と方向性はちがえど、福田の注文に応える「悪」としての資格を十分、備えている。

文壇だけでなく、国家経営にまで忌憚のない毒を第一線で吐き続けて常に軋轢を惹き起こし、夜の巷でも活躍した生涯は、わが国の文学者には珍しく振幅が大きい。いうまでもなく虚子と江藤は、どちらも第一級の詩人の資質を備えていた。だいたい、現実社会で有用に振る舞える詩人は「大悪人」と相場は決まっている。そして、虚子や江藤のような「悪」を喪失した文学は、ただただ退屈というほかない。

私が江藤淳の資質の中で重視したいのは、「小動物」との親しさである。江藤は「犬馬鹿」として「犬語」を解する人間であるし、初代の〝牝のコッカー・スパニエル、ダーキイ〟から代々の犬も「人語」を解する。江藤のエッセイには鳥やアザラシや猿など、さまざまな小動物が出没する。西御門に引っ越して、裏手の「白梅の巨木」に「何十羽とも知れないウグイスの群」が、枝から枝に飛び交う姿をいつまでも眺める後ろ姿にこちらはつい感動してしまう。

各地に猿が出没するという報道に接して、「日本はまだ大丈夫」と安心するなど、環境問題への強い関心もあった。熊や猪の被害が多出する今をどう見るか、生産力に比して人口が多いことも案じていたし、案外、自然界の活気を大歓迎していたかもしれない。江藤はエコロジストとしての自らの可能性に無自覚だった。しかし、骨董というものに執心した小林秀雄や、あるいは「人間」を「万物の霊長」とするキリスト教文化圏とは感性が明らかに異なっている。

またキリスト紀元前後の数世紀間の日本は、大陸、半島、及び南洋からの移民によって形成されていたという意味で、今日の合衆国とどこか似ているともいえること。しかし、これら各〻の移民集団は、共通の文化として水稲作を共有しており、その個々の神話——太陽と水をめぐる神話を統合することが、とりもなおさず「日本文学」の誕生につながり、今日「日本人」として知られている単一民族の形成につながる政治的事件でもあったこと。

(『アメリカと私』)

プリンストン大学で行った「古典日本文学」授業での「序説」の一部である。日本の土着信仰、あるいはアニミズム的段階が簡潔にまとめられている。この記述は文献を辿っても起源がわからない「神道」の原形であり、柳田國男とも重なる穏当な説である。ただ、「太陽と水をめぐる神話」という表現には、小学校の頃、転地したお陰で結核が治った稲村ヶ崎の自然の豊かさの反響を感じる。ちなみに、江頭家は「神道」を奉じている。少年・江頭淳夫は「海山のあいだ」の太平洋に面した強い波に洗われる海岸で、ペリー来航の再来としてのアメリカ海軍の出現を警戒しつつ遊んでいた。海岸沿いの道が、山川方夫の事故現場につながるのもまた、江藤らしい運命とも言えるのではないか。

江藤淳の裡には、洗練された「人為」、前近代的な「アニミズム」、身体の「病」という三つの矛盾した要素が混在していた。

＊

一九八七年に出た『批評と私』は、小林秀雄の追悼文と「中央公論」に掲載を拒否されて「新潮」八三年八月号に掲載された論争文「ユダの季節」などが同居した本である。出発点に粕谷一希の小林追悼文のいかがわしさへの疑問があり、編輯同人だった「季刊藝術」には何度も起用した山崎正和への批判も含まれており、かつての仲間だった「保守」派文化人を自ら望んで敵に回そうとする文章は異様というしかなく、週刊誌種にもなった。

山崎は佐藤栄作内閣の総理秘書官・楠田實にスカウトされた、江藤の同期の政府ブレーンであり、サントリー文化財団を中心になって立ち上げて、なにより「中公サロン」の中心的な存在であった。江藤の宿敵である丸谷才一との「談論風発」の（笑）多出対談は総合雑誌の花形であり、サントリー学芸賞も差配していた当時の山崎は「保守」業界の総元締めだった。
『舞台をまわす、舞台がまわる――山崎正和オーラルヒストリー』を読むと、江藤が「財団にあれほど敵愾心《てきがいしん》を抱いた」理由は、もとは「自分が一番偉い」はずなのに、いつの間にか山崎や高坂正堯が「大きな顔」をしていることに対する「嫉妬」だと解釈されている。始末が悪いことに、江藤は当然「嫉妬」もしている。しかし、同世代の「リーディング・メンバー」として大人の振る舞いをしなかったのは、例によってラディカルな批判精神が発動されたからである。

いうまでもなく、人間は誰しも自我の奥底に何ものかを感じ、かたちもなく、名状しがたいその感触をまさぐって、かけがえのない自我の証拠だと感じている。この感触があるという事実は、昔もいまも変わらない真実であるが、ただ、かつての人間はそれを有形の実体として確信し、積極的な存在のかたちで主張しうると信じた点で、過ちを犯した。現代人は、多くの歴史的な事情から懐疑の心を深め、すべて現実の実体的な本質とともにそれを疑うことになったが、しかし、あの内面の重い感触を忘れたわけではない。現代の自我は謙虚になり、羞じらいがちになり、他人にたいして柔らかい自我になったが、柔らかい自我はけっして虚無主義者でもなく、自己の内奥の核心に無関心になったのでもない。ただ、それは、自己の真の存在は何かであるというかたちでよりも、何かでないというかたちで示す方が正確であり、それがより誠実だと感じて表現をつづけているのである。

（山崎正和「現代文学の擁護」）

一九八六年に書かれた山崎の同時代文学批評の一節である。私は、「自己の真の存在は何かであるというかたちでよりも、何かでないというかたちで示す方が正確」という一行に象徴される曖昧さにどうしても馴染むことができない。語り手の主体が無限にずれてゆくような印象を受ける。これは、江藤が何かを見てしまった人であり、「無数の泡のようなもの」のようにゆるがせにできない「もの」から出発しているとするならば、山崎の方は言語の呪術性や論理で捉えられない領域について、とことん追求せずに済ませられる資質だから生まれる違いであろう。

江藤の怒りは、辻邦生や小川国夫、丸谷才一、加賀乙彦らの作品を「フォニイ（にせもの、まがいもの）」として批判する衝動につながってゆく。しかし、本物と偽物を分かつものとして、言語化不能な「もの」が根拠になる議論が通じなくなるのが「戦後」の大衆社会である。むしろ、「柔らかい自我」のような「時代の空気」を、広範な読者のニーズにかなうTPOに応じた文章を「社交空間」に提供し、「実体的な生命の空白こそ中核とする世界」において「文学官僚」的に振る舞う方が生き易い。

為政者側も、必ずあるべき歴史観と本質論を持ち出し、主体的な態度決定を迫る江藤よりは、状況を見定めながら無難なお墨付きを考え出す山崎の方を選択する。旗幟鮮明にすれば、

「保守」（＝永遠の現状維持）にさしさわるから、結論はどっちつかずの曖昧なままの方がいい。とはいえ、山崎の提唱した「環太平洋」構想は近年、ネオコンの総帥ディック・チェイニーが支持して継承されていて、政治的影響力も行使している。日本のノーマン・ポドーレツは山崎正和だった。どちらも共産党からの離脱者である。

　山崎の認識によれば、「文壇とは要するに若衆宿」（『舞台をまわす、舞台がまわる』）であり、その原型は「夏目漱石」で、「最後の巨象が小林秀雄」だった。そして、江藤は小林を継げなかった人という位置になる。西新宿のあたりにあった「汚い飲み屋」で「文士がとぐろを巻いている」「昔風の文壇の付き合い」は「田舎臭」く、「即《つ》かず離れずの距離を保ちながら紳士的に付き合っていると、あいつは真実と向き合っていない、きれいごとで済ませている」とする「旧制高校気分」（引用すべて同前）が嫌で仕方ない山崎の気質から、「戦後民主主義」社会の新たなる知識人のタイプが生まれる。

　江藤にとって「ユダの季節」は、文学者が個人としての主体を持たない「官僚」的な存在であっていいのか、という問題提起だった。しかし、文壇・論壇で真意はまったく通じず、たんなる内輪もめとしか受け取られない。江藤が山崎とうまくやれる性格ならば救いもある。しかし、山崎は人生のしめくくりに「私は自分を「戦後民主主義の子」だった」（同前）と衒いもなく言い切る人である以上、江藤と相容れるはずもない。ここにわが国の「閉された言語空間」は完成した。江藤淳は孤立無援となり、小林秀雄もすでにこの世にない。江藤は文学を媒介として社会を変える企てを放棄するしかなかった。

＊

私が「閉された言語空間」の存在を実感した時は遅く、東日本大震災を取材する過程での出来事だった。たまたまジャーナリズムの現場にいて被災地に何度も入り、毎月のように特集を組んだ。「復旧」か「復興」か、などという言葉遊びにも付き合ううちに、どうにも様子がおかしくなってゆく。陸前高田の東京ディズニーランド二つ半分の被災地が、もともとは二メートルの土地のかさ上げ計画が最終的に一〇メートルになり、満を持して完成した白いコンクリート作りの高台が象徴的だった。

全人口の一割近い一六〇六人が亡くなり、四〇四世帯が被災したこの地域は、海に面して街が広がっていた。「強靭化」といえば聞こえはいいけれども、長い時間と巨額の費用をかけて誰も住まない場所を整備しているだけである。実際、高台は空き地だらけで、人気もない荒涼たる実験都市になっている。そこには、「詩」も「文学」も「生活」もない。

「一人の人の命は地球より重い」――一九七七年、日本赤軍がバングラデシュのダッカ空港でハイジャックした際、犯人の要求を呑む「超法規的措置」を決断した際の福田赳夫元首相の言葉である。当時、江藤は福田内閣のブレーンとして活動しており、当事者として事件を受け止めたはずだ。人質の命とひきかえに収監されているテロリストを解放した判断が正しかったかどうか、今さら口をさしはさむべき問題ではない。しかし、福田のテーゼは自然災害の救援や被災地の復旧事業などの、あらゆる非常時対応策の隅々にまで浸透している。

「八月革命」により正統化された「日本国憲法」をベースとする法と行政の判断は着々と積み上がり、「戦後」を通して蓄積された国家情報を別のシステムに移し替えることなど、もはや夢物語となった。陸前高田の白く塗り固められた高台は「戦後」の到達点であり、「閉された言語空間」を実体化したものでもある。そして、システムの根幹は手つかずのまま、現行法で可能な範囲で見せかけの「改革」が着手されてゆく。

　戦後最も成功した「行革」は一九八七年の「国鉄分割民営化」といわれている。しかし、真の目的は巨額の赤字の解消ではなく、日本最大の「中間集団」だった労働組合をつぶすことだった。以来、自民党政権は七〇年代から一貫して日本社会の「中間集団」をなくすことに執心しており、数少ない宗教団体だけが居場所を確保できている。

「国家」に無数の「前例」が集積され、「個人」の逃げ場が解体されてゆく体制を、テクノロジーによる情報処理が自動的に補完してゆくシステムがすでに完成している。ジョージ・オーウェル的「収容所国家」はすでに完成している。しかし、9・11のようなテロ、3・11だけに留まらない自然災害、「SARS-CoV-2」などによる感染症の流行、猛暑、あるいは経済恐慌などの「閉された言語空間」では対応できないリスク（ウルリッヒ・ベック）は年々、増加する一方であるが、破れ目はなかったことにして通り過ぎるのが日本の通常進行である。いや、全世界的になかったことの領域は広がるばかりなのかもしれない。

　ハンナ・アーレントは『全体主義の起源』において、十九世紀後半から二十世紀初頭にかけてエジプト総領事をつとめたクローマー卿のキャリアを検討し、「古い植民地行政官から新しい帝国主義的行政官への転換」を見出し、植民地における「官僚制もしくは行政手段による支配の技術上の特徴」について次のように述べている。

法学的に言えば官僚制とは法の支配とは反対の、命令の体制《レジーム》である。立憲国家においては権力は法の執行と維持にのみ奉仕するのに対し、ここでは権力は一般的な命令におけるのと同じようにすべての法令の直接の源泉となっている。さらに法律は必ず特定の人格もしくは立法会議の責任において発布されるのに対し、命令はつねに匿名であり、個々のケースについて理由を示すことも正当化も必要としない。例外的事態において已《や》むを得ず発せられる緊急令はすべて緊急事態を正当化の根拠とせざるを得ないが、これはしかし時間的に限定されており、通則に対する例外として明確に認識されている。緊急事態において例外として認められることが専制においては通則となる。すなわち臣民に対する権力の集中と無拘束性である。（『新版　全体主義の起原2　帝国主義』大島通義・大島かおり訳）

植民地において大帝国は、「異質な諸民族を抱えて支配を維持するには住民を抑圧するしかない」。そういう「例外状況」が「汎民族主義運動」や「マルクス主義革命」を経て全世界を覆い、「国民国家」の理念は弱体化の一途をたどってゆく。

第一次世界大戦によってもたらされた一連の破局の結果は、政治、社会のいずれの現体制もが予測しなかった状態におちいる人々が次第に増加したことである。この体制は全体主義運動が権力を握り得たところでしか崩壊はしなかったのだが、しかしこの発展とはまったく無関係に、一見安定しているように見える周囲の状態を基準に測れば、一種の例外といえる状態におちいった人のグループがいたるところで増大していった。失業、無国籍、故国喪失におちいった人々は数百万にのぼったにもかかわらず、これらの状態はその他の点では正常な世界における変則状態と見なされた。（同前）

そして、属していた共同体から切り離された「例外といえる状態」に置かれた人々を統治するためには、「植民地」と同じような制度設計をするほかない。アーレントの思考は、近代におけるユダヤ民族の苛酷な足跡を辿ることによりもたらされたものである。しかし、「全体主義運動」を日本での「総力戦体制」と捉えれば、第二次世界大戦敗戦後に成立した世界の「戦後体制」は「植民地国家」化と等しくなる。それは、独裁者のいない全体主義国家への道である。

江藤は、占領が終わった後の支配者はアメリカではなく、どちらの国にも存在している「官僚」であることを、あえて見なかった。いや、「個人」の実存を文学の基盤とした上で、「日本国家」により高い価値があると考える江藤にとっては、それは見落としではなかったかもしれない。社会がどう変わろうとも、国家は人間が運営すべし、という江藤の信念は揺らぐことがなかった。

匿名の「命令」に従う「官僚」の統治空間は、すなわち「閉された言語空間」である。江藤は毎月発表される膨大な文学作品を読み続けて現実政治にも参入し、アーレントと似たファシズム以後の世界の歴史認識に独自の回路から到達した。そして、あまりの「人間不在」に怒り、自らの社会的地位や命さえ滅ぼしかねない無謀な闘いを始めた。

もし、これらの不自然な選択が「戦後」を否定し、その必然として「戦前」を肯定しなければならない、という深層心理に由来するものだったとするならば、江藤にとってはやはり不幸という他ない。

もっとも、「夜の紅茶」を嗜む三つ揃いを着た紳士は、どこか植民地の知識人官僚風ではないか、という印象も強い。後世の人間は、いまだ書かれざる「『閉された言語空間』と私」の中に、めでたく自らの望むポストを得て、誇り高い日比谷高校出の「官僚」として振る舞う「江藤淳」の姿が書かれている、と夢想することもできる。

＊

ジョルジョ・アガンベンは『ホモ・サケル――主権権力と剝き出しの生』において、アーレントの「全体主義」についての思考を、フーコーの「生政治」論と並行して捉えて、「殺しても罪に問われず、犠牲として神に捧げることもできない」古代ローマ法上の特殊な罪人である「ホモ・サケル（聖なる人間）」が政治の原形であると主張している。特殊な罪人として共同体の例外にありながら、法によって共同体に拘束され続けるカール・シュミット的

「例外状況」下におかれた人間の「生」は、「ゾーエ（＝剝き出しの生、生物的な生）」の状態に陥っているという。

アガンベンはコロナ禍における私権制限についてたった一人批判して「炎上」した。しかし、國分功一郎は『目的への抵抗　シリーズ哲学講話』において、「例外状況」下における感染症禍の下の「自由」の主張として高く評価している。「ホモ・サケル」的な実存から脱するために「自由」を主張する哲学者の姿は、「閉された言語空間」と一人で闘う江藤の姿と重なる。「虚構と擬制とによって維持されている制度」（『昭和の文人』）という「例外状況」下の文学の空虚さを救うのは、まず「倫理」である、という江藤の結論は、『ホモ・サケル』の最終的な判断と近接する。

個人の領域に属する「倫理」とはまったく無縁な「命令」を遂行することができる「エルサレムのアイヒマン」はどこにでもいる。現実のアドルフ・アイヒマンが信念に基づいた反ユダヤ主義者だったとしても、事態は変わらない。現代思想の議論を渉猟してみても、江藤が文学を通して到達した「閉された言語空間」より先を歩む議論にはなかなか出会えない。むしろ、六二年に発表されたフィリップ・K・ディックの出世作『高い城の男』、第二次世界大戦が枢軸国側の勝利に終わり、ドイツと日本が支配している世界についての「歴史改変」SFの一節を引いておきたい。まず、ドイツは全世界を次のようなイメージの状態で支配しようとしている。

そういえば、どこの図書館や新聞売店にも置いてある、あのミュンヘンで印刷された豪華な大判雑誌……あの全ページ大のカラー写真を見ればわかる。金髪、青い目のアーリア人種の入植者たちが、世界の穀倉、広大なウクライナをせっせと耕し、種をまき、刈り入れをしている。あの連中は心底幸福そうに見える。農場も、住居も清潔そのもの。もう、酔っぱらったとんまなポーランド人の写真はどこにもない。傾きかけたポーチに腰かけているところも、村の市場でしなびたカブラを二、三個並べて売っているところも見られない。

（フィリップ・K・ディック『高い城の男』浅倉久志訳）

そして、火星飛行の実現まで企てるほどの「第三帝国」支配拡張を支える理念を、生き残りのユダヤ人実業家バイネスは次のように理解している。

彼らの観点――それは宇宙的だ。ここにいる一人の人間や、あそこにいる一人の子供は目に入らない。それは一つの抽象観念だ――民族、国土。民族《フォルク》。国土《ラント》。血《ブルット》。名誉《エーレ》。りっぱな人びとに備わった名誉ではなく、名誉そのもの。栄光。抽象観念が現実であり、実在するものは彼らには見えない。〝善《ディー・ギーテ》〟はあっても、善人たちとか、この善人とかはない。時空の観念もそうだ。彼らはここ、この現在を通して、その彼方にある巨大な黒い深淵、不変のものを見ている。それが生命にとっては破滅的なのだ。なぜなら、やがてそこには生命がなくなるから。（略）彼らは歴史の犠牲者ではなく、歴史の手先になりたいのだ。彼らは自分の力を神の力になぞらえ、自分たちを神に似た存在と考えている。それが彼らの根本的な狂気だ。彼らはある元型《アーキタイプ》にからめとられている。

江藤の四歳上のSF作家が想像する「ナチス」の思考は、どこか、決して反省をしなかったハイデガーの思想と似た悪魔性を感じさせる。そして、アメリカ人の間では謎の存在「高い城の男」が書いた『イナゴの身重く横たわる』という連合国側が勝った小説が流行しており、その正体を突き止めるべく様々な思惑が入り乱れるのだが、つまりはこれは「閉された言語空間」の外に出ようとして闘う人間の物語である。もっとも、『高い城の男』の世界の真実では連合国側が勝っているのだが、江藤の存在する世界では戦争の勝敗が逆転することはない。

オーウェルの後継者としてのディックが「監視国家」のヴィジョンを深化させた『アンドロイドは電気羊の夢を見るか？』は、映画『ブレードランナー』の原作となり、二十一世紀の「人間」のイメージに多彩な啓示を与え続けている。人間とレプリカントの区別がつかない世界は、「エルサレムのアイヒマン」あるいは「官僚」と「人間」が共存している現代社会と重なる。その進化形である士郎正宗原作の『攻殻機動隊』シリーズの主人公、脳神経以外を「義体化」して高度な能力を発揮するサイボーグ草薙素子のイメージは、ＡＩや科学技術との親和性が高い大谷翔平や藤井聡太のような存在として実体化している。

一九七八年、江藤はアメリカで占領政策批判の英語講演を占領政策の関係者の前で行った。

本多秋五との「無条件降伏論争」からの、盟友・吉本隆明でさえ驚いた一連の行動は、ディックの小説の登場人物のようにどこか芝居がかっている。しかし、形のない「閉された言語空間」への攻撃の企ては、必然的にＳＦ小説的なアクションの形をとるほかないのかもしれない。そして、すべての主体を宙吊りにしようとする「閉された言語空間」の中では、「成熟」する機会も「喪失」を強いられる。それゆえ、「成熟拒否」が世界中に広がってゆく。

＊

「江藤淳」という著者名を持つ本は文庫版を含めなくとも百冊近い数になる。連載をまとめたもののほか短い依頼原稿がたくさんあって、同じ文章が何冊もの本に収録されていたりすることもあるし、対談や聞き書きも本になっているので、正確な数は数えようがない。単行本未収録の文章も多く、時評では常に文芸業界の「産業化」による膨張を嘆きつつ、実はその渦中で最も活躍した書き手でもあった。「批評家」という看板を掲げて、これだけ多くの作品を残す人は、今後現れることはないだろう。

端正な字で直しは一切なく、一枚一枚きれいに仕上げられた原稿用紙をすべて積み上げれば、どれだけの高さになるだろう。いわゆる批評家の仕事量としては質量ともにすさまじく、より長生きした小林秀雄全作品が三十二冊で済むのと対照的である。夥しい著作は、第一義的には「生きている廃墟」から「閉された言語空間」へと深化された「戦後」との戦いの記録であった。

西郷とともに薩摩の士風が滅亡したとき、徳川の士風もまた滅び去っていた。瓦全によっていかにも民生は救われたかも知れない。しかし、士風そのものは、あのときも滅び、いままた決定的に滅びたのだ。これこそ全的滅亡というべきものではないか。ひとつの時代が、文化が、終焉を迎えるとき、保全できる現実などはないのだ。玉砕を選ぶ者はもとより滅びるが、瓦全に与《くみ》する者もやがて滅びる。一切はそのように、滅亡するほかないのだ。

（『南洲残影』）

晩年の江藤が唯一、自らの心情を託することのできた「人間」である昭和天皇崩御ののちに書かれた文章である。雑誌掲載当時、「全的絶望」という表現には驚愕した。この絶望は、西郷のいない明治を生きた勝海舟の感慨とされているが、昭和の終わりを迎えた後の江藤の胸中としか読めない。

被災者の前で「ひざまずく」平成流などもっての他。小和田雅子の皇室入りで天皇家の外戚となっても、荒ぶる魂は収まらない。伊東静雄の「反響」が、いつの間にか「抜刀隊の歌」の哀しい調べに変わっている。文章のはしばしから噴出する激情により、私たちはいつの間にか「生き埋め」にされてしまった、文学闘争に深く傷ついた江藤の絶望へ引き込まれてしまう。

一九八九年に刊行された『昭和の文人』では、「芸術評価の軸は芸術的評価だけだ」という倫理を貫き、『甲乙丙丁』という自伝的長篇で「東京の全的崩壊」を「鮮やかにもあまりにも痛切にも、書き留めて見せた」中野重治に共感を示す。そして、その友人で同じ「驢馬」同人だった堀辰雄の作品倫理を全否定する。ところが、全否定された堀辰雄の世界は、一九九九年、慶子夫人への鎮魂歌として書かれた『妻と私』において「若い看護婦のいわゆる〝ラブラブ〟の時間」、すなわち「日常性と実務の時空間があれほど遠く感じられる」「死の時間」として蘇り、江藤の著書として最も売れる本となる。病んだ江藤の主調低音である死と隣り合わせの抒情が晩年を覆い、自らを「形骸」と断じる遺書に至る。

しかし、「生きている廃墟の影」を端緒に、同時代の作品への批評を通して鍛え上げられ、「リアリズムの源流」へ至る散文論を梃子にして見直せば、まったく別人のような「江藤淳」像が浮かび上がってくる。まず江藤自身が、全面的に開花しなかった可能性をよく知っていた。

……そして最初に接した日本の「小説」が当時春陽堂版の明治大正文学全集におさめられていた谷崎潤一郎集一巻だったのである。

私は、この本をはじめて開いたときの昂奮を忘れない。谷崎集は、鎌倉稲村ヶ崎にあった祖父の（二度目の母方の）隠居所の書斎にあった。祖父は、この棲家に、数冊の洋書と、数冊の漢詩集と二、三の小説を置いているにすぎず、たいていは鎌倉彫をして日を暮していた。彼が、なぜ谷崎の艶麗な世界をのぞかせることを許したのかは今もってわからない。

だが、潤一郎の「刺青」、「秘密」、「麒麟」などの作品が私の眼の前にくりひろげてみせた妖しい世界の眺めは、何にたとえたらいいだろうか。「刺青」の「貴き肉の宝玉」のような真っ白な女の素足、そして美しい刺青にしみる湯の痛みに苦悶する美女の表情、「私はお前さんのお察し通り、其の絵の女のような性分を持って居ますのさ」といったような伝法な言葉づかい。「秘密」では、「私」は、「藍地に大小あられの小紋を散らした女物の袷」を着て女装し、銀杏返しのかつらの上にお高祖頭巾を冠って、長襦袢や縮緬の「粘つくような」感触を楽しみながら六区を散歩するのである。そして「麒麟」では、孔子が、あの聖人が、衛の霊公の夫人南子の美に敗れて、「吾未見好徳如好色者也」とつぶやきながら衛の国を去って行く……。(略)

このような記憶につきまとわれている私が、やがて荷風散人の花柳小説「腕くらべ」、「濹東綺譚」などを愛読するようになったのは、きわめて自然である。戦争がなくて、生家が斜陽化しなかったなら、おそらく私は意志薄弱で女遊びのほかにとりえのないような、鼻持ちならない、遊治郎になっていたであろう。もし私が、自然のままに自分の本性を伸ばしていたならば。しかし私は生活のために学問をし、生活のために職業的読書家になっている。もう来てしまった道はとり返しがつかないが、疑いもなく、私にとっては、社会に何ら益するところのない遊治郎になっていたほうが幸福だったのである。

(「潤一郎・荷風など」)

一九六〇年に書かれたエッセイの一節である。潤一郎・荷風の世界に耽溺する「遊治郎」の幸福こそ、江藤の文芸批評の豊かさの源泉だった。絶筆「幼年時代」は死に近づく「母恋い」の唄であると同時に、昭和初期の山の手中産階級の暮らしが生き生きと描かれ、幼少時の記憶が瑞々しく蘇る両義的な魅力をそなえた文章である。江藤の一方の本領は、たとえば次のような一文にはっきりと刻印されている。

名前が「躑躅《つつじ》」だから、この部屋の小庭には清楚な白い花をつけた躑躅が植わっていて、そのかたわらに咲いている薄紅の薔薇と照応しながら、垣根の外いっぱいに茂った楓と桜の若葉に映えていた。

この小さな庭を眺めているうちに、ひとつの記憶が胸にひろがりはじめた。それは、私が子供のころすごした大久保百人町（東京）の家の記憶である。この家の庭には、やはりこんな白い花をつける躑躅があった。そこには、白ばかりではない紅い花をつける躑躅もあり、たしか絞りの花を咲かせるのもあった。桜はなかったが、楓の木は何本かあり、ひところ父が薔薇に凝っていたので、ハイカラな名前のついたいろとりどりの薔薇の花が、庭のあちこちを華やかに彩っていたこともあった。

しかし、このような花の美しさが私の意識にのぼりはじめたのは、どうも母が亡くなってからだったような気がする。母が亡くなったのは、今の数え方でいうと私が四歳半のときだったが、そういえば父が薔薇造りに凝り出したのも、母が死んでからであった。なにかの不在が、あとにのこされた自然の存在を、子供心にも強く印象づける、というようなことがあるのかも知れない。

（「ゴールデン・ウィークの一日」）

「散文家」江藤淳の原点が集約されたような一節である。こうした鋭敏な美的感性による作品の読み込みから、日本語の未来を拓く散文論が構想された。そして、江藤のいう「写生文」を源流としたリアリズムの可能性を開花させる作業は、ほとんど手つかずのままである。たしかに私たちは江藤の世代がぎりぎり体験できた豊かな文化や歴史の記憶、あるいは戦前の言語的な多様性の体感を持たないかもしれない。しかし、世界がどう変わろうとも、「出来合いの日常語」を駆使しつつ、目の前にある世界をリアリズムによって「写生」し、日本語の潜在能力のすべてを現代の「活《い》」きた散文として開花させる可能性は常に用意されている。「閉された言語空間」から自由なその「散文」は、文学だけでなく、新聞や雑誌、演劇のせりふや政治家の演説などにも輝きを与えるだろう。

残念ながら江藤の最大の敵である「戦後」はまだ終わる気配がない。しかし、自然科学者の態度にも近接するその散文精神は、人間の「奴隷」化に抵抗する力であり続ける。江藤淳は、「右」でも「左」でもなく、ただ根源的《ラディカル》な実在を抱えた批評家だった。

……かしわ手を打って拝みながら、いったいなにに向って拝んでいるのだろうか、と自問する間もなく、土地のささやきよりももっとこまやかでなまあたたかい、あの他界に去った女たちのささやきか息づかいのようなものが、耳許に聴えはじめる。その沈黙の言葉が、葛の葉稲荷の荒れ果てた境内に、満ち潮のように充満して行くのが感じられる。

　頭上でばさっという音がした。なにかの鳥が飛び立ったのにちがいない。正人氏は、私のために、あたりの風景をカメラにおさめていてくれるところである。そのほうに歩み寄ろうとして、私はさきほどは気がつかなかったかなり大きな碑の存在に気がついた。そこには、

あひたくば
たづねきてみよ
篠田の森へ

という文字が刻まれている。

いうまでもなく、これは葛の葉の歌のもじりである。浄瑠璃か説教節なら、ここらあたりで葛の葉が人間の女の姿に戻り、

《あゝ扨《さて》なにしにここまで来れるぞや、又々うきよのまうしうに、ひかるることのかなしや……》

と、泣き崩れるところにちがいないが、小藪の片隅に建っている碑の向うには、刈入れがすんで水を落した田の、灰白色の乾いた泥の広がりがあるだけである。

また頭上でばさっという音がし、カアとひと声鳴いたので鳥は烏と知れた。「帰ろうやれ、元の古巣へ」と口の中でつぶやきかけると、眼頭に熱いものがこみ上げ、そのままこぼれずにとまった。
（『一族再会』）

編輯同人だった「季刊藝術」に連載された『一族再会　第一部』の美しい結末である。予告されていた第二部は中絶されたままで終わった。人生でもっとも満ち足りていた頃、江藤はやはり「烏」の声を聞いていた。言葉にならぬものの気配に充ちたこの一節は、そのまま漱石が「吾輩は猫である。名前はまだない」と書き起こした時に見据えていた老子由来の「名辞以前の始原的な世界」（『漱石とその時代』）につながる。

江藤淳の後に続く者も、「閉された言語空間」の外側にある「名辞以前の始原的な世界」、あるいは「父母未生以前の闇」の前に立たなければならない。そう、烏の声に耳を澄ませながら。

あとがき

私事にわたることをお許し願いたい。

江藤淳氏にはじめて会ったのは、一九八八年二月十二日、石原慎太郎氏、大江健三郎氏、開高健氏の座談会の席上だった。私はカセット録音係。江藤氏はほぼ同時期に世に出た三人との再会に一番昂ぶっていて、熱気溢れる司会ぶりに圧倒された。「保守論客」の重鎮というレッテルからの想像とはズレる潑剌とした闊達さに魅かれて批評文を読み、『奴隷の思想を排す』と『作家は行動する』、そして当時連載中だった『昭和の文人』と『批評と私』を同じ人間が書いたとはにわかに信じることができなかった。癇癪持ちの厄介さも感じ取りつつ、直接会った印象は初期作品の爽やかさと重なり、江藤淳の分裂はいつか解き明かしたい謎となった。

九九年七月二十一日、昼間は快晴で、福田和也氏と打ち合わせて江藤淳版『氷川清話』の聞き書きという企画をまとめ、「俺が江藤さんに電話するから」という後ろ姿を見送った。『漱石とその時代　第五部』の連載中断を案じての配慮だったけれども、大雨が降ったあの夜、すべてが永遠に中断されたことを知った。ひとつの時代の終わり、と直感した通り、自主独立と公平率直という「文壇」の美風は江藤氏の死後、形骸になってしまった。

＊

二〇一二年三月二日、久世光彦氏の七回忌で「平山周吉」を名乗る前の細井秀雄氏と偶然、再会しなければ、江藤淳をめぐる状況はどうなっていただろうか。細井氏は江藤氏と最後に会い、絶筆の「幼年時代」第二回を受け取った担当編集者である。私などとは比較にならぬ愛読者。死後一週間で編集したとは到底信じられない「文學界」追悼号を読んでから、胸中には言葉にならぬ想いが溜まる一方だろうと案じていた。私の発案は紆余曲折を経て、まず『江藤淳は甦える』という評伝に結実した上、一冊の本では収まらず、ついに全集を刊行する運びになった。

個人全集を紙の本で出すのはむずかしい出版状況の中、ほぼ即決で kindle 版『江藤淳全集』の発刊を引き受けて下さった boid / VOICE OF GHOST 主宰の樋口泰人氏の向こう見ずにはいつも感動する。江藤氏は電子出版を否定していたから困るのだけれど、樋口氏が同じ慶應出身だから許して頂けるか、と勝手に納得をした。江藤淳の名しか知らなかった樋口氏が全集を一巻から順々に読んで、面白いと乗ってくれているのに大いに励まされている。

全集刊行のため、陥穽だらけのOCR作業を続けるうち、かつての謎とまた対面することになった。初期のエッセイの片隅に本音に近い感情を記したと思しい文章をいくつも見つけ出し、だんだん興が乗ってきた。同時代の状況と、こちらが推測した江藤淳の内心をパズルのように組み合わせるうちに、いつの間にか本書の元になる原稿が出来上がっていた。

私の文学観は、若い頃に読んだ『自由と禁忌』にかなり影響されている。なぜ、同時代文学をほぼ全否定した「閉された言語空間」という、いささかハタ迷惑なオブセッションに囚われているのか、自分でもよくわからなかった。しかし、ある種の必然に導かれた帰結であることに理解が及び、積年の疑問からもようやく解放された。ただ、江藤淳の怒りには共鳴しつつ、あまり同時代を頭から否定しすぎると窮屈な生き方になるかな、とも思う。江藤氏も認識している通り、どのみち人間はそんなに変わり映えしない生き物である。私にとっての「保守」は、とどのつまりはそれだけの話である。

＊

本書では初出原稿に大幅な加筆修正を施した。改稿をしている最中、私は無意識のうちに、「江藤淳」を主人公にして、同時代を生きたさまざまな人々の「声」を蘇らせて、交差させようと試みていたことに気づいた。改稿作業を終えた後、江藤氏や亡父と同世代の阿部昭氏の「江藤淳再読」というエッセイに「私が惹かれるのは激しく反時代を呼号する江藤淳ではなく、「今」までじっと隠れてきた氏の「私」である。しかも氏はそれを「戦後二十一年」に限る必要などはさらになかった」という一節を見つけ、私の論旨が短文に凝縮されていることに唸った。しかし、私は自分自身の力で阿部氏と近い認識に辿り着かなければならなかった。

石原氏や大江氏は相次いでこの世を去り、江藤氏との接点を差配して下さった坂本忠雄さんもいない。何を今更、という気もしつつ、私自身の「戦後」にもここで一区切りつけることにした。江藤淳が批評家として活躍をはじめた時期は、私の生年とほぼ重なる。二十二歳で「夏目漱石」を「三田文學」に発表してから、ほんとうに長い間、最前線で矢弾を浴びながら文章による闘いを続けた生涯には改めて頭が下がる。

あてもないまま書き連ねた拙文を世に出して下さる中央公論新社の太田和徳さんの勇気には感謝しかない。私の最初の本に片山杜秀さんから推薦文を頂き、畏敬する後輩の仁木順平氏の装幀で世に問うことができるのは、望外の喜びである。

今はただ、まだ世を騒がそうという気配が漂う江頭淳夫の魂が安かれ、と祈っている。

風元　正

二〇二四年一月十五日記

主要参考文献

江藤淳関連

・著作集

『新編　江藤淳文学集成』全五巻、河出書房新社、一九八四年〜八五年
1夏目漱石論集／2小林秀雄論集／3勝海舟論他／4文学論集／5思索・随想集
『江藤淳全集』boid / VOICE OF GHOST、二〇二二年〜
第1巻　奴隷の思想を排す／第2巻　新版　日米戦争は終わっていない／第3巻　犬と私／第4巻　海賊の唄／第5巻　夜の紅茶／第6巻　批評と私／第7巻　なつかしい本の話／第8巻　自由と禁忌／第9巻　日附のある文章／第10〜15巻　全文芸時評昭和三十三年〜昭和五十三年　以下続刊
『江藤淳コレクション』全四巻、ちくま学芸文庫、二〇〇一年
『江藤淳全対話』全四巻、小沢書店、一九七四年

・単行本

『海賊の唄』みすず・ぶっくす、一九五九年
『日附のある文章』筑摩書房、一九六〇年
『西洋の影』新潮社、一九六二年
『犬と私』三月書房、一九六六年
『表現としての政治』文藝春秋、一九六九年
『随筆集　夜の紅茶』北洋社、一九七二年
『アメリカ再訪』文藝春秋、一九七二年
『批評家の気儘な散歩』新潮選書、一九七三年
『一族再会』講談社文芸文庫、一九八八年（単行本、一九七三年）
『リアリズムの源流』河出書房新社、一九八九年

『日米戦争は終わっていない』文藝春秋、一九八六年
『自由と禁忌』河出書房新社、一九八四年
『西御門雑記』文藝春秋、一九八四年
『批評と私』新潮社、一九八七年
『昭和の文人』新潮社、一九八九年
『全文芸時評』上・下巻、新潮社、一九八九年
『閉された言語空間』文春文庫、一九九四年（単行本、一九八九年）
『腰折れの話』角川書店、一九九四年
『南洲残影』文藝春秋、一九九八年
『近代以前』文春学藝ライブラリー、二〇一三年（単行本、一九八五年）
『一九四六年憲法――その拘束』文春学藝ライブラリー、二〇一五年（単行本、一九八〇年）
『新編　天皇とその時代』文春学藝ライブラリー、二〇一九年
『成熟と喪失』講談社文芸文庫、一九九三年
『漱石とその時代』第一部〜第五部、新潮選書、一九七〇年〜九九年
『妻と私』文藝春秋、一九九九年

『小林秀雄 江藤淳 全対話』中公文庫、二〇一九年
江藤淳他『シンポジウム／発言』河出書房新社、一九六〇年

平山周吉『江藤淳は甦える』新潮社、二〇一九年
中島岳志／平山周吉監修『江藤淳　終わる平成から昭和の保守を問う』河出書房新社、二〇一九年

日本語文献

阿部昭『阿部昭全作品』第二巻、福武書店、一九八四年
阿部昭『阿部昭集』第十巻・第十一巻、岩波書店、一九九二年
鮎川信夫『鮎川信夫全集』第一巻、思潮社、一九八九年

井筒俊彦『神秘哲学　第一部　自然神秘主義とギリシア』人文書院、一九七八年
井筒俊彦『ロシア的人間』中公文庫、一九八九年
磯田光一『殉教の美学』冬樹社、一九六四年
伊東静雄／杉本秀太郎編『伊東静雄詩集』岩波文庫、一九八九年
大江健三郎『大江健三郎全作品』第Ⅱ期Ⅰ、新潮社、一九七七年
大江健三郎『取り替え子』講談社、二〇〇〇年
大塚英志『江藤淳と少女フェミニズム的戦後』筑摩書房、二〇〇一年
大庭みな子『寂兮寥兮』講談社文芸文庫、二〇〇四年
岡崎哲二・奥野正寛編『現代日本経済システムの源流』、日本経済新聞社、一九九三年
尾崎一雄『尾崎一雄全集』第七巻、筑摩書房、一九八三年
開高健『夏の闇』新潮社、一九七二年
加藤典洋『アメリカの影』河出書房新社、一九八五年
賀茂道子『GHQは日本人の戦争観を変えたか』光文社新書、二〇二二年
柄谷行人『日本近代文学の起源』講談社、一九八〇年
柄谷行人『畏怖する人間』トレヴィル、一九八七年
柄谷行人『戦前の思考』文藝春秋、一九九四年
柄谷行人『近代文学の終り』インスクリプト、二〇〇五年
柄谷行人『力と交換様式』岩波書店、二〇二二年
柄谷行人・浅田彰『柄谷行人浅田彰全対話』講談社文芸文庫、二〇一九年
國分功一郎『目的への抵抗』新潮新書、二〇二三年
小島信夫『抱擁家族』講談社文芸文庫、一九八八年
小島信夫『別れる理由』講談社、一九八二年
小林秀雄『本居宣長』新潮社、一九七七年
小林秀雄『本居宣長補記』新潮社、一九八二年
小林秀雄『新訂小林秀雄全集』第一～三巻、第八巻、新潮社、一九七八年
小林秀雄『小林秀雄全集』第七巻・第八巻、新潮社、二〇〇一年

主要参考文献

小林秀雄『小林秀雄全作品』26、新潮社、二〇〇四年
小林秀雄『小林秀雄全作品』別巻1・2、新潮社、二〇〇五年
小峰ひずみ『平成転向論』講談社、二〇二二年
斎藤禎『文士たちのアメリカ留学』書籍工房早山、二〇一八年
中上健次『千年の愉楽』河出書房新社、一九八二年
中上健次『紀州――木の国・根の国物語』朝日文庫、一九九三年
中上健次『火の文学』角川書店、一九八五年
中野雄『丸山眞男　人生の対話』文春新書、二〇一〇年
中村草田男『風船の使者』みすず書房、一九七七年
夏目漱石『漱石全集』第十一巻、岩波書店、一九六六年
西部邁『ニヒリズムを超えて』日本文芸社、一九八九年
西部邁『ファシスタたらんとした者』中央公論新社、二〇一七年
橋川文三『橋川文三著作集』1、筑摩書房、一九八五年
平出隆『攻撃の切尖』小沢書店、一九八五年
平岡梓『倅・三島由紀夫』文藝春秋、一九七二年
平野謙『平野謙全集』第五巻・第十巻・第十一巻、新潮社、一九七五年
福田和也『江藤淳という人』新潮社、二〇〇〇年
福田和也『現代文学』文藝春秋、二〇〇三年
福田和也『スーパーダイアローグ』リトル・モア、二〇〇四年
堀川正美『堀川正美詩集 1950―1977』れんが書房新社、一九七八年
正宗白鳥『文壇五十年』中公文庫、二〇一三年
丸谷才一『裏声で歌へ君が代』新潮社、一九八二年
丸山眞男『増補版　現代政治の思想と行動』未来社、一九六四年
丸山眞男『忠誠と反逆』筑摩書房、一九九二年
三島由紀夫『美徳のよろめき』新潮文庫、一九六〇年
三島由紀夫『鏡子の家』新潮文庫、一九六四年

三島由紀夫『天人五衰　豊饒の海（四）』新潮文庫、一九七七年
三島由紀夫『決定版三島由紀夫全集』6、20、36　新潮社、二〇〇一年〜〇三年
村上春樹『若い読者のための短編小説案内』文藝春秋、一九九七年
森有正『森有正全集』5、筑摩書房、一九七九年
柳田國男『新編　柳田國男集』第一巻、筑摩書房、一九七八年
柳田国男／柄谷行人編『「小さきもの」の思想』文春学藝ライブラリー、二〇一四年
山川方夫『山川方夫全集』全五巻、冬樹社、一九六九年〜七〇年
山川方夫『山川方夫全集』3、筑摩書房、二〇〇〇年
山川方夫『目的をもたない意志』清流出版、二〇一一年
山崎正和『柔らかい自我の文学』新潮社、一九八六年
山崎正和〔述〕御厨貴ほか編『舞台をまわす、舞台がまわる』中央公論新社、二〇一七年
山之内靖ほか編『総力戦と現代化』柏書房、一九九五年
吉田健一『吉田健一集成』7、新潮社、一九九三年
吉本隆明『吉本隆明全集』29、晶文社、二〇二二年
吉行淳之介『吉行淳之介全集』第二巻・第六巻・第七巻、新潮社、一九九七年〜九八年
渡邊英理『中上健次論』インスクリプト、二〇二二年
『現代日本の文学45　安岡章太郎・遠藤周作集』学習研究社、一九七六年
『昭和文学全集　第20巻　梅崎春生・島尾敏雄・安岡章太郎・吉行淳之介』小学館、一九八七年
『昭和文学全集　第24巻　辻邦生・小川国夫・加賀乙彦・高橋和巳・倉橋由美子・田久保英夫・黒井千次』小学館、一九八八年
『新潮現代文学57　海の道・忍ぶ川　三浦哲郎』新潮社、一九八〇年
『明治文學全集53　正岡子規集』筑摩書房、一九七五年
『明治文學全集56　高濱虚子・河東碧梧桐集』筑摩書房、一九六七年

翻訳文献

アガンベン、ジョルジョ／高桑和巳訳『ホモ・サケル』以文社、二〇〇三年
アレント、ハンナ／志水速雄訳『革命について』ちくま学芸文庫、一九九五年
アーレント、ハンナ／大島通義・大島かおり訳『新版　全体主義の起原2』みすず書房、二〇一七年
アーレント、ハンナ／大久保和郎訳『新版　エルサレムのアイヒマン』みすず書房、二〇一七年
アンダーソン、ベネディクト／白石隆・白石さや訳『定本想像の共同体』書籍工房早山、二〇〇七年
ウィルソン、エドマンド／中村紘一訳『愛国の血糊』研究社出版、一九九八年
ヴァイス、フォルカー／長谷川晴生訳『ドイツの新右翼』新泉社、二〇一九年
オーウェル、ジョージ／高橋和久訳『一九八四年（新訳版）』ハヤカワepi文庫、二〇〇九年
カッシーラー、エルンスト／宮城音弥訳『人間』岩波文庫、一九九七年
コジェーヴ、アレクサンドル／上妻精・今野雅方訳『ヘーゲル読解入門』国文社、一九八七年
ソンタグ、スーザン／高橋康也ほか訳『反解釈』竹内書店、一九七一年
ディック、フィリップ・K／浅倉久志訳『高い城の男』ハヤカワ文庫、一九八四年
ド・マン、ポール／宮﨑裕助・木内久美子訳『盲目と洞察』月曜社、二〇一二年
ピンカー、スティーブン／橘明美・坂田雪子訳『21世紀の啓蒙』上・下　草思社、二〇一九年
ベック、ウルリッヒ／山本啓訳『世界リスク社会』法政大学出版局、二〇一四年
ポドーレツ、ノーマン／北山克彦訳『文学対アメリカ』晶文社、一九七三年

本書はboidマガジン二〇二二年八月二十三日から二三年八月十八日に全十回公開された
「江藤淳／江頭淳夫の闘争」に大幅な加筆修正を施したものである。

風元 正（かぜもと・ただし）

文芸評論家・編集者。一九六一年三月二十八日兵庫県川西市生まれ。早稲田大学第一文学部日本史学科卒業。出版社で週刊誌、月刊文芸誌、単行本、月刊総合誌などの編集に従事する。二〇二二年より、刊行中のboid / VOICE OF GHOST版『江藤淳全集』の編集を担当。

江藤淳《えとうじゅん》はいかに「戦後《せんご》」と闘《たたか》ったのか

二〇二四年二月二五日　初版発行

著　者　風《かぜ》元《もと》　正《ただし》
発行者　安部順一
発行所　中央公論新社
〒一〇〇-八一五二　東京都千代田区大手町一-七-一
電話　販売　〇三-五二九九-一七三〇
　　　編集　〇三-五二九九-一七四〇
URL https://www.chuko.co.jp/

DTP　今井明子
印　刷　図書印刷
製　本　大口製本印刷

Published by CHUOKORON-SHINSHA, INC.
Printed in Japan　ISBN978-4-12-005751-9 C0095

定価はカバーに表示してあります。
落丁本・乱丁本はお手数ですが小社販売部宛お送り下さい。
送料小社負担にてお取り替えいたします。

中央公論新社の本

人生について

小林秀雄

「私の人生観」を中心に、ベルグソン論「感想」（第一回）ほか著者の思索の軌跡を伝える随想集。解説・水上勉

中公文庫

戦争について

小林秀雄

小林はいかに戦争に処したのか。昭和十二年七月から二十年八月の時評を中心に年代順に収録。　解説・平山周吉

中公文庫

読書について

小林秀雄

「批評の神様」はいかに読み、いかに書いたのか。読書技法から批評の心得まで実践的エッセイ集。解説・木田元

単行本